해피엔드에
안녕을

HAPPY END NI SAYONARA O
by Shogo Utano

이 도서의 국립중앙도서관 출판예정도서목록(CIP)은
서지정보유통지원시스템 홈페이지(http://seoji.nl.go.kr)와
국가자료공동목록시스템(http://www.nl.go.kr/kolisnet)에서 이용하실 수 있습니다.
(CIP제어번호: CIP2010003690)

해피엔드에 안녕을

ハッピーエンドにさよならを

우타노 쇼고 소설 | 현정수 옮김

문학동네

차례

언니

8시까지 갈 수 있다고 큰소리를 쳤지만 실제로 도착한 것은 9시 반이었다.

"나가려고 하는데 응급외래에서 연락이 오더라고. 그게 말이지, 진찰해보니 별것도 아닌 단순한 감기였어. 열도 37도 3분밖에 안 되고. 고작 그것 가지고 근무시간이 끝난 사람을 부르다니 상식이 있는 거야? 그 덕에 나오는 게 늦었는데 운 나쁘게 주차장에서 MR에게 붙들렸어. S제약의 그 녀석, 한번 이야기를 시작하면 멈추지를 않거든. 대체 숨은 쉬면서 얘기하는 건지 궁금할 정도야. 작별인사를 할 타이밍을 안 줘. 그 녀석, 분명히 나에게 마음이 있는 거야."

미호코는 현관 앞에서 리나에게 그렇게 핑계를 대며 케이크가 든 종이상자를 내밀었다. 방금 말한 제약회사 담당자의 선물이다.

"우와, 예쁘다."

옅은 핑크색 상자 안에는 몽블랑과 수플레, 밀푀유 등, 전부 다른 종류의 작은 과자들이 들어 있었다. 리나는 그것을 과장된 동작으로 받아들고서 주방으로 들어갔고 미호코는 거실 소파에서 담배를 한 대 피웠다. 의사가 더 건강 관리를 못 한다는 얘기는 정말 틀린 말이 아니다. 진찰실 밖에서는 금방 손이 나가버린다.

"어느 쪽이 좋아?"

리나가 케이크와 홍차를 날라왔다. 접시와 잔은 본차이나 세트다.

"엄마는?"

미호코는 신문을 접고 담배를 껐다.

"없어."

"꽃꽂이하러 갔어?"

"몰라."

"유리도 외출했어?"

"그런가봐."

"금요일이니까 술자리 간 걸까?"

"그럴지도."

"아니면 남자친구?"

"몰라. 저기, 어느 쪽이 좋아?"

"반반으로 하자."

미호코는 몸을 일으켜서 우선 가토 쇼콜라와 프랑보와즈 무스가 이단으로 겹쳐 있는 쪽을 골랐다. 포크로 반으로 나누고 절반을 호쾌하게 한입에 넣는다.

"오, 이거 맛있다."

"비세이도 제과점 거니까."

"유명한 가게야?"

"몰라?"

"몰라."

"텔레비전이나 잡지에 자주 나와. 이렇게 작은데 한 개에 육백 엔이나 해."

"그 자식, 좀 무리했겠는데."

"회사 돈으로 산 거 아냐?"

"전에는 그랬지. 지금은 경리가 까다로워서 선물은 자기 돈으로 사야 한대. 그 업계도 구조조정이 심해서 고생이 많아."

미호코는 리나의 접시에 손을 뻗어서 과일이 가득 얹힌 타르트에 포크를 찔러넣어 반으로 잘랐다.

"그래서, 상담하고 싶다는 얘기는 뭐야?"

"응……"

리나는 시선을 내리깔면서 접시 가장자리에 떨어진 키위를 포크로 집었다.

"진로 문제?"

"아니."

"아."

미호코가 포크 끝으로 가리키자 리나는 움찔 하고 몸을 뒤로 뺐다.

"남자친구구나."

"어?"

"좋아하는 애가 생겼어? 아니면 지금 사귀고 있는데 잘 안 돼?"

"아니, 남자친구 얘긴 아냐."

리나는 가슴 앞에서 손을 작게 흔든다.

"아니야? 그럼 뭔데. 아!"

미호코는 눈을 크게 뜨고 몸을 앞으로 내밀었다.

"리나, 너, 설마."

미호코는 목소리를 작게 줄이고는, 말을 삼킨다.

"왜, 왜 그러는데."

리나는 다시 몸을 긴장시킨다.

"병이 옮은 거야?"

"뭐?"

"남자친구하고 자다가."

"아냐, 그런 거 아니라니까."

리나는 얼굴을 빨갛게 물들이며 손을 내저었다. 미호코는 더욱 목소리를 낮게 깔았다.

"임신?"

"잠깐…… 뭐야, 미호. 무슨 소릴 하는 거야."

"아니야?"

"아니란 말이야. 왜 그런 쪽으로만 생각하는 거야."

"네가 괜히 변죽 울리니까 그렇지. 저녁때 보낸 메시지에도 '한마디로 설명할 수 없어' 라고 했고."

미호코는 조금 화난 듯이 말하고서 새 담배를 빼어 물었다.

"그래서, 뭔데?"

"응."

"확실히 말하지 않으면 계속 상상하게 된다고. 마흔 살 이혼남 담임 선생님과 결혼하고 싶다, 대학에 진학하지 않고 성우 전문학교에 가고 싶다, 스토커에게 쫓기고 있다, 시부야에 놀러 갔을 때 타투를 했는데 에이즈 걱정은 없을까, 각성제를 끊을 수 없어서 곤란하다, 등등."

"와, 내가 그렇게까지 믿음을 못 주는구나."

"믿고 못 믿고가 아니라, 걱정해서 하는 말이야."

미호코는 허리에 두 손을 대고 눈앞의 소녀를 번뜩 노려보았다.

"고마워. 미호뿐이야, 나를 그렇게까지 생각해주는 사람은."

리나는 눈을 반쯤 감더니 튀어나온 광대뼈 부분을 괜스레 비볐다.

이즈미 리나는 열일곱 살, 사립 여고 2학년이다. IT 기업의 관리직인 아버지와 전업주부인 어머니, 그리고 대학생 언니와 함께 도쿄 시내에 있는 맨션에서 살고 있다.

니무라 미호코는 리나 어머니의 여동생, 즉 리나의 이모다. 경력 십년차 내과 의사로 모교인 N대학의 부속병원에서 근무하고 있다. 독신이고 사는 곳이 가까워서 한 달에 한 번꼴로 이 집에 찾아온다. 학생 시절에는 지금보다 세 배는 자주 얼굴을 비추면서 식비를 축냈다.

미호는 가족 이상의 존재야.

리나는 미호코와 단둘이 있을 때마다 자주 그런 말을 했다.

아버지보다 진지하게 숙제를 도와주고, 어머니에게 말하기 망설여지는 연애나 몸에 대한 고민도 미호에게는 상담할 수 있다. 쉬는 날에는 영화관이나 쇼핑하는 데 데리고 가주고, 음악이나 연예인 취향도 비슷해서 언니와 이야기하는 것보다 훨씬 즐겁다.

……뭐, 그렇다고 한다.

"그래서, 무슨 상담을 하려고? 내가 더 큰 상상의 나래를 펼치기 전에 얼른 말해."

미호코는 다시 한번 재촉했다.

"어디서부터 얘기해야 좋을까."

가만히 말하고 리나는 홍차로 입술을 축인다.

"어디서부터든."

"이야기하면 길어지는데."

"사양 말고 해봐. 내일은 오후 회진밖에 없으니까."

미호코는 포크를 입에 문 채 크게 기지개를 켠다.

"미호의 그런 부분도 좋더라, 응."

"뭐?"

"보통 서른 중반이 지난 어른은 예의에 어긋나는 그런 행동은 안 하거든."

"시끄러워."

미호코는 포크를 입에서 뗀다.

"칭찬하는 건데."

"잡담만 할 거면 나 그냥 간다?"

"나, 미움받고 있나봐."

"뭐?"

"부모님한테."

"그렇지 않아."

"그래."

"왜 그렇게 생각하는 거야?"

"미호도 느끼고 있으면서."

"응?"

"보고서도 못 본 척하고 있어. 어른들은 다들 그렇지. 아, 싫다."

리나는 한쪽 눈을 꼭 감고 케이크 한가운데를 포크로 쿡 찔렀다.

"얘, 무슨 말이야?"

미호코는 이맛살을 찌푸리며 고개를 내밀고 살짝 기울였다.

"박진감 넘치는 연기네."

"미움받고 있다는 게 무슨 말이야?"

미호코는 못 들은 체하면서 물었다.

"나한테 화를 내잖아."

"엄마가?"

"봐, 역시 알고 있잖아."

리나가 픽 웃는다.

"화를 내니까 미움받는 거라고?"

"그래."

"무슨 소리야. 자식을 야단치는 건 부모가 해야 할 일이야."

미호코는 웃어 보였다.

"사치코가 화내는 방식은 평범하지 않아."

"엄마 이름을 그렇게 부르는 거 아냐."

"어쨌든 화내는 방식이 비정상적이라고. 거의 눈엣가시로 생각해."

"정말 그럴까?"

"미호가 있을 때에는 참고 있는 거야. 잠깐씩 잔소리를 하는 정도잖아. 미호가 없을 때에는 그 백 배로 화를 낸다고. 날카로운 소리를 내. 버럭 호통치고. 손찌검도 해."

"체벌은 좋지 않지."

"어깨나 손등을 때리는 정도긴 해. 그리고 뺨을 꼬집는다든가. 하지만 호통을 쳐? 소리 지르고? 내가 유치원생이냐고. 땍땍땍땍땍땍땍땍, 이십 분이고 삼십 분이고 마냥 계속한단 말이야. 고등학생을 상대로 보통 그렇게 화를 내나?"

"우연히 기분이 안 좋았을 때 아닐까?"

"우연히 매일?"

"매일이라……"

"거의 매일. 이건 정상이 아냐."

"으음."

"주의한다든가 타이른다든가 하는 느낌이 아니라, 갑자기 버럭 화를 내. 갑자기 그런 공격을 받으면 이쪽도 소리 지르며 반발하게 마련이잖아. 그러면 말대답하지 말라며 손이 날아오는 거지. 애초에 무조건 야단을 치고 시작하니까 무엇에 화를 내는지도 모르겠어. 우선은 말로 타이르고 그것이 통하지 않으면 화를 내는 게 보통 아냐? 내 말이 잘못됐어?"

"맞지."

미호코는 한숨 섞어 대답하면서 이마에 손을 댔다.

"언니와 조카, 어느 쪽 편을 들어야 할지 고민하는 거야?"

리나가 미호코에게 손가락질하며 놀린다.

"시답잖은 소리 하지 마. 야단맞을 짓을 하나도 안 했다는 거야?"

"안 했다니까. 가끔씩 늦잠을 자서 지각하거나 세면대의 머리카락 치우는 걸 깜빡한 적은 있었지만, 대개는 내 쪽에 아무 잘못도 없어. 85퍼센트는 내 잘못이 아냐, 신에게 맹세코. 하느님도 부처님도 안 믿지만."

리나는 날름 혓바닥을 내밀면서 말했다.

"예를 들면 시험에서 81점을 맞았다고 야단맞는 거, 보통은 없지 않아? 200점 만점도 아니야, 100점 만점."

"그건 심하네, 확실히."

"80퍼센트 정도면 대개의 대학에 들어갈 수 있어. 그렇게 말하면 이렇게 대답하는 거야. 도쿄 대학에는 절대 못 들어간다, 와세다나 게이오도 힘들다. 아니 잠깐, 내가 언제 그런 대학을 지망했다는 거야?"

"조금이라도 수준이 높은 곳에 가기 바라는 것이 부모 마음이야."

"자기는 어느 학교를 나왔는데 그러는 거냐고. 너무 높은 곳을 바라잖아."

그건 그렇다며 미호코는 쓴웃음을 지었다.

"다 리나를 생각해서 엄하게 말하는 거야. 사랑하지 않는다면 어느 학교에 가든, 예의범절을 모르고 밖에서 부끄러운 짓을 하든 상관없잖아?"

"그건 아냐."

리나는 단박에 부정했다.

"언니한테 도쿄대에 가라는 거 봤어?"

"유리 말이야?"

"언니는 80점을 맞은 적이 일 년에 몇 번이나 되더라? 50점이면 그나마 좋은 편이고 추가시험은 밥 먹듯이 봐. 그런데도 혼난 적 있어? 머리를 쓰다듬으면서 다음번에 열심히 하라고 말하고 그걸로 끝이야. 다른 곳은 다 떨어지고 이름도 들어본 적 없는 삼류 대학밖에 못 붙었는데 합격 축하로 에르메스 핸드백을 사줬어. 어떻게 그럴 수가 있어!"

"……"

"나한테만 말도 안 되는 조건을 들이미는 거야. 나한테만 엄해. 요컨대 심술이야. 학대라고. 나를 싫어한다는 증거야."

"그건 아냐."

"뭐가 아냐? 왜 언니하고 나를 차별하는 거야?"

리나는 도발하듯이 턱을 내민다. 미호코는 대답할 수 없다.

"유키토는 사치코처럼 화를 내진 않지만 그렇다고 나를 감싸는 것도 아냐. 사치코가 화를 내면 금방 신문을 접고 슥 사라져."

"그러니까, 부모님 이름을 그렇게 부르는 게 아니라니까."

유키토는 리나의 아버지 이름이다.

"어제오늘 시작된 일이 아냐."

"뭐가?"

"또 모르는 체하네. 이 집에서는 오래전부터 맏이는 우대하고 막내는 냉대해. 예를 들면 이런 거지. 간식으로 쿠키를 줬는데 마지막에 딱 하나 남았어. 이건 내 거라며 언니하고 내가 다퉈. 그러면 보통 어머니는 맏이를 야단치게 마련이야. 언니니까 양보하라고. 아니면 공평하게 반으로 나누라고 하든가. 근데 우리집은 어떠냐면, 몸이 큰 사람이 많이 먹는 게 당연하니까 막내보고 참으래. 인형놀이에서 공주님 역할을 놓고 다툴 때도, 텔레비전 채널을 놓고 다툴 때도 무조건 언니가 우선이야. 하나하나 들자면 끝이 없어. 항상 언니만 챙겨서 너무하다고 불평하면 화를 내면서 버럭 소리 지르고 손찌검을 해. 이 불공평의 어디에서 사랑이 느껴진다는 거야?"

미호코는 뭐라고 대답해야 좋을지 알 수 없다. 묵묵히 귀를 기울이고 있자 리나의 언성이 점점 커진다.

"그래, 나는 어릴 적부터 계속 학대받았어. 젓가락질을 X자로 한다고 손등을 얻어맞고, 이불 위를 걸어다녔다고 옆집에까지 들릴 정도로 큰 소리로 야단을 맞고, 백 번에 한 번 정도로 깜빡 숙제를 잊어먹으면 벌로 산수 문제 풀기와 한자 쓰기를 한 시간 동안 시켜. 언니는 밥을 스무 번 씹지 않아도, 책상에서 아이스크림을 먹어도, 시험을 망쳐서 15점을 받고 와도, 어머, 그러면 안 되지, 하는 한 마디로 넘어가는데. 나만 샅샅이 훑으면서 생트집을 잡는다는 생각밖에 안 들어.

하지만 어릴 적에는 그것이 불합리하다고 생각하지 않았어. 내가 잘못했으니까 야단맞는 거라고 생각하려고 했어. 실제로 숙제를 잊어먹거나 이불을 차거나 하는 건 이쪽에 잘못이 있는 거잖아. 80점 맞은 시험이라도 20퍼센트의 잘못이 있는 거잖아. 그것을 너그럽게 넘겨달라는 건 어리광이다, 100점을 맞으면 결코 야단맞지 않는다, 언니가 어떻게 하든 상관없이 나는 열심히 하자. 씩씩하고 착한 애지?"

미호코는 씁쓸하게 웃는다.

"하지만 아무리 노력해본들 한 점의 실수도 없는 인간이 될 수는 없어. 결국 매일 야단만 맞고, 그러는 동안에 기분이 위축되어서 또 야단맞는 거 아닌가 하고 이십사 시간 내내 벌벌 떨게 돼. 식사시간에도 젓가락질 한 번 한 번에 주의하고, 소리 내면 안 된다고 되뇌면서 된장국을 먹고, 횟수를 세면서 꼭꼭 씹어 먹어. 불고기를 먹을 때도 초밥을 먹을 때도 그래. 맛 같은 걸 느낄 여유도 없어. 설날에도 여름방학에도 하와이에 가족여행을 가서도 숨죽이고 지내는 거야. 불쌍한 애지? 그래도 지금은 그 정도로 벌벌 떨지도 않고 당당하게 반발도 해. 그렇지만 반발하기 0.01초 정도 전에 나도 모르게, 내가 잘못한 거다, 완벽하려고 노력해야 한다는 생각이 문득 드는 거 있지?"

리나가 자조적으로 웃었을 때, 옆방에서 휴대전화가 울렸다. 화제가 너무 무거웠던 만큼 마침 잘됐다 생각하고 미호코는 안도했다. 그러나 리나는 받으려 하지 않았다.

"안 받니?"

미호코는 말했다.

"괜찮아. 놔둬."

벨소리가 끊기고 리나는 이야기를 재개했다.

"조금 자란 뒤에 언니와 나의 차이를 생각해보게 되었어. 둘이 같이 몰래 음식을 먹다 들켜도 혼나는 건 나뿐이야. 그렇다는 얘기는 몰래 음식을 먹은 행위 때문에 야단치는 게 아니란 뜻이지. 나쁜 짓이 발각된 뒤에 어머니 앞에서 취하는 언니와 나의 태도 차이와 관계가 있는 것이 아닐까. 어린애치고는 상당한 논리적 사고 아냐? 그래서 그 가설을 세우고 돌이켜보니까 확실히 차이가 있었어. 언니는 머리를 긁으면서 에헤헤 웃고 있었지. 한편 나는 어땠냐면 등을 힘없이 구부리고 고개를 숙이고, 야단도 맞기 전부터 잘못했어요, 잘못했어요, 하고 있어. 울기도 했지. 그렇구나, 그게 문제였구나 하고 생각했어. 내 행동이 짜증을 불러일으키는 거야. 그 분위기가 어머니의 심기를 건드려서 불쾌하게 만들어버려. 찔끔찔끔 왕따 당하던 애가 점점 심하게 왕따 당하는 것과 마찬가지지. 그 점에서 언니는 아주 밝아서 좋은 인상을 주지. 그냥 봐줄까? 하고 용서할 마음이 들게 만들어. 그러면 나도 붙임성 있게 행동하면 되는 거 아닐까? 어때, 완벽한 논리적 귀결이지? 깨달았으면 실천만 남았지. 나팔꽃에 물을 주는 것을 깜빡 잊거나 신발 뒤꿈치를 구겨 신거나 해서 어머니에게 혼날 것 같으면 혀를 메롱 내밀고 빙그레 웃는 거야. 그럼 만사 오케이!"

리나는 두 손을 얼굴 옆에 들어올리며 브이자를 만든다. 그리고.

"……일 리가 없지. 장난으로 얼버무리려 한다고 더 심하게 혼나기만 했어."

그리고 브이자를 쓰러뜨리고 그에 맞추듯이 고개를 툭 떨어뜨린다.

또 옆방에서 전자음이 울렸다.

“아아, 정말. 휴대전화는 참 귀찮네, 매너가 없어.”

리나가 고개를 들고 입술을 비쭉 내민다.

“메시지가 온 게 아닐까?”

미호코가 말했다. 아까와는 다른 멜로디에다 몇 초 만에 조용해져서 그렇게 생각한 것이다.

“아마도.”

“확인 안 해도 괜찮니?”

“괜찮아.”

“아까 전화했던 사람 아닐까?”

“그럴 가능성이 높겠네.”

“그렇다면 급한 용무일지도 모르잖아.”

“괜찮대도, 별것 아닐 테니까. 내 이야기가 천 배는 중요해. 어디 보자, 어디까지 이야기했더라? 아, 맞다. 밝은 아이 작전이 실패로 끝난 부분까지였지. 언니와 똑같은 실수를 하고 언니와 똑같이 장난쳐도 역시 나는 야단맞는다. 야단맞는 원인은 잘못의 내용이 아냐. 그뒤의 태도도 아니고. 그렇다면 언니와 나 사이에 어떠한 차이가 있는 걸까 하고 생각했어. 매일 밤 이불 속에서, 등하교 도중에, 한창 시험 보는 중에도 생각했어. 그리고 하나의 결론에 도달했어.”

리나는 거기서 말을 끊고 포크를 집어들었다. 그리고 접시 이쪽저쪽에 흩어진 케이크 조각을 모아서 입으로 옮기다가 불쑥 말했다.

“나는 주워온 아이야.”

“바보 같은 소리 하지 마.”

미호코는 눈앞의 얼굴을 때리듯이 손사래를 쳤다.

"증거가 있어."

"있을 리가 없잖아."

"이 집에는 내가 갓난아기일 적에 찍은 사진이 거의 없어. 언니 건 앨범 두 권이나 있는데. 비디오도 언니 것밖에 없어. 어느 정도 자란 뒤에 유치원에 들어가기 전 정도의 사진은 있어. 그렇다는 얘기는 그 전에 주워왔다, 그래서 사진이 없다, 그런 거 아냐?"

"그건……"

"어느 해 크리스마스이브에 이즈미 유키토와 사치코는 하얀 입김을 토하면서 서둘러 집에 돌아오고 있었어. 아직 어린 큰딸 유리는 본가에 맡기고 부부 둘이서 크리스마스 디너를 즐겼던 거야. 막차가 가까운 시간에 열차에서 내려서 역 앞 상점가를 지나 조용한 주택가에 들어섰지. 그 지방의 신을 모시는 신사 근처에 접어들었을 무렵, 침침한 가로등 불빛에 비친 돌계단 옆 마른 풀숲 안에 종이박스가 보였어. 아무렇게나 닫혀 있던 뚜껑을 열어보자 그 안에는 모포에 둘러싸인 갓난아기가 있었어. 우는 소리도 내지 않고 눈도 꼭 감고 있어. 그러나 꼭 쥔 손을 잡아보니 체온이 확실하게 느껴졌어. 모포의 가슴 부분에는 편지가 접혀 있고, 펼쳐보니까 삐뚤빼뚤한 글씨로 '리나' 라고만 적혀 있는 거야. 이즈미 부부는 일단 그대로 집에 돌아가려고 했지만 어느새가 하늘에는 눈발이 날리고 있었어. 두 사람은 발걸음을 돌려서 종이박스 안에서 '리나'를 품에 안고 따뜻한 집으로 발걸음을 재촉했지. 버려진 고양이를 주워 가는 것처럼."

"그런 소리 하지 마."

미호코는 견디지 못하고 이야기를 끊었다.

"아니면, 친척 애를 떠맡은 거야. 사고나 무슨 사정으로 어릴 적에 부모를 잃은 여자애를."

"우리 집안에는 그런 친척 없어."

"즉 언니는 친자식이고 나는 남의 자식. 혈연관계가 있는 애는 귀여워하고 어리광을 받아주고, 없는 애는 엄하게 다루는 거야."

"리나!"

"그런 상상을 자주 했었어. 눈 오는 크리스마스이브를 태풍이 몰아치는 밤으로 바꿔보기도 하고, 진짜 부모님은 유원지 같은 곳의 퍼레이드에 나가는 배우인데, 곧 큰 인기를 얻은 뒤에 나를 데리러 올 거라는 상상도 해봤고, 응용이 백 가지 이백 가지는 되었어. 지금 생각하면 자신을 비극의 주인공으로 삼아 상상 속에서 노는 걸로 정신의 균형을 유지하고 있던 게 아닐까 싶어. 어때, 의사로서의 의견은?"

"모르겠습니다."

"하지만 그런 허황된 이야기에 납득할 수 있던 것은 기껏해야 초등학교 4학년 정도까지였어. 그도 그럴 것이, 아무리 봐도 나는 이즈미 유키토와 사치코 사이에서 태어난 애였거든."

"당연하지."

"얼굴이 엄청 닮았어. 나이를 먹으면 먹을수록 닮아가더라고. DNA 감정을 할 것도 없어."

리나는 머리를 쓸어올리고 귓불을 잡아당겼다. 통통하게 부푼 그곳은 어머니를 쏙 빼닮았다.

"나는 두말할 것 없이 이 집의 아이야. 그런데도 귀여움을 받지 못해. 이즈미 유키토와 사치코가 원래부터 어린아이를 싫어하는 것도 아니야. 장녀는 귀여워하니까. 차녀만 매정하게 대해. 특별히 행실이 나쁜 것도 아닌데, 아니, 장녀보다 훨씬 착실한데 말이야. 어째서일까?"

리나는 엷게 웃고서 고개를 갸웃거린다. 이모가 당황하는 모습을 즐기는 듯 보이기도 한다.

"초등학교 4, 5, 6학년, 중학교 1, 2학년. 여전히 야단만 맞고 살았어. 하지만 나는 이제 어린애가 아니야. 어떻게 해서 아이가 생기는지 알아버렸어. 황새가 물어다주는 것도, 양배추 밭에서 태어나는 것도 아니야. 남자와 여자에 의해서 만들어지는 거야. 만드는가 만들지 않는가는 본인들의 의지로 결정할 수 있어. 그렇구나, 그런 것이었구나. 나는 원하지 않았던 아이였던 거야. 이즈미 유키토와 사치코는 아이는 한 명으로 충분하다고 생각했어. 그런데 피임에 실패해서 또 한 명 가져버렸어. 그렇게 어쩔 수 없이 태어난 게 나야."

"그만해."

"원해서 낳은 애가 아니라면 결점만 눈에 띄게 마련이지. 1의 결점이 5나 10으로 확대되어 보이는 거야. 그리고 감정이 폭발하지. 아, 정말, 이런 애는 필요 없었는데!"

"이제 그만 좀 해. 농담이라도 그런 소리는 하는 게 아니야."

"농담이 아니니까 하는 이야기야. 증거? 있어. 원해서 낳은 자식이 아니니까 사진이 없는 거잖아. 필요 없는 애의 사진 같은 걸 찍을 생각이 들겠어?"

"그건……"

"아니라고? 뭐가 아닌데. 그럼 대답해봐. 나만 이상할 정도로 매정하게 대하는 이유가 그것 말고 또 있어? 있다면 알려줘. 아무런 이유도 없이 언니만 편애한다면 그게 더 문제 아냐?"

미호코는 대답이 궁했다.

"나는 원해서 태어난 아이가 아니었어. 그래서 뭔가 구실을 붙여서 매몰차게 대하는 거야. 간신히 납득이 갔지. 감정적으로는 납득할 수 없었어. 어쩔 수 없이 태어나서 미움받으며 자라다니. 매일 야단맞고, 얻어맞고, 그걸 견디면서 숨죽이고 살아가고 있는 나는 뭐야. 대체 나는 뭘 위해서 살고 있는 거야? 그렇다면 키우지 않아도 좋아. 낳아주지 않는 게 훨씬 나았어. 슬퍼. 안타까워. 납득이 안 가. 매일 밤 울었어. 원하지도 않았는데 태어났다는 이유 자체는 납득이 갔어. 철이 들 무렵부터 계속 찾고 있었던 답을 얻으니 마음을 무겁게 누르고 있던 것이 사라져서, 어떤 의미에서는 후련한 기분도 들었어. 그리고 밤이 와도 눈물이 나지 않게 되었을 무렵에는 미래를 향해 기분을 전환하려고 했어. 원하지 않았다? 상관없어, 괜찮아. 이쪽에서 사라져주지 뭐. 그래서 지방 대학으로 가려고 했어. 성가신 애가 없어지는 건 그쪽도 바라는 바일 거야. 관자놀이에 핏대를 세우지 않아도 되니 오래 살 수 있을 거야. 서로 윈윈이지. 그런데 우리 멍청하신 부모님들은 여자애가 혼자 사는 건 허락할 수 없으니 이 집에서 다닐 수 있는 대학에 가라고 명령하더라고. 게다가 가능하면 도쿄대나 와세다, 게이오. 그런 말도 안 되는 조건을 강요해. 대체 얼마나 더 심술을 부려야 속이 시원해지는 거야? 신데렐라의 계모도 울고 갈 거야. 이제는 제 발로 집을 나가는 것밖에 방법이 없어."

"설마, 가출?"

미호코는 깜짝 놀라며 물었다.

"그래, 가출."

"오늘 상담이라는 게 가출에 대한 거였어? 도와달라고?"

"지난주에는 진지하게 그렇게 생각하고 있었어. 몰래 새 가방도 샀고. 레스포삭 위켄더야. 볼래?"

"성급하게 굴지 마."

미호코는 몸을 앞으로 내밀며 조카의 손을 잡는다. 리나는 그것을 부드럽게 뿌리쳤다.

"미호야말로 성급하게 생각하지 마. 가출 생각을 했던 건 지난주 얘기야. 이번 주에는 사정이 달라졌어."

"사정이 달라졌다고?"

"한 잔 더 줄까?"

리나는 미호코의 질문을 무시하고 빈 찻잔을 쟁반에 얹었다.

"사정이 바뀌었다니, 뭐야? 어떻게 된 거야?"

미호코는 참지 못하고 부엌을 향해서 말을 걸었다. 확실한 이유는 모르지만, 아까부터 가슴이 두근거린다.

"미호는 알고 있을 텐데 말이야."

"어? 내가? 뭘?"

그 물음은 찻주전자가 내뿜는 피리 소리에 지워졌다.

새 홍차가 나왔다.

"아까하고 다른 잎을 썼어."

지금의 미호코에게는 향기를 즐길 여유가 없었다.

"그러면 이야기를 들어주세요. 일요일 오후에 있었던 일이랍니다. 언니는 아침부터 샤워를 하고 평소보다 1.5배의 시간을 들여서 머리와 얼굴을 단장하더니, 저녁밥은 필요 없다고 하고 외출했습니다. 아마도 남자를 만나는 거겠죠. 저도 브런치 뒤에 도서관에 갈 예정이었습니다. 이 주일 뒤로 닥친 전국 일제 모의고사를 대비한 공부입니다. 가출을 생각하면서 대입 시험공부도 하는, 그런 어정쩡한 부분이 이즈미 리나의 약점입니다. 이 우유부단한 성격이 장래에 자신에게 커다란 재앙을 불러오리라는 생각이 머릿속에서 떨어지지 않던 열일곱번째 가을. 그 얘긴 접어두고, 저는 도서관에 갈 생각이었지만 식사 뒤에 왠지 머리가 아프기 시작해서 진통제를 먹고 방 침대에 드러누웠습니다. 그랬다가 깜빡 잠들어버렸던 모양입니다. 움찔 몸을 떨고서 잠에서 깨어났습니다. 뭔가 나쁜 꿈을 꾸었는지도 모릅니다. 흐릿하게 식은땀도 흘리고 있었습니다. 아직 머릿속이 멍해서, 일어나려고 해도 몸에 힘이 들어가지 않았습니다. 그래서 가만히 침대에 드러누워 있었지만 그런다고 다시 잠이 올 리도 없지요. 그렇게 한동안 일어나고 싶어, 일어날 수가 없어, 하고 마음속으로 되풀이하면서 마냥 시간을 낭비하고 있었습니다. 아아, 귀찮으니까 평소대로 이야기할게. 하여간 그래서 침대 위에서 꾸벅꾸벅 졸고 있는데 이야기 소리가 들리는 거야. 아빠하고 엄마의 목소리. 목소리 크기로 봐서는 거실에서 이야기하는 것 같았어. 거의 잡음 같아서 무슨 말을 하는지 알 수 없었지만, 이따금씩 목소리가 커져서 군데군데 알아들을 수 있었어. 자주 나왔던 것이 '어쩔 수 없어'라는 말이야. 아빠가 반복하고 있었어. 그리고 '이식'이라는 단어. 초목을 옮겨 심는 이식, 각막이나 간장을 다른 사람에게로 옮기는 이식. 아!"

자기를 가리키는 손가락에 미호코는 깜짝 놀라며 몸을 젖혔다.

"미호, 역시 알고 있었구나."

"뭐, 뭘?"

"내 출생의 비밀."

"뭐?"

"모르는 체하지 마. '이식'이라고 하니까 안색이 확 달라졌어."

"그건, 갑자기 손가락질을 해서 그렇지."

"아니지. 손가락을 내밀기 전에 바뀌었어. 젠장, 미호도 한통속이었어."

"한통속이라니, 무슨……"

"완전히 속고 있었어. 미호만은 내 편이라고 믿었는데, 실은 그 인간들하고 함께 나를 필요 없는 물건으로 취급하고 있었던 거구나. 아, 이거 야단났네, 야단났어."

리나는 일그러진 미소를 지으며 두 팔을 벌리고 천장을 올려다보았다. 동그란 눈동자가 글썽이고 있다.

"리나, 너 지금 뭔가 착각하고 있어."

미호코는 리나의 어깨에 손을 뻗었다. 리나는 몸을 비틀며 미호코의 손을 거절했다.

"자백하지 않을 거라면 흔들리지 않는 증거를 말해줄게. 아까 하던 얘기야. 대체 무슨 이야기일까 하고 나는 침대 위에서 귀를 기울였어. 말투로 판단하기론 상당히 심각한 이야기 같았어. 딸들에게는 들려줄 수 없는 어른의 이야기, 그런 분위기였지. 작은딸도 도서관에 가서 없다고 착각하고 있는 것 같았어. 만약 내가 소리를 내서 방에 남아 있는 것을 들켜버리면 이야기는 거기서 끝날 것 같았어. 그래서 나는 숨을 죽이고 신경을 곤두세워서 벽 너머에서 들려오는 단어를 주워모았어.

'언니 — 백혈병 — 어쩔 수 없어 — 이식 — 그애는 — 리나 — 언니를 위해서 낳았어 — 골수 — 어쩔 수 없어 — 도너 — 그애는 — 언니를 위해서 — 어쩔 수 없어 — 골수이식을 위해 — 리나는 —'

언니가 백혈병? 언니를 위해서 낳았어? 누구를? 나를? 골수이식?

이식을 위해서 낳았어? 나를? 무슨 소리야, 그거?"

리나는 한쪽 눈을 꾹 감고 한쪽 눈으로 정면을 응시했다. 미호코는 시선을 돌리고서 할 말을 찾았다. 말을 찾기 전에 리나가 말을 이었다.

"가슴이 아주 두근거렸어. 나는 직감으로 그 단계에서 진상을 파악했던 거야. 텔레비전이나 신문이나 인터넷을 통해서 알게 모르게 다양한 지식이 머릿속에 들어 있었으니까. 하지만 그 지식들을 끌어내서 이어맞추는 건 그 자리에서는 불가능했어. 아마도 본능이 멈춘 게 아닐까 싶어. 알아서는 안 된다, 알면 불행해진다, 아무것도 듣지 않은 것으로 해라, 라고 말이야. 그렇지만 나는 알고 싶은 욕구를 억누를 수 없었어. 그렇다고 해서 거실로 박차고 나가 부모님을 향해 방금 이야기는 뭐냐고 따지고 들어봤자 소용없을 거야. 시치미 떼며 입을 닫을 게 뻔하지. 엄마는 분명히 뭘 꾸물거리고 있느냐, 어서 도서관에 가서 공부하라고 오히려 화를 낼 거야. 그래서 나는 몰래 방을 빠져나와서 서둘러 도서관으로 갔어. 영문법 문제집을 푸는 대신 의학서적 서가 앞에서 백혈병에 관한 책을 펼쳐 읽었지. 그리고 알았어. 나는 언니에게 골수를 제공하기 위해 생산되었어."

"무슨 바보 같은 소리니!"

미호코는 두 손을 앞으로 내밀었다. 리나는 멈추지 않았다.

"도서관에서 발견한 소아백혈병 책에, 미국의 이런 사례가 실려 있었어.

어떤 여자애가 급성 임파성 백혈병에 걸렸어. 화학요법 효과가 신통찮고, 조혈간세포 이식이 필요했어. 그런데 골수형이 적합한 골수제공자를 찾을 수 없었어. 그래서 여자애의 부모님은 도박을 했지. 새로운 아이를 낳아서 그애를 도너로 삼기로 한 거야. 완전한 남과 HLA형이 적합할 확률은 수백에서 수만 분의 일에 불과하지만, 같은 부모에게 유전자를 나눠받은 형제자매는 25퍼센트로 극적으로 높아. 일 년을 기다려도 도너를 찾을 수 없을지도 몰라. 그렇다면 자신들이 도너를 만들자는 거였어. 25퍼센트니까, 수정이 잘 되고 무사히 출산한다 해도 적합하지 않은 아이가 태어날 가능성이 높아. 그렇지만 나타날 보증이 없는 도너를 막연히 기다리는 것보다는 훨씬 기대할 만하지. 그리고 부모의 소원은 결실을 맺어서 HLA형이 일치된 아이가 태어났고, 백혈병에 걸린 여자아이는 목숨을 건졌어.

이거, 그대로 우리집에 대입할 수 있잖아? 백혈병 여자애가 이즈미 유리, 도너가 되기 위해 태어난 아이가 이즈미 리나."

"당치도 않은 상상 하지 마."

"상상이 아냐. 이건 추리야.

'언니 — 백혈병 — 어쩔 수 없어 — 이식 — 그애는 — 리나 — 언니를 위해서 낳았어 — 골수 — 어쩔 수 없어 — 도너 — 그애는 — 언니를 위해서 — 어쩔 수 없어 — 골수이식을 위해 — 리나는 —'

훔쳐들은 이야기를 단서로 문헌을 뒤져서 의미를 맞춰봤어. 그걸 상상이라고 비웃는다면, 목을 관찰하고 청진기만 대보고서 감기라고 진단하는 의사선생님의 견해도 상상이라고 해야 하지 않겠어?

결론을 말하자면, 나는 물건으로서 생산된 거야. 예쁘든 못생겼든, 머리가 좋든 나쁘든, 그림에 재능이 있든 노래에 재능이 있든, 솔직하든 비뚤어졌든, 그런 건 아무 상관 없었어. 인간으로서의 개성은 아무것도 필요 없고, 사랑하는 외동딸인 이즈미 유리와 같은 형의 골수가 필요했던 것뿐이야. 그리고 그애를 구하고 나자 볼일이 끝난 거지. 이제 필요 없어. 진주 채취를 끝낸 진주조개 같은 거야. 그렇다고 해도 일단 인간이니까 폐기처분할 수도 없어. 어쩔 수 없이 살려두고 있어. 그게 지금의 나야. 사랑받지 못하는 게 당연하지. 한편 언니는 목숨이 왔다 갔다 하는 병을 극복한 덕에 소중히 보살핌을 받고 있어. 그것도 그럴 만해."

리나는 고개를 천장으로 향하고 떨리는 한숨을 내쉰다.

"리나, 아니야. 그건 아니야."

미호코는 얼굴을 일그러뜨리고 고개를 좌우로 젓는다. 리나도 고개를 좌우로 젓는다. 미호코보다도 훨씬 빠르게, 귀를 막고서 듣지 않겠다는 듯이 도리질한다.

"그 사실을 알고 나니까 한 가지 이해되는 일이 있었어. 유치원이나 초등학교 저학년 무렵에 정기적으로 병원에 갔었어. R병원. 열이 있는 것도 배가 아픈 것도 아닌데 끌려갔어. 피를 뽑거나 목덜미를 건드리거나 간단한 진찰을 하면서 건강검진이라고 했어. 당시에는 그런가보다 했지. 하지만 잘 생각해보니까 한 달에 한 번꼴이었던 것이 점점 계절에 한 번, 반년에 한 번이 되었어. 그러다가 나중에는 전혀 가지 않게 되었지. 그거, 골수를 제공한 뒤의 몸을 관찰했던 것이 아닐까? 태어난 지 얼마 안 되어서 골수를 채취했으니 몸에 커다란 부담이 갔다 해도 이상하지 않잖아. 그리고 장래에 도너가 될 아기를 위해서도 데이터를 여러 가지로 모아두고 싶을 테고."

"그게 아니야……"

미호코는 그런 대답밖에 하지 못했다.

"나는 이즈미 유리의 목숨을 구하기 위해 이 세상에 보내졌고, 그 사명을 다했을 때에 내 존재의의도 소멸했어. 지금 여기 있는 나는 살아 있는 시체야. 진주를 뽑힌 진주조개, 매미의 허물, 산란을 마친 연어, 하드디스크가 망가진 컴퓨터."

리나가 자포자기하듯 비유를 늘어놓는다. 미호코는 머릿속에서 할 말을 계속 찾는다.

벨소리가 울렸다. 리나는 카디건 주머니에서 스트랩이 주렁주렁 달린 휴대전화를 꺼냈다. 눈꺼풀을 비비면서 두 번 깜빡이고, 엄지손가락으로 버튼을 눌렀다. 메시지가 온 모양이다.

이런 심각한 이야기를 하는 와중에도 메시지에 신경을 쓰는 게 요즘 애들이구나, 하며 미호코는 병원의 젊은 직원을 떠올렸다. 그리고 작은 위화감을 느꼈다.

리나는 다이얼 키 위에서 엄지손가락을 빠르게 움직인 뒤에, 플립을 닫고 휴대전화를 주머니에 넣었다.

"가지고 왔어?"

미호코는 물었다.

"뭘?"

"휴대전화."

"가지고 와?"

"방금 전에는 저쪽에서 울렸잖아."

미호코는 옆방으로 이어지는 문을 가리킨다.

"저건 내 거 아냐."

"어머, 그래. 그래서 안 받았구나."

그렇게 말하고 나서 미호코는 다시 위화감에 휩싸였다. 아까 느꼈던 것보다 훨씬 크게.

현대인에게 휴대전화는 몸의 일부나 다를 바 없다. 놔두고 나간다는 것은 지갑이나 열쇠를 잊어버리는 것과 비슷하게 드문 일이다.

"다들 외출했지?"

미호코는 확인했다.

"상담하고 싶다는 건 그 얘기야."

리나는 영문을 알 수 없는 대답을 하며 일어섰다. 소파에서 떨어져서는 멀뚱하게 있는 미호코를 향해 이리 오라며 손짓했다. 미호코는 슬리퍼를 신고 그녀 쪽으로 다가갔다.

리나는 문을 열었다.

미호코는 숨을 삼켰다.

문 너머는 아까 휴대전화가 울리던 방이다. 세 평 정도의 일본식 방.

이즈미 유키토가 있었다. 사치코와 유리도 있었다.

세 사람이 포개지듯이 쓰러져 있었다.

"학교에서 돌아오니까 웃음소리가 들리더라고. 거실에는 아무도 없고, 소리는 이 방에서 들려왔어. 문을 열었더니 세 사람이 한데 둘러앉아 있었어. '다녀왔어요' 하고 말했는데 아빠가 흘끗 이쪽을 볼 뿐이지 아무도 '어서 와' 라고 말해주지 않았어. '뭐 하고 있어?' 하고 물어도 다들 무시하고 즐거운 듯 깔깔 웃기만 했어. 세 사람 가운데에는 사진이 흩어져 있었어. 스누피며 스파이더맨이 찍혀 있었어. 아마도, 요전에 언니가 오사카에 갔을 때 찍은 사진일 거야. 세 사람을 그걸 보면서 담소를 나누고 있었어.

나 같은 건 무시하고.

여긴 어디니? 문어빵은 맛있었어? 부모님이 물으니까, 오사카 성도 쓰텐가쿠도 못 갔어, 하고 언니가 사진을 설명하고 있었어.

나를 완전히 따돌리고서.

그건 내가 가족의 일원으로 인정받지 못하기 때문이야.

나는 가족으로 이즈미 가에 온 것이 아니야. 이즈미 가의 장녀의 병을 치료하기 위해서 생산되었어. 그리고 목적이 달성되자 용도는 끝났어. 불필요하지만 버릴 수도 없으니까 이 집에서 살게 하면서 그냥 살려두고 있어. 나는 숨만 붙여두고 있는 거야. 어쩔 수 없이.

정신이 들고 보니 부엌칼을 쥐고 있었어.

엄마가 방바닥에 몸을 던지고 있었어. 목에서 피를 흘리고 꿈틀꿈틀 경련하고 있었어. 어째서인지 썰물의 개펄을 떠올렸어. 얕은 여울에 빠진 작은 물고기가 딱 저렇게 팔딱팔딱 뛰었지. 지바의 후쓰쓰에서 아침 개펄에 갔었어. 초등학교 1학년인가 2학년쯤. 가족끼리 간 게 아니라 학교 소풍.

아빠와 언니는 방바닥에 앉아 있었어. 나를 말리지도, 도망치지도, 구급차를 부르지도 못하고, 서서히 움직임이 약해져가는 사치코를 멍하니 바라보고 있었어. 인간은 극도의 혼란에 빠지면 몸이 움직이지 않게 된다지? 머리도 안 돌아가. 머릿속이 새하얘진다잖아. 두 사람이 딱 그런 상태가 아니었을까. 그래서 내가 부엌칼을 치켜들고 다가가도 아무런 저항도 하지 않았어."

미호코는 문을 닫고 리나를 소파로 데려갔다.

"아빠는 밤에 비행기를 타고 삿포로에 출장을 갈 예정이었던 모양이야. 그래서 짐을 가지러 왔었어. 운이 없었네. 아까 왔던 전화나 메시지는 삿포로에서 온 게 아니었을까? 공항으로 마중 나갔는데 예정 편에서 내리지 않아서 초조해서 전화를 걸었던 거지. 여기서 죽었다는 걸 알면 더욱 초조하겠지."

리나는 무릎을 치며 웃었다. 미호코는 물을 따라와서 리나에게 정신

안정제를 먹였다. 진통제나 위장약을 필두로, 어지간한 약은 항상 휴대하고 다닌다.

"언니는 내가 생산되지 않았다면 이미 죽었을 테니까 날 원망할 수 없을 거야. 보너스 인생을 즐겼다고 생각하면 돼. 안 그래? 그렇지?"

"그 얘긴 이제 됐어."

미호코는 리나의 옆에 앉아서 가느다란 어깨를 끌어안아주었다.

"미호."

"왜?"

"상담해줄 거지?"

"응?"

"나, 어떡해야 좋을까? 이런 일은 처음이라서."

세 사람 다 소생의 기미는 없다.

"리나."

"응?"

"아니, 아무것도 아냐……"

(넌 큰 착각을 하고 있어.)

목까지 치밀어오른 말을 미호코는 삼켰다. 이제 와서 그 이야기를 해봤자 무슨 소용인가.

(리나, 넌 자신을 '용도가 끝났다'고 말했는데, 잘 생각해보렴. 너를 필요로 하지 않는 아빠와 엄마가 너를 좋은 대학에 보내려고 하겠니? 필요 없는 애는 어떤 학교에 가든 상관없지 않겠어? 오히려 진학시키지 않을 거야. 그만큼 돈이 드니까.)

"경찰에 전화해야겠지? 그러면 체포되나? 난 일단은 아직 미성년자인데. 학교 같은 건 어떻게 되려나……"

(언니 — 유리가 소아백혈병이라고 했는데, 만약 그게 사실이라면 이식을 받은 유리도 치료한 뒤에 정기적으로 병원에 가야 했을 거야. 유리는 그랬니?)

"시체를 감추는 건 어떨까? 방바닥도 깨끗하게 청소하고. 하지만 소용없으려나. 회사나 학교에 나가지 않으면 이상하게 생각하겠지."

(너는 아빠와 엄마에게 무엇과도 바꿀 수 없는 소중한 아이야. 미워서 야단치는 게 아냐. 기대하고 있어서 요구가 많은 거지. 유리보다도 훨씬 많은 기대를 걸고 있어. 다만, 기대가 너무 컸기 때문에 그게 엄한 모습으로 나타나버린 거야)

"미호?"

"어? 응."

"왜 대답 안 하는 거야?"

"아, 미안해."

"생각중이야?"

"아, 응. 생각하고 있어."

(아버지와 어머니는 너에게 부담을 주고 싶지 않았어. 그래서 어른이 될 때까지 숨기기로 했어. 그건 애정에서 나온 행동이야. 그렇지만 —)

"고마워. 역시 미호뿐이야. 상담하길 잘했어."

(그렇지만, 그게 오히려 문제가 되어버렸어.)

"잘 부탁드립니다. 차, 마실래?"

리나는 미호코에게서 떨어져서 부엌으로 들어간다.

"리나."

"왜?"

리나가 돌아본다.

"아니, 아무것도 아니야……"

역시 미호코는 말할 수 없다.

(네가 '언니' 였단 말이야.)

이즈미 리나에게 급성 골수성 유아백혈병이 발병한 것은 생후 이 개월 무렵이었다. 항암제 투여로도 증상 개선이 없어서 조혈간세포 이식의 필요가 제기되었다.

그러나 골수형이 적합한 도너를 찾을 수 없었다. 높은 확률로 적합하리라 기대된 형제—언니인 유리와도 맞지 않았다. 부모는 그래서 새로운 아이를 만들어서 그 아이의 HLA형에 도박을 걸기로 했다.

일 년 뒤, 여자아이가 태어났다. HLA형은 리나와 일치했고 골수이식이 이루어졌다.

유아백혈병은 오 년 생존 확률이 50퍼센트 이하인 난치병이지만, 이식이 성공하고 리나의 회복력도 강해서 보통사람과 다를 바 없는 생활을 보낼 수 있게 되는 데 그리 오랜 시간은 걸리지 않았다.

그러나 나루미가 죽었다. 도너로 태어난 이즈미 가의 막내딸이다. 골수를 제공한 것과는 관계없는 불행한 사고로, 고작 한 살의 나이에 작은 생명이 꺼졌다.

나루미는 본래 이즈미 부부의 예정에 없었던 아이다. 유리와 리나, 두 딸을 가진 시점에서 아이는 이제 충분하다고 생각했다. 나루미는 골수이식을 목적으로 계획적으로 출산했다. 리나의 말을 빌리자면 '생산'했다. 계기는 확실히 그랬다. 그러나 그렇다고 이즈미 부부가 나루미를 사랑하지 않은 것은 결코 아니었다. 유리와 리나와 마찬가지로 사랑해 마지않았고, 건강하게 성장하기를 바라고 있었다.

이즈미 사치코가 리나에게 엄한 것은 그것 때문이다. 나루미 몫까지 충실한 인생을 보내주길 원한다. 나루미는 너를 위해서 태어나고, 너를 구하고 세상을 떠났다—

리나는 리나, 나루미는 나루미. 둘은 다른 인격이고 한 사람이 두 사람 몫을 사는 것은 무리다. 사치코도 그것은 충분히 알고 있다. 그러나 저도 모르게 지나친 기대를 하게 된다. 나루미 몫까지 훌륭하게 키우고 싶다는 마음이, 리나를 도를 넘을 정도로 엄하게 다루게 만들었다.

아기일 무렵 백혈병에 걸렸고, 여동생에게 골수이식을 받아 목숨을 건졌지만, 자신을 구한 여동생이 죽어버렸다는 것을 알면 리나는 큰 상처를 입게 될 것이 틀림없다. 그래서 부모는 리나가 어른이 될 때까지 사실을 감춰두기로 결정했다.

리나의 어릴 때 사진이 이 집에 없는 것도 같은 이유다. 사진은 많이 있다. 유리의 어릴 때 사진이 앨범 두 권 분량이라면 리나의 사진은 앨범 다섯 권은 될 것이다. 병원 침대 위의 모습을 매일 카메라에 담아두었다. 그러나 이것을 리나에게 보여주면 병에 대해 알게 되므로, 때가 올 때까지는 그녀의 눈이 닿지 않는 곳에 보관해두기로 했다.

그런 배려를 하면서 한편으로는 아주 매섭게 야단을 쳤다. 사치코는 미호코에게 자신 안에 있는 두 개의 마음을 잘 컨트롤하지 못하겠다고 자주 털어놓곤 했다.

괴로운 마음은 부부가 나눠 지고 있었다. 자식이 깊이 잠든 뒤나 집을 비우고 있을 때, 나루미의 죽음을 슬퍼하고 리나에 대한 태도를 안타까워하며 서로를 위로했다.

죽은 아이는 떠올려도 소용없다. 유키토는 말했다. 결국 그렇게 잘

라내버리는 수밖에 없다. 사치코도 알고 있다. 알고는 있지만 나루미를 떠올려버린다. 리나에게서 그 흔적을 찾게 된다. 과도한 기대를 품고 꾸짖고 만다. 그리고 후회하고 위로를 구하며 남편에게 의지한다. 십여 년 동안 그것을 반복해왔다.

그 일요일도 그랬다. 리나가 집에 남아 있는 것도 모르는 채. 그걸 훔쳐듣고 착각할 거라고 어떻게 예상할 수 있었을까.

그리고 오늘.

사치코와 가족들은 리나를 무시한 것이 아니었다. 이야기의 타이밍이 맞지 않았던 것뿐이다. 그러나 일요일에 훔쳐들은 이야기가 리나의 어두운 의심에 불을 붙여버렸다.

사실을 계속 감춰왔던 것이 문제가 되어버렸다. 리나를 위해서 그렇게 해온 건데도.

그러나 한번 나와버린 결과는 바꿀 수 없다. 문 너머의 시간을 되돌릴 수도 없다.

문제는 과거가 아니라 미래다.

리나를 어떡하면 좋을까?

시체를 숨기고 아무 일도 없었던 걸로 덮어버리는 것은 도저히 불가능하다.

경찰을 부르고 법에 따른 마땅한 처벌을 받는 수밖에 없다. 그것은 어쩔 수 없다. 열일곱 살 소녀에게는 가혹한 미래가 기다리고 있지만, 그래도 열일곱 살이라면 재기할 길이 있다.

다만 진실을 어떤 형식으로 리나에게 전하는가가 문제다. 리나는 도너가 아니라 레시피언트였다는 사실을.

진실을 알게 되면 열일곱 살 소녀의 정신은 붕괴되어버릴 것이다. 사실 이미 균형이 무너져 있다.

리나는 부엌의 카운터 앞에 서 있다. 카운터 위에는 비세이도 제과점의 상자가 있다. 섬세하게 장식된 케이크를 움켜쥐고 우물우물 먹고 있다.

계속해서 진실을 완벽히 감출 수는 없을까 하고 미호코는 생각한다. 곧 불가능하다며 부정한다.

만약 이 자리에서 미호코가 알리지 않더라도 머지않아 리나의 귀에 들어갈 것이다. 경찰 조사에서 리나는 자신이 물건 취급 받아온 것에 원한을 품어왔으며, 이번에 그 감정이 폭발했다고 동기를 이야기할 것이다. 그러나 경찰이 조사하면 리나가 사실을 오인하고 있음이 금방 밝혀진다. 부모가 진실을 감추고 있었던 것이 살인의 동기가 되었으니, 그것이 밝혀지면 형량은 가벼워진다. 변호사가 이것을 이용하지 않을 리 없다.

배려 없는 타인의 입을 통해 그것을 알게 된다면 틀림없이 정신이 붕괴될 것이다. 복구가 불가능할 정도로 산산조각으로 부서질 것이다. 피해를 최소한으로 막기 위해서는 가까운 사람이 조심스럽게 배려해서 전할 필요가 있다. 그것이 그녀의 부모와 함께 사실을 감춰왔던 공범자로서의 책임이기도 하다.

거기까지는 금방 생각할 수 있었다. 그러나 이야기를 어떻게 꺼내고 어떤 순서로 전해야 좋을지, 미호코는 전혀 짐작이 가지 않는다.

아까 리나는 말했다.

"나, 어떡해야 좋을까? 이런 일은 처음이라서."

나도 처음이야. 미호코는 화가 나려고 한다. 게다가 조카는 상담을 받아줄 이모가 있지만, 이모인 나는 누구에게 상담하면 좋단 말인가.

"리나."

미호코는 말을 걸었다.

"응?"

크림으로 더러워진 손가락을 핥으면서 리나는 이쪽을 돌아보았다. 미호코는 미소 짓고서 말했다.

"이모에게도 케이크 좀 줄래?"

벚꽃 지다

1

도키와 씨가 이사 오신 것은 작년, 네, 벚꽃이 지고 눈부실 정도로 파란 잎사귀가 돋아나기 시작하는 봄의 끝자락이었습니다.

맞은편 집은 보시는 대로 많이 낡은 집이라, 벌써 몇 년 동안 입주자 없이 방치되어 있었죠. 이대로 헐리나보다 생각하던 차에 그곳에 도키와 씨가 이사 오신 거예요.

이사 왔던 그날 밤, 부인께서 혼자서 인사를 하러 오셨더군요.

"뭔가 폐를 끼칠 일이 있을지도 모르겠지만 부디 잘 부탁드립니다."

부인께서는 그렇게 말씀하시고 과자 꾸러미를 내미셨습니다.

지금 생각하면 그것은 단순히 예의로 했던 말이 아니었을지도 모릅니다. 부인은 그때 벌써 일 년 뒤의 지금을 예상하고 있었을지도 모르죠. 각오하고 있었다고는 말할 수 없지만 예감 같은 것을 품고 있었던 것은 아닐까, 저는 그런 생각이 들어요.

도키와 씨의 부인인 후미코 씨는 저보다 연상으로 보였지만, 저보다 훨씬 움직임이 가볍고 또 부지런히 일하는 분이었어요.

보세요, 저기 피어 있는 유채꽃. 여름에는 연보라색 가지꽃, 겨울에는 파란 무 잎사귀가 정말 보기 좋았답니다. 후미코 씨가 직접 잡초를 한 포기 한 포기 뽑아가며, 난장판이었던 정원을 훌륭한 야채밭으로 바꾼 거예요

전업 주부가 재미 삼아 한 것이 아니에요. 후미코 씨는 일을 두세 개씩 하고 계셨죠. 아침저녁으로 일하면서 짬짬이 밭일을 하셨던 거랍니다.

간다 씨의 부인은 고사카초에 있는 본가에 갔을 때 몇 번인가 후미코 씨를 봤다고 했어요. 가득 찬 쇼핑 카트를 끌면서, 집집마다 우편함에 부동산 회사 광고지를 던져넣고 있었대요. 고사카초는 언덕이 많은 동네에요. 돌계단을 올라야만 들어갈 수 있는 집도 적지 않죠. 작년 여름의 그 기록적인 더위 속에서, 후미코 씨는 흐르는 땀을 닦으려 하지도 않고 일심불란하게 광고지를 돌리고 있었다나봐요.

미야무라 씨의 부인은 시민병원에서 후미코 씨를 만났대요. 병원의 화장실에 들르려다가 딱 마주쳤다지 뭐예요. 후미코 씨는 수건을 머리에 두른 파란 작업복 차림으로 타일 틈새를 열심히 닦고 있었대요. 깜짝 놀라서 인사했더니 후미코 씨는 껄끄러운 듯이 고개를 돌리고는 손을 내던지고 밖으로 나갔다고 해요.

저도 길거리에서 본 적이 있어요. 산본기초 교차점 쪽에 이십사 시간 영업하는 덮밥가게가 있잖아요? 그곳 문으로 들어가는 모습을 봤어요. 아침 5시 무렵이었던가. 차 안에서 흘끗 본 거지만, 둥글게 굽은

등하며 흐트러진 머리카락하며 오른쪽 다리를 끌면서 걷는 동작이 틀림없이 후미코 씨였다고 확신해요.

그래요. 후미코 씨는 다리가 좋지 않았어요. 지팡이를 짚고 오신 적도 있죠. 저기압이 다가오면 지끈지끈 아프다며 "내 무릎은 일기예보보다 훨씬 정확해요" 하고 고개를 움츠리셨죠. 그 웃음의 뒤편에 얼마나 많은 고생이 있었을까요. 그런 몸으로 일을 하면 점점 몸이 나빠질 수밖에 없어요.

전부 남편 탓이에요. 사람마다 각자의 사정이 있을 테니 자세히 물어보거나 의견을 말하지는 않았지만, 남편이 정말 망나니거든요.

망나니라지만 조직폭력배는 아니에요. 겉보기에는 지극히 정상이에요. 숱이 적은 머리카락을 발을 치듯이 넘기고, 검은 테 안경을 끼고, 폴로셔츠와 면바지 차림에 배가 볼록 나온 것이, 어디에서나 흔히 보이는 볼품없는 중년 남자죠.

어폐는 있지만, 조직폭력배 쪽이 차라리 나을 거예요. 매일 조직의 사무소에 출근해서 사무실을 청소한다든가 수금을 한다든가, 그러면서 땀 흘리며 일을 하니까.

후미코 씨의 남편은 전혀 일을 하지 않았어요. 하루 종일 툇마루에 앉아서 담배를 뻑뻑 피우고 있었죠. 편의점 봉투를 손에 들고 콧노래를 부르면서 걸어다녀요. 매일 그런 식이었죠.

정년퇴직할 나이는 아니었어요. 상당히 늙은 아저씨인데, 그래봐야 쉰 살 정도일까요. 병약해서 일을 못하는 것 같지도 않았어요. 길거리에서 마주치면 얼른 고개를 숙이고 후다닥 달려가니까요. 후미코 씨에 비하면 아주 건강한 몸이죠. 담배도 아주 맛나게 피우고. 요전에는 툇마루에서 큰 술병을 안고 있었어요.

밤에 일한다고 생각할 수도 없어요. 밤이면 밤마다 매일처럼 후미코 씨에게 화를 냈으니까. 보세요, 저 창문. 박스테이프를 붙여놨죠? 남편이 물건을 집어던져서 깨진 거예요. 기둥서방처럼 사는 주제에 폭력까지 휘두르니 정말 처치곤란이죠.

후미코 씨가 안쓰러워서 견딜 수가 없었어요. 하지만 결국 후미코 씨가 좋아서 받아주고 있는 거겠죠. 후미코 씨가 연상인 것 같으니, 젊었을 때부터 남편 어리광을 받아줘 버릇해서 그게 지금까지 이어지고 있는 게 아닐까요. 남편이 난리를 부린 다음 날에 사이좋게 손을 맞잡고 장을 보는 것을 본 적도 있으니. 부부 사이란 남들이 알 도리가 없어요. 그리고 한창 예민할 나이의 아들을 생각하면 간단히 헤어질 수도 없겠거니 하는 생각도 들어요.

그래서 저는 이런 결말이 찾아오리라고는 꿈에도 생각하지 못했어요. 이러다가 후미코 씨가 남편에게 살해당하는 게 아닐까 걱정한 적은 있었지만, 그 반대는 정말 상상도 못 했죠.

2

도키와 다이조는 도치기 현의 오야마에서 태어났다. 작은 양조장을 운영하는 집의 셋째아들이었다.

그는 어릴 적부터 술을 좋아했다. 그렇다고 해서 우유 대신 즐긴 것은 아니고, 술 창고에서 흘러나오는 그 향기를 무척 좋아했다. 달콤하고 부드럽고 상쾌함이 느껴지는 향기. 처마 밑에 앉아서 그 냄새에 감싸여 있으면 양동이를 들고 복도에 나가 벌을 선 기억도, 잡다가 놓쳐버린 사슴벌레도 마음속에서 사라졌다. 할머니가 사다준 양과자나 그림책도 좋아했지만 술의 향기는 그 몇십 배의 행복을 가져다주었다.

그러나 그는 술마시는 인간을 혐오했다. 그렇게나 그윽한 향기가 한번 사람의 입에 들어가버리면 정체를 알 수 없는 냄새로 변한다. 그리고 인간은 더이상 인간이 아니게 되어버린다.

그의 아버지가 전형적인 예였다. 낮에는 말이 없고 의젓한데, 저녁에 술이 들어가면 천박한 웃음소리를 내기 시작한다. 가족을 불러모아서 설교라고도 불평이라고도 볼 수 없는 말을 주절주절 되풀이한다. 그것에 지루한 기색을 보이면 사정없이 주먹이 날아온다.

도키와 다이조가 학교를 졸업하자마자 상경한 것도, 그런 아버지로부터 도망치고 싶었기 때문일 것이다. 그는 셋째라서 집을 떠나는 것에 아무런 방해물도 없었다.

그의 일자리는 시나가와의 기계부품 공장이었다. 일의 시작은 오전 8시에, 끝나는 건 오후 6시. 일하는 것이 미덕인 시대라서 10시, 11시까지 기름투성이로 일할 때도 드물지 않았고 토요일 일요일도 따로 없었다. 사회의 경기는 바닥에 떨어져 있었고, 고등교육을 받지 않은 그의 급료 역시 보잘것없었다.

그렇지만 그는 자원해서 근무시간 외에도 일했다. 긴자나 아사쿠사에 들러서 노는 일도 없었다. 고작 삼십 분 정도의 점심시간에 두는 내기 장기가 유일한 낙이었다.

불합리함을 느낀 적은 있다. 선배의 말을 듣기로는 회사 높은 사람 중에 퇴직 공무원 출신의 노인이 있는데, 한 달에 한두 번 정도 회의에 얼굴을 비추는 것만으로 공원의 몇십 배 몇백 배에 달하는 보수를 받는다는 것이다.

그렇지만 그는 선배들처럼 싸구려 술로 도망치지는 않았다. 타인을 미워할 짬이 있으면 자기 자신을 갈고 닦자고 생각했다. 열심히 일하면 언젠가 분명히 보답받을 거라는 생각에 묵묵히 기계를 돌렸다.

그런 보람이 있어서 그는 삼 년 만에 반장으로 승격했다. 봉급은 거의 변하지 않았지만 반장의 금배지는 그에게 훈장과도 같았다. 일을 시작하기 전에 한마디 훈시를 하는 자신을 자랑스럽게 생각했다.

배지의 도금이 빛 바래갈 무렵, 도키와 다이조는 가정을 갖게 되었다. 상대는 야베 후미코라는 여자였는데, 공장 식당에서 허드렛일을 하고 있었다. 주근깨투성이에 무뚝뚝한 후미코의 어디에 이끌렸는지 다이조는 잘 알 수 없다. 잘 알 수 없는 채로 남녀의 관계를 가졌고, 관계를 가져버렸으니 책임을 져야 한다는 이유만으로 구혼했다.

이윽고 두 사람은 남자아이를 낳았고, 미키히사라고 이름 붙였다. 아들을 위해서도 더 힘을 내야겠다며 다이조는 새로운 마음으로 일에 전념했다. 미키히사는 쑥쑥 자라고, 다이조는 반장에서 주임으로 승진했다. 그것을 기회로 조금씩 모아두었던 돈으로 가와사키 현의 나카하라에 집을 샀다. 작은 중고주택이었지만 처와 자식에 집까지 얻은 그는, 자신이 비로소 한 사람 몫을 하게 되었음을 강하게 실감했다.

다이조가 직장을 잃은 것은, 미키히사가 초등학교 3학년에 올라간 해였다.

불경기로 해고당한 것은 아니었다. 사회는 경기를 회복했고 공장의 실적도 상승세를 보이고 있었다. 가족을 부양해야 한다는 책임감에 다이조는 이전보다 더욱 힘을 쏟았고, 때로는 공장 구석에서 이불을 깔고 잠을 청하기도 했다. 그는 그 때문에 폐병을 얻었다.

발견이 빨라서 회복 경과도 빨랐다. 그렇지만 그는 기요세의 요양소를 나오기 전에 해고통지를 받았다.

호경기이기 때문에 다이조의 복귀를 기다릴 수 없다는 것이 회사의 핑계였다. 이제 곧 퇴원할 수 있다고 다이조는 호소했지만, 퇴원한 다음 날부터 일할 수 있는가, 입원하기 전처럼 일할 수 있는가 하며 들어주지 않았다.

퇴직금을 받은 후에도 다이조는 사태를 받아들일 수 없었다. 어쨌거나 그는 스스로에게 자신감을 가지고 있었다. 입사 이후로 결근한 적도 없고, 대충 일한 적도 없고, 갑작스런 잔업에도 불평 한마디 하지 않았다. 이만큼 쓸모있는 직원은 자기밖에 없다고 자부하고 있었다. 손끝의 지문이 닳아 없어질 정도로 일했고, 기계보다도 정확하게 부품의 완성도를 확인할 수 있었다. 도쿄의 기술 경진대회에서도 우수한 성적을 냈다. 그런 유능한 인재를 간단히 내버릴 리가 없다.

그러나 요양소에서 나와 집에 대기하고 있어도 직장에 복귀하란 요청은 오지 않았다. 실은 자신의 도움이 필요하지만 이미 말한 게 있어서 고개를 숙이기 어려울 것이 아닐까 하고, 다이조는 몰래 공장의 상황을 살피러 갔다. 분명히 일처리가 밀려 다들 우왕좌왕하고 있으리라고 생각했다.

공장은 활기에 차 있었다. 새 공작기계가 반입되어서 낯선 젊은이가 그것을 조작하고 있었다. 포장된 종이박스가 계속해서 트럭에 실려왔고, 공장장은 담배를 피우면서 운전수와 담소를 나누고 있었다. 결코 허세가 아니라 진심으로 자신의 기술이 없으면 공장이 유지되지 않으리라고 생각하고 있었던 만큼, 다이조가 받은 충격은 컸다.

얼마 안 되는 퇴직금이 바닥나고 다이조는 간신히 현실을 인식했다. 그는 아직 젊었으므로 일자리는 얼마든지 있었다.

그렇지만 어디에 가도 오래 버티지 못했다. 선반의 오차를 머리카락 굵기 단위로 바로잡는 동안, 이렇게까지 신경을 써봤자 아무도 알아주지 않는다는 생각이 문득 머릿속을 스쳤다. 한번 그런 생각이 들자 점점 의욕이 사라졌다.

허무함에 사로잡힌 다이조는 술을 배웠다. 세상은 자신을 필요로 하지 않는다는 생각에 마음이 어두워지는 것을 견디지 못하고 술 한 병을 꿀꺽꿀꺽 비웠다. 가끔씩 제정신을 차리고서 이대로는 안 된다고 생각하고 다음 직장을 찾지만, 막상 일하기 시작하면 다시 허무함에 사로잡혀 직장을 포기해버렸다.

후미코는 참한 부인이었다. 그런 남편을 버리지 않고 생계를 유지하기 위해 일하러 나섰다. 청소부, 봉제공장 공원, 판매원 등 수많은 일을 했다. 집을 처분하지 않고 유지한 것도 그녀가 그만큼 일했기 때문이었다.

다이조는 어느 때인가 다마 강의 마루코 다리에서 후미코를 발견했다. 그녀는 남자들 틈에 끼어서 도로 개수공사를 하고 있었다. 흙을 나르다가 엎질러서 현장감독에게 혼나고 있었다.

다이조는 울었다. 부인이 가엾고 자신이 너무나 한심하게 느껴졌다. 이번에야말로 처음부터 다시 시작하겠다고 결심하고, 방금 전에 산 술을 강에 내던졌다.

그러나 진심으로 그렇게 마음먹고 다시 취직한 곳도 반년도 채우지 못하고 퇴직했다.

다이조는 그 이후로 두 번 다시 일하려고 하지 않았다. 아침부터 술을 진탕 마시고 좀더 돈을 많이 벌어오라고 부인에게 화풀이하는 것이 그의 일과가 되었다. 그러면서도 부인이 벌이가 좋은 술집 일을 하면 오늘은 어느 남자와 자고 왔냐고 트집을 잡고서 마구 두들겨 팼다.

이유 없는 폭력은 아들에게도 향했다. 오가는 고함과 비명에 미키히사가 울음을 터뜨리면 다이조는 주먹으로 대답하고 벽장에 가둬버렸다. 그런 일이 반복되자 미키히사도 서서히 말수가 줄어들었다. 그런데 그것이 또 다이조의 심기를 건드려, 미키히사가 건성으로 대답할 때마다 부모를 바보로 아느냐며 제재를 가했다.

도키와 다이조는 몸도 마음도 붕괴되어 있었다.

3

처음엔 둘이서 사는 줄 알았어요. 후미코 씨하고 그 몹쓸 남편하고 단둘이. 아들 모습을 보기는커녕, 기척이 전혀 느껴지지 않았으니까요.

아이가 있는 집은 어디나 시끌벅적하잖아요? 그야 세상에는 얌전한 애도 있죠. 그렇지만 설령 본인이 얌전하더라도 자식이 있는 가정에선 특유의 시끌벅적한 분위기가 흘러나오게 마련이에요. 평소에는 조용하더라도 문득 활기차게 변하는 순간이 있어요. 소풍, 운동회, 시험, 졸업식, 생일. 그런 날에는 아이가 법석을 떨지 않지 않아도 부모가 왠지 부산해지잖아요? 그리고 그 집에서 흘러나오는 텔레비전 소리도 아이가 있느냐 없느냐에 따라서 완전히 달라지고요.

그런데 도키와 씨 댁에서는 그런 분위기가 조금도 전해지지 않았어요. 그 댁은 시끌벅적하다면 시끌벅적하지만, 그건 남편의 호통 소리와 부인의 비명 때문이니까요.

아들이 있다는 걸 알게 된 건 여름이 되어서였죠.

계기는 우리 둘째아들이었어요. 아들은 그날 학교에서 돌아와서 2층의 자기 방에서 음악을 듣고 있었어요. 막 사온 시디를 아주 큰 소리로 틀어놓고 그에 맞춰서 큰 소리로 노래하고 있었죠. 평소라면 금방 야단치며 그만두게 했겠지만, 그날은 기말고사 마지막 날이어서 오늘 정도는 봐줄까 하고 내버려두고 있었어요.

그런데 그 남편이 찾아와서 버럭 소리를 치더라고요. 뭐 하는 거야, 몰상식한 것도 정도가 있잖아, 이 집은 애들 교육을 어떻게 시키는 거야! 공부하는 데 방해하지 마! —아주 서슬 퍼런 기세라서 이쪽이 사과할 틈도 없었어요.

멍하니 듣고 있다가 문득 이상한 기분이 들었어요. 공부하는 데 방해하지 말라고 했는데, 공부라니? 이 사람만큼이나 공부란 말이 안 어울리는 사람은 없고, 애초에 공부할 나이도 아닌데. 혹시 마음을 고쳐먹고 취직하려고 자격증 공부라도 하고 있나?

저는 그래서 그 사람의 말이 끊어진 틈에, 무슨 공부를 하고 계시냐고 슬쩍 물었죠.

그랬더니 또 바보 자식! 하고 버럭 소리치더군요. 대학 입시지, 아들 말이야, 우리 아들 방해하지 마! 다음에 또 이러면 가만 안 두겠어! 그렇게 자기 할 말만 하고는 휙 가버렸어요.

그렇게 해서 그 집에 아들이 있다는 걸 알았는데, 아까도 말씀드렸지만 그때까지 기척조차 못 느꼈기 때문에 저는 금방 믿을 수가 없었어요. 실은 자식 따윈 없고 그냥 입에서 나오는 대로 지껄인 거 아닌가 하고 생각했죠. 경마에서 돈을 잃어서 화가 난 거겠지, 공부라는 건 아마 내일 있을 레이스 검토겠지 하고요.

그렇지만 아들이 있다면 한 가지 아귀가 맞는 일이 있어요. 밤에 화장실에서 문득 창밖을 보면 도키와 씨 댁에는 항상 불이 켜져 있었어요. 새벽 두세시까지요. 수험생이라면 그 시각에 깨어 있어도 이상하지 않죠.

사실은 그날 저녁에 판명되었어요. 장을 보고 돌아올 때 우연히 후미코 씨를 만난 거예요. 우리 아들의 무례를 사과하면서, 수험생인 아드님이 계시다면서요, 하고 말을 꺼내봤죠. 그러자 오히려 고개를 숙이더라고요.

"재수하는 중이라 남편과 마찬가지로 예민해져 있었습니다. 너그럽게 봐주세요."

가느다란 목소리로 그렇게 말씀하시더니 후미코 씨는 다리를 끌면서 떠나갔어요. 저는 그밖에 묻고 싶은 것—어느 고등학교를 나왔는가, 어느 대학을 목표로 삼고 있는가—들이 있었지만, 후미코 씨가 아주 어두운 표정을 짓고 있어서 뒤를 쫓아갈 수는 없었죠.

저는 이리저리 생각해봤어요. 하루 종일 집에서 공부하는 모양인데, 그건 요컨대 가난해서 학원에 다닐 수 없기 때문일까. 아니면 몸이 불편해서 밖에 나갈 수 없는 걸까. 하지만 매일 밤 신나게 부부싸움을 하는 거야말로 공부에 방해가 되는 게 아닐까.

실례되기 이를 데 없는 상상이죠. 저도 그렇게 깨닫고서 따지지 않기로 마음먹고, 후미코 씨에게 아드님 이야기는 꺼내지도 않았어요.

하지만 이따금씩 괜한 상상을 부르는 일이 일어났어요.

여름 막바지에 이웃집 고양이가 죽었어요. 머리가 돌에 짓이겨진 채로 쓰레기통 컨테이너에 버려져 있었던 거예요. 저는 그 남편 짓이라고 직감했어요. 발정기가 아니어도 잘 우는 고양이였으니 그게 귀에 거슬렸을 거예요. 결국 범인은 잡히지 않았지만 저는 지금도 그 사람의 짓이라고 확신하고 있어요.

가을에는 신사의 큰북이 부서졌어요. 사흘에 걸친 축제기간 동안 낮에는 계속 큰북을 울리는 풍습이 있는데, 글쎄 이틀째 늦은 밤에 누군가가 큰북의 가죽을 찢어놓은 거예요. 모르긴 몰라도, 그 사람이 한 짓이 틀림없어요.

정말 무서운 일이죠. 우리집 아이에게는 음악을 들을 때는 꼭 헤드폰을 끼라고 단단히 주의를 주었답니다.

그런데 형사님. 그 아버지는 그렇게나 상식을 벗어난 애정을 아이에게 쏟고 있었는데, 대체 아들을 어느 학교에 보내고 싶어했을 거라고 생각하시나요? 저는 그것을 엉뚱한 데서 알게 되었어요.

2월의 어느 날이었죠. 도키와 씨 댁에 회람판을 가지고 갔어요. 부인은 일하러 나간 것을 알고 있었고, 남편하고는 얼굴을 마주하고 싶지 않았고, 한창 공부하고 있을 아들을 방해하고 싶지도 않아서 그냥 우편함에 넣고 돌아올 생각이었어요. 그런데 안에 뭔가가 걸려서 잘 들어가지 않는 거예요. 그래서 우편함을 열어보았더니 커다란 봉투가 들어 있고, 발신인 란에 '도쿄 대학'이라고 적혀 있는 것 아니겠어요. 입학원서였어요.

깜짝 놀라긴 했지만, 원서를 신청하는 것은 자유라는 걸 깨닫고 곧 진정했죠. 그리고 얼마 지난 어느 날, 우편 배달원에게 서류를 대신 받았어요. 도쿄대의 수험표를요. 수신인은 틀림없이 도키와 미키히사였어요.

저는 그래도 믿을 수가 없어서 서류를 받으러 온 후미코 씨에게 확인했죠. 후미코 씨는 우리 아들이라고 대답했어요. 게이오와 와세다도 시험 치냐고 물으니까 도쿄대 한 곳만 노리고 있다고 했어요.

그뒤로는 왠지 매일 두근두근했죠. 옆집 일이지만 마치 우리 아들이 도쿄대 입학시험을 보는 것 같은 기분이 들어서요. 그게 도쿄대의 마력일까요?

그래서 결과도 알고 싶어서 참을 수가 없었어요. 그렇지만 떨어졌을 경우를 생각하면 후미코 씨에게 물어보는 건 꺼려졌죠. 그렇다고 그 남편에게 물어봤다간 무슨 짓을 당할지 알 수 없고요.

그래서 저는 서점으로 달려가서 유명 대학 합격자 명단을 실은 잡지를 뒤져보았죠.

그렇지만 도키와 미키히사란 이름은 보이지 않았어요. 후기 일정이 지난 뒤에도 명단을 체크했는데, 역시 도키와 미키히사란 이름은 어디에도 없었어요.

4

도키와 미키히사는 아버지와 놀아본 기억이 거의 없다.

아버지는 항상 집에 없었다. 미키히사가 일어나는 것보다 빨리 출근했고, 돌아오는 건 미키히사가 잠든 뒤였다. 일요일에도 공장에 나가는 일이 많았고, 가끔씩 있는 휴일에는 오후가 될 때까지 바닥에 누워 있었다. 심심해서 이웃집에 놀러 가면, 좀 있다 아버지와 긴자로 놀러 간다는 말에 안타까움을 느끼곤 했다.

아쉬웠지만 원망하지는 않았다. 미키히사는 아버지를 존경하고 있었다. 아버지가 깜빡 잊고 간 물건을 전해주러 공장에 가는 어머니를 따라간 적이 있었다. 거기서 집에서와는 딴 사람인 아버지를 보았다.

긴장한 표정, 우렁찬 목소리, 물 흐르는 듯한 몸놀림—미키히사는 숨을 삼키고, 자신도 아버지처럼 늠름한 남자가 되고 싶다고 생각했다.

아버지가 가장 많이 놀아주었던 것은 초등학교 중반 무렵이었을 것이다. 그 무렵에 아버지는 몸이 아파서 두 달 정도 요양소에 들어갔었는데, 퇴원한 뒤에도 계속 집에 머무르며 공 던지기나 씨름 상대를 해주었다.

놀아줄 수 있으니 병은 다 나은 것이라고 안심하는 한편, 그러면 왜 다시 공장에 나가지 않을까 하고 이상하게 생각했다. 그러나 미키히사는 아직 어려서 그 이유를 깊게 생각하려 하지 않았고 물어보지도 않았다. 생각해보면 이 무렵이 그의 인생에서 가장 행복한 시기였다.

아버지는 이윽고 일하러 나가게 되었다. 그러나 이전처럼 휴일을 반납하면서까지 일하지는 않고 저녁에는 꼬박꼬박 들어왔다. 그리고 어느 날을 경계로 다시 하루 종일 집에서 지내게 되었다.

다시 병에 걸린 걸까 하고 걱정하고 있는데, 아버지는 다시 일하게 되었다. 그러나 이번에도 오래가지 못하고 집에서 뒹구는 나날이 이어졌다.

그런 일이 반복되는 동안에 미키히사도 학년이 올라가고, 사정을 겨우 파악할 수 있게 되었다. 아버지의 심정을 헤아려보면 가볍게 말을 걸기도 어렵다. 그러는 중에 아버지는 술을 마시게 되었고, 그렇게 되자 점점 다가가기 어려워졌다.

아버지의 주량은 나날이 늘어만 갔고, 낮부터 술에 취하면 어머니와 말싸움이 끊이지 않았다. 때로는 때리거나 발로 차는 폭행을 가하기도 했다.

처음에 아버지는 미키히사가 울음을 터뜨리면 곧 얌전해졌다. 그러나 시간이 지나자 사내자식은 우는 게 아니라며 미키히사에게도 주먹을 휘두르게 되었다. 체격에서 밀리던 미키히사는 일방적으로 얻어맞는 수밖에 없었다. 얻어맞고 싶지 않으면 이불 속에서 소리 죽여 우는 수밖에 없었다.

방음이 잘 안 되는 집이라서 아버지의 행태는 이웃에 훤히 알려져 있었다. 학교에서도 소문이 나서 미키히사는 몸을 둘 곳이 없어졌다. 그러나 미키히사는 꺾이지 않았다. 어머니가 저렇게 견디고 있는데 자신만 도망칠 수는 없다고 생각했다.

미키히사는 벽장 속에 틀어박혀 자신의 장래를 생각했다. 중학교를 졸업하고 바로 취직하자는 것이 처음에 내린 결론이었다. 가정 형편을 생각하면 다른 선택지는 없다고 생각했다.

취직을 망설이게 만든 것은 다름아닌 도키와 다이조였다. 이대로 사회로 나가봤자 자신도 그와 같은 잘못을 반복할 수밖에 없다는 것을 미키히사는 깨달은 것이다.

도키와 다이조는 왜 쓰레기가 되어버렸는가—첫 직장에서 해고당했기 때문이다. 그러면 왜 해고되었는가—몸이 망가졌기 때문이다. 그러면 왜 몸이 망가졌는가—일을 너무 많이 했기 때문이다. 그러면 왜 과로로 쓰러질 때까지 일해야만 했는가—아무런 배경이 없는 사람은 남의 열 배 백 배로 일하지 않으면 다른 사람들처럼 대접받지 못하기 때문이다.

배경이란 요컨대 학력이다. 다이조는 학력이 없었기 때문에 그것을 커버하기 위해서 필요 이상으로 일해야만 했다. 이것은 그대로 자신에게도 해당된다고 미키히사는 생각했다.

미키히사는 노력하는 것 자체는 싫어하지 않는다. 그러나 다이조처럼 무턱대고 일해봤자 그와 마찬가지로 가벼운 취급을 받을 것 같다는 기분이 들었다.

다이조는 학력이 낮아서 누구나 할 수 있는 일밖에 하지 못했고, 누구나 할 수 있는 일이라서 누군가가 대신하지 못하도록 무턱대고 열심히 일했고, 무턱대고 일해서 몸이 망가지고 누군가가 그 자리를 대신해버렸다. 고장난 부품이 교환되는 것처럼.

다이조는 그것을 본능적으로 예감하고 있었는지도 모른다. 기술을 연마하는 것에 피땀 흘렸던 것은, 교환할 수 없는 부품이 되고자 해서가 아닐까?

그렇지만 노력한 건 다이조만이 아니었다. 학력 높은 인간의 노력으로 새로운 공작기계가 태어났다. 장인의 기술이 없어도 품질 좋은 물건을 생산할 수 있는 기계가. 결국 다이조의 노력은 물거품이 되었다. 학력의 힘에 밀려나버린 것이다.

그러면 만약 아버지가 대학을 나왔더라면 어땠을까.

더욱 편한 직종에 근무할 수 있었을 테니, 몸을 망가뜨리는 일도 없지 않았을까. 설령 몸이 망가지더라도 간단히 해고당하지는 않지 않았을까. 높은 교육을 받았으면 불합리한 해고통보에 맞서 적절한 행동을 취할 수 있다. 회사도 그것을 예측하고 불합리한 대우를 피할 것이다.

다이조도 해고통보에 아예 저항하지 않았던 것은 아닐 것이다. 그러나 법을 근거로 들지는 못했을 것이다. 왜냐고만 되풀이하고, 처자식이 있다며 울며 매달리기만 했을 것이 틀림없다.

요컨대 회사는 학력이 낮은 아버지를 얕본 것이다. 그리고 자신도 중학교만 졸업해서는 그렇게 될 것이 뻔하다고 생각했다.

그래서 미키히사는 고등학교 진학을 희망했다. 아니, 그것을 입에 담기 전에 어머니가 먼저 진학하라고 했다. 그녀도 학력의 필요성을 통감했을 것이다.

아버지와는 의논하지 않았다. 진학하고 싶다는 이야기를 하면 제 꼬락서니는 생각도 하지 않고서 어머니를 고생시키지 말라며 고함칠 것이 틀림없다. 그냥 묵묵히 고등학교에 진학해도 아직 중학생이라고 생각할 것이다. 술에 절어버린 다이조의 판단능력은 그 정도로 떨어져 있었다.

장학금 신청이 간단히 통과되어서 미키히사는 안심하고 학업에 정진할 수 있었다. 수업은 하루도 빠지지 않았고 방과 후에는 도서관에 다녔다. 술에 취한 아버지를 피하기 위해 밤에는 전철 역 대합실에서 책을 펼쳤다. 그런 보람이 있어서 그의 성적은 항상 학년 10등 안에 들었다.

그러자 더욱 높은 곳을 지향하고 싶어졌다. 대학이다. 요즘 세상에서는 고등학교를 나온 정도로 고학력이라고 할 수 없다.

이것에는 어머니가 반대했다. 금전적인 부담이 고등학교와는 격이 다르고, 집이라도 팔지 않는 한 보낼 수 없다고 했다. 그러나 미키히사는 물러서지 않았다. 학비가 싼 국공립에 갈 것이고, 장학금을 몇 개씩 받으면 된다. 학자금 대출은 물론 자신이 갚겠다. 그리고 마지막에 이렇게 말했다.

"대학을 나오면 이제까지의 고생을 전부 보상해줄게요."

대학 진학에 관해서도 아버지와 상담하지 않았다. 이 시기에 결국 간에 문제가 생겨서 입원했기 때문이다.

고등학교 3학년 여름방학, 미키히사는 목표를 도쿄 대학으로 정했다. 그렇게 정한 계기는 도강으로 들은 어느 학원의 하기 강습이었다.

가고 싶지도 않은데 부모가 멋대로 신청했다고 투덜거리던 반 친구의 수강표를 넘겨받았던 것이다.

학원에는 두 명의 아르바이트 강사가 있었다. 한 명은 도쿄대 학생이고 다른 한 사람은 이름도 없는 사립대학의 학생이었다. 그리고 들리는 이야기에 따르면 두 사람의 보수는 두 배나 차이가 난다고 했다. 물론 도쿄대 학생 쪽이 위였다. 그러나 도쿄대 학생이 두 배의 능력을 발휘하는 것은 아니었다. 오히려 반대였다. 도쿄대 학생은 매번, 시판되는 문제집을 오십 분 정도 풀게 하고 나머지 십 분 동안 답 맞추기를 했다. 답을 말하는 게 다고 해설은 일체 없다. 한편 사립대 학생은 직접 만든 문제 프린트를 나누어주고 요점을 짚어 칠판에 써가며 설명했다. 그런데도 도쿄대 학생 쪽이 우대받는다. 도쿄 대학이라는 간판이 무언의 압력을 주는 것이다.

아르바이트 단계에서도 이만한 차이가 나니 실제 사회에 나가면 어느 정도의 차이가 날까. 수입, 지위, 신용, 존경—그것을 상상하고서 미키히사는 흥분에 몸을 떨었다. 도쿄 대학에 들어가는 것으로 만능 카드를 얻을 수 있다. 도쿄 대학의 간판이 있으면 어떤 상황에 놓이더라도 결코 남이 깔보지 못하는 것이다.

담임선생님은 도쿄대에 들어가는 건 어려울 거라고 충고했다. 그러나 미키히사는 금배지를 간절히 원했다. 그렇다, 다이조가 달고 있던 도금 배지가 아니라, 진짜 금배지를.

떨어질 것에 대비해 안전지원도 하라는 조언에도 응하지 않았다. 갈 생각도 없는 대학에 붙어봤자 수업료만 날릴 뿐이고, 집에도 그럴 여유는 없다.

그리고 미키히사는 현역으로 본 도쿄대 입시에 실패했다. 상당한 자신이 있었기에, 충격으로 사흘 밤낮을 쓰러져 있었다.

그러나 시험을 치러본 감각은 미키히사에게 용기를 주었다. 다시 일년 노력하면 반드시 붙을 거라고 생각했다.

어머니는 반대했다. 미키히사는 집에서 공부할 거니까 돈은 들지 않는다며 설득했다. 그리고 이렇게 속삭였다.

"도쿄대에 들어가면 이제까지의 고생을 전부 보상해줄게요."

다이조는 퇴원했었지만, 이미 그의 안색을 살필 필요는 없었다.

다음 해, 미키히사는 게이오와 와세다에도 시험을 봤다. 안전지원이 아니라 예행연습이다. 작년의 실패를 통해 시험 분위기에 적응할 필요를 느끼고 용역 아르바이트로 모은 돈으로 시험을 보았다.

게이오와 와세다, 둘 다 합격했다. 그러나 정작 중요한 도쿄대에는 또 떨어졌다.

그 직후, 도키와 일가는 가와사키 현의 나카하라를 떠났다. 다이조의 수입을 기대할 수 없으므로 집을 처분할 수밖에 없었던 것이다.

미키히사도 가슴이 아팠지만, 앞으로 한 발짝만 남아 있는데 여기서 포기하는 것은 너무 아쉬웠다. 그리고 한번 꿈을 꾼 이상, 여기서 포기하면 무기력해져버릴 것 같았다. 아버지의 가련한 인생을 그대로 밟는 것은 싫었다.

어머니도 각오했는지 더이상 반대하지 않았다. 낡아빠진 셋집으로 이사하고, 미키히사는 마음을 새롭게 가다듬고 공부에 열중했다.

그렇지만 세번째 봄에도 벚꽃이 졌다*.

---

* 일본에는 대학에 합격했을 때에 '꽃이 피다', 떨어졌을 때는 '벚꽃이 지다'라고 돌려 말하는 표현이 있다.

5

아드님이 떨어졌다는 건 후미코 씨의 표정으로도 눈치 챌 수 있었어요.

원래부터 표정이 어두운 편이었지만 예전에는 거기에 아픔이나 탄식, 답답함 같은 후미코 씨의 마음 상태가 배어나왔어요. 그런데 이 무렵에는 표정이란 것이 완전히 사라져 있었어요. 길가에서 인사해도 이쪽으로 고개를 돌리지도 않고 슥 지나쳐가요. 무시하는 느낌이 아니었어요. 아무것도 보이지 않고 들리지 않는 느낌이었어요. 그런 걸 두고 혼이 나갔다고 하는 거겠죠.

남편도 크게 낙담했어요. 신사의 돌계단에서 땅이 꺼져라 한숨을 쉬거나, 툇마루에 앉아서 술을 벌컥벌컥 마시거나. 아들에게 어지간히 큰 기대를 걸고 있었나봐요. 다만 그 남편의 경우에는 출세한 아들에 들러붙어서 편하게 살아보자는 기대였겠지만.

남편이야 그렇다 쳐도 후미코 씨가 걱정이었어요. 그 상태로는 일할 의욕이 안 날테고, 그러다가 해고라도 당했다간 나이도 있으니 새 직장을 찾기도 힘들 거예요. 평소에도 다리가 안 좋은데 비틀비틀대며 유령처럼 걷다간 차에 치일지도 모르고요.

그렇다고 제가 뭘 할 수 있을까요. 입에 발린 격려는 오히려 마음을 어둡게 하죠. 그래서 묵묵히 지켜보고만 있었는데, 그저께 밤이었어요.

날이 어두워져도 도키와 씨네 집에 불이 켜지지 않는 거예요. 아들을 격려하려고 가족끼리 외식이라도 하러 나갔나보다 생각했는데, 밤이 늦어져도 계속 깜깜하더라고요. 그리고 어젯밤에도.

여행을 갔나 싶었지만 창문 덧창이 열려 있었어요. 저는 이상한 두

근거림을 느꼈죠. 네, 가족이 집단자살한 게 아닌가 하고요. 바보 같은 생각이라며 피식 웃어보았지만, 한번 떠오른 상상은 그렇게 쉽게 사라지지 않죠. 저는 그래서 음식을 나눠 먹자는 핑계를 대고 눈치를 엿보기로 했어요.

초인종을 눌러도 반응이 없었어요. 그렇지만 손잡이를 잡아보니 현관문 스르륵 열렸고, 제 가슴은 순식간에 쿵쾅쿵쾅 뛰기 시작했어요. 문을 열자마자 심상치 않은 냄새가 흘러나왔거든요.

아주머니, 아주머니, 하고 안 나오는 목소리로 겨우 말을 걸면서 집 안으로 들어갔어요. 샌들을 벗지 않았던 것은 당황했기 때문이 아니라 무슨 일이 일어나면 바로 도망칠 수 있도록 하기 위해서였죠.

좁은 집이어서 냄새가 나는 곳은 금방 찾았어요. 그 방에는 이불 두 채가 깔려 있었어요. 하나는 텅 비어 있고, 이상한 것은 다른 하나였죠.

이불에 감싸인 모습으로 부인이 쓰러져 있었어요. 죽었구나. 보자마자 그렇게 생각했죠. 방이 온통 피바다였으니까요. 이불에도 베개 커버에도 시트에도 전부 피칠갑이 되어 있었이요.

이렇게 피를 많이 흘리고 무사할 수 있을 리가 없죠. 게다가 피는 빨갛지 않고 진한 갈색에 딱딱하게 말라 있어서, 무지한 저조차도 일이 터진 지 상당한 시간이 지났음을 알 수 있었어요. 그렇지만 저는 괜찮으세요, 괜찮으세요, 하고 말을 걸면서 부인의 몸을 뒤에서 안아 일으켰어요.

그런데 놀랍게도 온기가 느껴지는 게 아니겠어요? 얼굴을 들여다보니 확실히 살아 계셨어요. 눈은 흐리멍덩했지만 호흡은 확실히 있었죠. 바로 구급차를 부를게요, 하고 저는 바로 부인의 몸을 옆으로 뉘였어요. 또다른 이상을 깨달은 것은 그때였죠.

이불 속에 남편의 모습이 보였어요. 부인이 덮고 있어서 바로 깨닫지 못했던 거죠. 남편은 죽어 있었어요. 한눈에 보고 알았어요. 얼굴은 흙빛에 피부가 거칠고…… 아니, 다른 무엇보다 목덜미에 빠끔히 구멍이 뚫려 있었어요. 머리맡에는 부엌칼이 떨어져 있었고요.

저는 끝내 비명을 지르며 부인의 몸을 밀쳐냈어요. 부인은 그 바람에 쓰러져버렸지만, 이윽고 스스로 천천히 일어나더니 제가 아니라 어딘가 먼 곳을 바라보며 중얼거렸어요.

"천명입니다."

제 귀에는 확실히 그렇게 들렸어요. 부인은 천명입니다, 천명입니다, 하고 되뇌다가 남편의 머리맡으로 손을 뻗었죠.

저도 참 용케 반응했다고 생각해요. 제가 움직이는 것이 일 초라도 늦었더라면 부인은 자기 목에 칼을 찔러넣었을걸요.

그뒤로 부인이 잘못된 행동을 하지 못하도록 잠옷 끈으로 묶어놓고 110에 전화를 했어요. 아아, 그래도 그 얌전한 부인이 남편을 찔러 죽이다니—

네?

형사님, 지금 뭐라고 하셨나요?

아니라고요? 아니라니 무슨 말씀인가요?

그건 설마…… 아뇨, 실은 저도 그게 신경 쓰이긴 했어요.

후미코 씨가 동반자살을 꾀했다면 아들도 찔러 죽였겠죠. 그래서 집 안을 샅샅이 뒤져봤는데 아들의 모습은 어디에도 보이지 않았어요. 부인에게 물어봐도 말없이 고개를 저을 뿐이었어요.

형사님은 그러니까, 남편을 죽인 사람은 아들이란 얘긴가요? 부인은 아들을 감싸고 계신 거라고요?

아니라고요? 그러니까 뭐가 아니라는 말씀이죠?

6

어째서 그런 남자와 결혼해버렸는지 후미코는 잘 기억해낼 수 없다. 전쟁으로 가족을 잃고서 쓸쓸했던 것일까. 뻥 뚫린 마음의 구멍을 누군가가 메워주기를 원했다. 그렇게 생각하는 참에 도키와 다이조란 남자가 우연히 지나갔다. 아마 그렇게 된 것일 게다.

다이조는 열심히 일하는 사람이었다. 초등학교만 나왔다는 핸디캡을 다른 사람의 몇 배로 일하는 것으로 극복하려고 했다. 나쁜 사람은 아니었다.

그렇지만 간신히 손에 넣은 자신감이 박살났을 때, 그의 인생도 붕괴했다.

그렇다, 첫 공장에서 해고당한 시점에서 도키와 다이조의 인생은 실질적으로 끝났던 것이다. 그러나 후미코는 그것을 깨닫지 못했다. 달리다 지쳐서 쉬고 있을 뿐, 곧 다시 달리기 시작할 거라고 생각했다. 그렇게 믿고 있었다.

긴 휴식 뒤에 그는 달리기 시작했다. 그러나 금방 발을 멈췄고, 다시 달리나 싶더니 또 발을 멈췄다. 그러다가 결국 땅바닥에 주저앉아버렸다.

여자 혼자서 남편과 자식을 부양하는 것은 힘들었지만, 아들에게 쓸데없는 고생을 시키고 싶지 않아서 고등학교에 진학시켰다.

그 아들이 대학 진학을 희망했다. 후미코는 단호히 반대했다. 대학교 수업료는 고등학교와 비교도 안 된다. 게다가 그 무렵에 다이조는 병원에 입원해 있어 병원비까지 밀려 있었다.

그러나 후미코는 미키히사의 열의에 지고 말았다. 대학 다음에 존재하는 학교는 없다. 그 사 년이 끝나면 틀림없이 일을 할 것이다. 최고 학부를 나오면 당연히 급료도 좋겠지. 앞으로 사 년간 어떻게든 버텨내자. 앞으로 사 년만—

후미코는 그렇게 스스로 되뇌며 납득했다. 그러나 납득하는 한편으로 어떤 공포를 느끼기도 했다.

대학을 졸업하면 자식은 사회로 나간다. 이윽고 결혼하고 이 집에서도 나간다. 이 집에는 자신과 남편이 남겨진다. 그 폐인과 단둘이.

그것을 상상하자 후미코의 얼굴에서 핏기가 가셨다.

남편은 이제 재기할 수 없다고 확신하면서도 헤어지지 않았던 것은 자식이 있었기 때문이다. 홀어머니로 쓸쓸히 키우는 것보다는 저런 아버지라도 있는 편이 나을 거라 생각했다. 그 판단이 옳았는지는 알 수 없지만, 아들이라는 버팀목이 있었기에 남편의 폭력도 견뎌낼 수 있었다.

그런데 마음의 의지가 되던 아들이 사라져버린다.

그렇다고 남편이 생활능력을 완전히 잃어버린 것을 알면서도 헤어지는 것은 인간의 도리가 아니다. 요컨대 나는 앞으로 십 년에서 이십 년, 혹은 삼십 년에서 사십 년이나 그를 돌봐야만 하는 것이다.

후미코는 망연자실했다. 장래를 생각하면 생각할수록 공포가 밀려왔다. 그래서 그녀는 다이조를 죽였다.

간장병이 생겨서 입원해 있는 다이조를 만나러 갔던 어느 날이었다.

술을 마시지 않는 다이조는 얌전하다. 후미코가 병실을 방문하면 항상 미안하다고 중얼거리고, 그다음에는 묵묵히 신문을 보았다. 구급차로 실려왔을 때에는 흙빛이었던 얼굴도 흐릿하게나마 혈색을 되찾았다.

이번 입원을 계기로 술과 연을 끊는 것은 아닐까. 후미코는 희미한 희망을 느꼈다. 만약 그렇다면 일할 기력이 돌아오지 않더라도 같이 살아갈 수 있다.

후미코의 그런 마음을 알아차린 듯, 다이조는 신문을 접고 침대 위에서 무릎을 꿇고는 술을 끊겠다고 말했다. 마음을 고쳐먹겠다고 했다. 그러나 그뒤에 후미코의 귓가에 이렇게 속삭였다.

"마지막으로 딱 한 잔만 하고 끊을게."

이 한마디가 후미코가 마음을 정하게 만들었다.

후미코는 매일 몰래 술을 들여왔고, 다이조는 병이 악화되어 죽고 말았다.

의사에게 의혹의 눈초리를 받았지만, 본인이 병원을 몰래 빠져나가서 먹은 것이라고 둘러대자 그 이상 추궁하지 않았다.

후미코는 속박에서 해방되었다.

그러나 그것은 새로운 지옥의 시작이기도 했다.

도쿄대를 목표로 한다고 선언한 아들을 모든 수단을 동원해서 말렸어야 했다. 그러나 오히려 아들에게 설득당했다. 무모한 도전이라고 생각하면서도 그가 말하는 장밋빛 미래에 넘어가버렸다. 이제까지 계속 불행했으니까, 그 모든 것을 보상해줄 만한 일이 일어날지도 모른다며 근거 없는 기대를 품어버렸다.

미키히사는 현역에서 입시에 실패했고 후미코는 꿈에서 깨어났다. 그러나 아들은 빙그레 웃으며 속삭였다.

"도쿄대에 들어가면 이제까지의 고생을 전부 보상해줄게요."

재수한 해에 미키히사는 게이오와 와세다 대학에 시험을 치렀고 전부 합격했다. 본인은 갈 생각이 없다고 말했지만 후미코는 도쿄 대학에 떨어지면 보내줄 생각이었다. 둘 다 충분히 훌륭한 대학이 아닌가.

미키히사는 도쿄대에 떨어졌다. 사립대학에 보내기 위해서 후미코는 집을 팔았다. 그러나 아들은 단호히 거부했다.

"도쿄대에 들어가면 이제까지의 고생을 전부 보상해줄게요."

어쩔 수 없다며 후미코는 각오했다. 어쨌든 목표는 도쿄 대학이다. 집을 팔아서 조금 여유가 생겼으니 사오 년 안에 졸업하면 된다며 마음을 바꾸었다.

그러나 오 년을 기다려도 미키히사는 수험생이었다. 그리고 여기까지 와버린 이상 이제 돌이킬 수 없다. 아들에게는 아직 의지가 있었고, 후미코도 이제까지 고생해서 지원해온 것을 헛수고로 돌리고 싶지 않았다.

시간은 용서 없이 흘러갔다.

이윽고 미키히사는 미쳐버린 수험생이라고 주위에 소문이 나게 되었다. 두 사람은 다른 지방으로 이사했고, 살림이 어려워지면서 값싼 연립주택을 전전했다.

세월은 모든 것을 바꾸어갔다.

고등학교 교육과정이 몇 번이나 바뀌고 수험 제도가 두 번 개혁되었다. 집 안 책상머리에만 앉아 있는 미키히사는 변한 상황에 대한 대책을 세우지 못하고 수험생 생활을 계속했다.

해가 지날 때마다 미키히사는 예민해졌고, 공부가 잘 되지 않는다며 후미코에게 화풀이를 하게 되었다. 그러다가도 때로는 엄마, 엄마, 하고 어린애 같은 목소리를 내며 스스로 후미코의 손을 잡고 바깥을 걸었다.

세월이 지날 때마다 미키히사의 용모는 쇠했고 언제부터인가 두 사람은 나이차가 나는 부부로 보이게 되었다. 미키히사는 후미코가 열일곱 살에 낳은 아이였다.

주위에서 부부로 착각해도 후미코는 굳이 부정하지 않았다. 진실을 이야기하면 더욱 호기심 어린 눈초리를 받게 될 것이다. 미키히사도 그것을 알고 있는지, 수험생인 것을 감추고 후미코의 남편을 가장했다.

후미코는 더이상 아무것도 기대하지 않았다. 슬슬 끝낼 때라고 이야기할 기회도 잃었다. 기르는 고양이의 말썽을 용서하듯이, 될 대로 되라는 마음으로 아들을 키우고 있었다.

그러나 그것도 어디까지 이어질까.

후미코도 세월의 세례를 받고 있다. 어깨를 펴기 힘들고 허리가 아프고 눈도 침침하다. 무릎관절이 변형되어서 걷는 것도 힘들다. 그래도 계속 걸어다녔더니 발끝의 감각이 없어지기 시작했다. 아랫배의 찌르는 듯한 감각도 계절이 바뀔 때마다 점차 날카로워진다.

올해, 미키히사는 또 떨어졌다.

"엄마, 내년에는 열심히 할게."

아들이 그렇게 미소 지었을 때, 후미코의 마음속에 새로운 불안이 생겨났다.

"도쿄대에 들어가면 이제까지의 고생을 전부 보상해줄게요."

매번 하는 말 속에 평소와 다른 냄새가 섞여 있었다. 달콤쌉싸름한 술 냄새가. 이제까지 한 방울도 입에 대지 않았는데, 드디어 술을 익혀버린 것이다.

"도쿄대에 들어가면 이제까지의 고생을 전부 보상해줄게요."

후미코는 이제 기대하지 않는다. 설령 염원이 성취된들 '이제까지'의 길이가 막대해진 지금은 고생을 보상받을 수 없다. 그것은 이제 됐다. 그렇지만 새로운 고생, 술에 관한 고생은 지금의 나는 도저히 감당해낼 수 없다. 어깨가 펴지지 않고, 허리가 아프고, 눈이 침침하고, 다리가 마음대로 움직여지지 않고, 장기도 병이 들었다.

아직 술에 익숙하지 않은 미키히사는 활기차게 미래를 이야기하다가 식탁에 엎어졌다. 그걸 일으켜 세워서 옆방으로 데리고 가는 것만으로 후미코는 녹초가 되어버렸다. 무릎이 후들후들 떨리고 다리 끝도 제대로 움직이지 않았다.

그 자리에 주저앉아서 저린 다리를 주무르고 있는데, 엄마, 하고 작은 목소리가 들렸다. 응, 하고 대답했지만 아들은 그뒤로 아무 말도 하지 않았다.

미키히사는 흐릿한 숨소리를 내며 자고 있다. 어린아이처럼 입가를 옴냐옴냐 움직이고 있다.

후미코는 이불 속에 손을 집어넣어서 아들의 손을 잡았다. 아마도 의식은 없겠지만, 그는 어머니의 손을 맞잡았다. 아주 오래전에도 이런 적이 있었던 것 같다. 다이조의 폭력을 겁내던 이 아이를 재울 때였을까.

그렇지만 지금 후미코가 쥔 손은 예전과 비할 수 없을 정도로 크고 메말라 있었다. 그리고 지금의 아들은 이 손으로 폭력을 휘두르는 쪽에 서 있다. 술을 배우기 시작했으니 점점 더 걷잡을 수 없어질 것이다.

미키히사는 흐릿한 숨소리를 내며 자고 있다. 어린아이처럼 입가를 옴냐옴냐 움직이고 있다.

그렇지만 그의 얼굴은 윤기가 없고 주름투성이에, 머리카락은 빠졌으며, 남아 있는 머리카락도 희게 변해 있다.

후미코의 뺨에 눈물이 흘렀다. 정신이 아득해질 정도로 고생해온 것은 자기 혼자만이 아니었던 것이다.

눈물을 닦으려고 눈꺼풀에 손을 대보니 자신의 피부도 탄력을 잃고 버석버석하게 말라 있었다.

"도쿄대에 들어가면 이제까지의 고생을 전부 보상해줄게요."

어머니가 병상에 누워도 아들은 그렇게 귓가에 속삭일까. 어머니가 하늘의 부름을 받고 나면 대체 누구에게 속삭일까.

이제는 끝낼 때라고 생각했다. 이야기해서 서로가 납득할 수 있는 시기는 지났다.

아들은 이미 불혹을 훌쩍 넘기고 올해 지천명知天名을 맞는다. 지천명이란 쉰 살이다. 사람은 그때, 하늘이 준 생명의 길이를 안다고 한다.

그래서 후미코는 부엌칼을 쥐었다.

천국의 형에게

형에게

십오 년이네.

눈 깜짝할 사이였나? 나에게는 이십 년, 아니 오십 년 정도로 길게 느껴졌어.

십오 년이라. 데쓰로도 많이 자랐어. 내년이 성인식이야. 놀랍지?

독신이었던 형은 데쓰로를 친자식처럼 귀여워해주었지. 동물원에 데려가주고, 캐치볼을 하고, 운동회의 학부형 경기에 나가주기도 했지? 그 무렵에 나는 사업을 다시 일으키느라 바빠서 집에는 거의 신경 쓰지 못했어. 그래서 데쓰로도 형을 더 잘 따랐고.

데쓰로는 지금도 형을 그리워해. 요전에도 미팅을 나갔다가 술에 취해서 돌아오더니, 왜 범인을 못 잡았느냐며 바닥을 뒹굴면서 울었어. 그놈, 듣기로는 경찰관이 되려는 모양이더라. 참 기특한 녀석이지.

결국 범인은 잡히지 않았어. 잡히지 않은 채로 십오 년이 경과해서 방금 막 시효가 지났어. 이것으로 끝이야. 이제 어쩔 수도 없어.

나이 든 형사가 한 명 찾아와서는 미해결로 끝나버려서 정말 죄송하다고 하더라. 형의 사진 앞에서 합장하고 방바닥에 머리를 조아리고 갔어. 참 허무하네. 그렇게 용서를 빌어봤자 형은 도저히 납득하지 못할 거야. 나는 그렇게 호통치면서 형사를 쫓아냈어.

형, 원통하지? 이래서는 곱게 세상을 뜰 수 없겠지. 하지만 형, 시효가 지나버렸어. 이제 어쩔 수 없어. 부디 포기하고 좋은 곳으로 가. 그리고 저세상에서 느긋하게 쉬기 바랄게. 아버지와 어머니도 기다리고 계실 거야.

아버지와 어머니도 오랜 입원생활로 괴로워하다가 가셨잖아. 마지막에는 차라리 단숨에 죽여달라는 말씀만 하셔서 문병 가기가 괴로웠어. 하지만 형은 괴로움 없이 갔어. 경찰에게 들은 이야기로는 섞여 있던 약은 맛도 냄새도 없고, 먹으면 처음에는 기분 좋은 몽롱한 상태가 되었다가 혼수상태에 빠지고 그대로 뇌신경 활동이 정지된다나봐. 정말로 조금도 괴롭지 않았어? 그랬다면 그게 유일한 위안이네.

그래도 역시 원통했을 거야. 과장으로 막 승진했고 결혼도 못 했잖아. 술 한 병을 마셔도 멀쩡해서 귀신이 와도 죽지 않을 것 같았는데. 그런데도 참 맥없이 가버렸지. 서른다섯인가. 너무 젊었어.

하지만 어쩔 수 없어. 다 끝난 얘기야. 형은 원통할지 모르지만 나는 이제 마음 편히 잘 수 있게 됐어.

완벽한 알리바이 공작을 꾸몄어. 밀실 위장에는 한치의 틈도 없었고. 그렇지만 약을 입수한 경로에서 발목을 잡히는 게 아닐까 하고 하루하루 가슴 졸이며 살았지. 잠 못 이루는 날이 며칠이나 이어졌는지 몰라.

하지만 하루하루 쌓여서 십오 년, 오늘에 이르러 간신히 시효가 끝났어. 이제 나는 죄를 추궁받지 않아.

형, 고마워. 형에게 걸어둔 보험금 덕에 빚을 전부 갚고 사업을 재기하는 데 성공했어. 나, 나오미, 데쓰로, 회사, 사원, 그들의 가족 전부 구원받았어.

형, 정말로 고마워. 진심으로 명복을 빌어.

동생 씀

지워진 15번

1

또 계절이 돌아왔습니다.

귀를 기울이면, 보세요, 어딘가에서 여름의 소리가—

“6회 말 수비에 나서는 가가와 대표 M상업고 선수들입니다. 걱정되는 것은 역시 고다 군이 방금 전 타석에서 몸에 공을 맞았다는 점이죠. 오무라 씨, 고다 군의 워밍업에서 영향이 느껴지시던가요?”

“주로 쓰는 팔꿈치에 맞았으니 뭔가 영향이 있을 거라고 생각하는 편이 맞겠지요.”

“자, 경기가 시작됩니다. 어라? 고다 군, 세트포지션에 들어갔습니다. 역시 몸에 맞은 공의 영향일까요? 주목되는 제 1구는—쇼트 바운드!”

참 싫은 계절입니다.

누구도 만나고 싶지 않습니다.

그래서 저는 꼭꼭 걸어 잠근 채 집 안에서 지냅니다. 텔레비전도 라디오도 신문도, 계절의 느낌을 전해주는 것은 전부 거부하고 여름이 지나가기만을 기다립니다.

그렇지만 여름은 어디에선가 숨어듭니다.

지금도, 보세요, 이웃집에서 새어들어와서 —

"노아웃 2루, 3루. S고등학교 절호의 찬스. 안타 하나면 동점입니다!"

"투수를 바꿔야 합니다. 승부를 떠나서, 고다 군의 몸을 생각하면 꼭 교체해야 합니다. 이번 회 들어서 팔꿈치가 눈에 띄게 처져 있습니다. 많이 아픈 겁니다. 장래가 있으므로 무리하면 안 됩니다."

"하지만 아무래도 계속 던질 듯하군요. 대신 우익수를 교체할 모양입니다. 3학년 에모토 군이 들어갑니다. 에모토 군은 어깨가 좋아서 가가와 현 대회에서는 다섯 개의 보살을 기록하고 있습니다."

"예비 투수가 없다는 것은 알겠지만, 그래도 지금 더 던지게 해서는 안 됩니다. 현 대회에서는 1루수 오무라 군이 몇 번인가 마운드에 서지 않았습니까?"

"자, 경기가 재개됩니다. 노아웃 2루, 3루. 고다 군, 투구에 들어갑니다."

봄이 끝나고 서서히 비 오는 날이 잦아지면 저는 항상 생각합니다. 지금 여행을 떠나지 않으면 다시 그 계절이 돌아와버린다.

그렇지만 저는 죽지 못하고, 올해도 다시 여름 안에 머물러 있습니다.

"쳤다!

얕은 플라이군요. 우익수가 낙하 지점에 들어갔습니다. 두 팔을 벌리고—

놓쳤다! 놓쳤습니다! 공은 굴러서 파울 지역으로. 3루 주자 홈인. 2루 주자도 여유 있게 홈인. 동점입니다! 타자 주자도 2루를 돌았습니다. 공이 돌아옵니다만…… 아, 2루수가 커트. 타자 주자 단숨에 3루까지. 동점에 노아웃 3루!"

"으음……"

"오무라 씨, 공이 방금 교체된 에모토 군이 있는 곳으로 날아갔는데요."

"네. 저 위치에서 잡으면 태그업 할 수 없었을 텐데, 방금 막 교체되었기 때문일까요. 홈으로 던지려고 포구에 너무 부담을 가졌나봅니다."

지독한 고통입니다. 이웃집에서 들려오는 여름의 소리가 따끔따끔 피부를 찌릅니다.

그렇지만 저는 오늘도 이 허름한 집에서 홀로 견뎌야만 합니다.

그뒤로 몇 번째 맞는 여름일까요.

저는 앞으로 몇 번의 여름을 보내야 하는 걸까요.

2

"세트포지션에서 제4구, 던졌습니다.

볼.

이건 명백히 볼로 보이는 공이군요. 스퀴즈를 경계한 걸까요? 그러나 이것으로 볼 카운트는 원 스리가 되었습니다. 마운드에 전령이 달려갑니다. 마키구치 씨, 투수인 야마시타 군이 많이 힘들어졌군요."

"7회부터 변화구의 정확도가 떨어지기 시작했죠. 특히 이번 회에는 팔에 너무 힘이 들어가서 쇼트 바운드를 던진 적도 있었습니다. 만루인 이 상황에서는 아무리 슬라이더를 잘 던지는 야마시타 군이라도 쉽게 던지지는 못할 겁니다."

"그러면 직구 승부일까요?"

"그렇겠죠. 가능하면 안쪽으로 높은 빠른 공. 직구는 아직 잘 뻗으니까, 안쪽 높이 던지면 제대로 휘두를 수 없을 겁니다. 스퀴즈 번트를 하더라도 안쪽 높은 코스는 뜬공이 되기 쉽고요."

"자, 전령이 빠른 걸음으로 벤치로 돌아옵니다. 포수는 주장인 도고 군, 야마시타 군의 어깨를 툭 쳐주고 두세 마디 이야기를 나눕니다. 팀 동료들에게 말을 하면서 캐처박스로 돌아옵니다.

다시 경기 시작됩니다. 9회 초, 오카야마 K상업 고등학교의 공격, 원아웃 만루. J학원 고등학교의 야마시타 군, 세트포지션에서 제 5구!

스퀴즈다!

투수, 글러브로 주워서 그대로 토스!"

누마다 기미에는 그 여름의 오후에도 평소처럼 재봉틀 앞에 앉아서, 익숙한 손놀림으로 천을 움직이며 텔레비전에서 하는 고교 야구를 흘끗흘끗 보고 있었습니다.

당시 기미에가 살던 곳은 사이타마 현의 소카 시, 아야세 강과 나카 강의 딱 중간을 흐르는 하치조 수로를 등진 목조 건물이었습니다. 아야세 강은 전국에서 가장 오염이 심한 강으로 악명 높지만, 기미에의 집 주변은 수풀이 우거지고 여름에는 개구리, 가을에는 벌레의 합창이 기분 좋게 떠도는 무척 한적한 곳이었습니다.

대부분의 이웃은 그녀를 오십대 초반으로 알고 있었습니다. 그럴 법도 한 게, 손과 얼굴이 바싹 마르고 갈라진데다 이쪽저쪽에 크고 작은 검버섯이 보이고, 반백의 짧은 머리카락에, 처진 눈두덩은 언제나 거무스름하기 때문입니다. 그러나 실제로 그녀는 아직 서른여섯, 여자의 한창때였습니다.

후쿠시마 현에서 보낸 여고 시절에는 현 최고의 미녀란 평가를 받던 그녀가 알아볼 수 없을 만큼 늙어버린 것에는 나름의 이유가 있습니다.

기미에는 초등학교 시절부터 뜨개질이나 바느질을 좋아하고 운동이 서툰, 간단히 말하자면 얌전한 여자아이였습니다.

맞선 자리에서 '얌전한 아가씨'라고 소개하면 기분 좋게 생각하겠지만, 남자든 여자든 얌전한 아이는 대개 사람을 멀리하게 마련입니다. 기미에도 그 예에서 벗어나지 않았습니다. 단정한 용모임에도 불구하고 그 어두운 분위기 때문에 남학생이 말 한번 걸어주지 않았습니다.

그리고 동성의 눈에는 아주 새침한 아가씨로 보였겠지요. 반 친구들은 거의 말을 걸지 않는 것도 모자라 이따금씩 괴롭히기도 했다고 합니다. 학용품을 훔쳐가거나, 실내화를 감추거나, 때로는 학교 뒤편으로 불러내 폭력을 휘둘렀다고 합니다.

고등학교에 들어간 뒤로 계속 그런 나날이었습니다. 어느 여름날 그녀는 끝내 견디지 못하고 스스로 이 세상을 떠나기로 결심하고 아이즈고원으로 떠났습니다. 자작나무 숲속에서 생명의 꽃잎을 흩뿌리자는, 정말로 소녀다운 생각이었습니다.

그러나 기미에는 자작나무 숲속에서 살아가자는 결의를 하게 됩니다.

사랑에 빠진 것이죠. 갑작스러운 계기로 펜션에 아르바이트를 하러 온 도쿄의 대학생과 알게 되었고 그대로 사랑에 빠졌습니다. 사랑에 시간은 필요 없습니다. 이유도 필요 없습니다. 그녀는 어제까지의 아픔을 깨끗이 잊고 그와의 시간에 몸을 맡겼습니다. 누마다 기미에, 열여덟 살에 빠진 첫사랑이었습니다.

그 대학생 역시 그녀에게 강하게 끌렸는지 아르바이트를 끝내고 도쿄에 돌아간 뒤에도 짬나는 대로 후쿠시마에 찾아왔습니다. 기미에는 여전히 학교에서 괴롭힘을 당했지만 그의 얼굴과 목소리, 피부의 온기를 떠올리면 조금도 괴롭지 않았습니다.

그렇게 밀회를 이어가며 가을이 중반에 접어들 무렵, 기미에는 자기 몸의 변화를 알아차렸습니다.

그녀는 예감을 느꼈습니다. 용기를 짜내서 이웃 마을의 병원을 찾아가자, 의사의 진단은 그녀의 예상과 똑같았습니다. 그렇습니다, 그녀는 아이를 가진 것입니다.

오늘 말할까, 내일 말할까, 그에게 먼저 말해야 할까, 아니면 부모님에게 먼저 말해야 할까, 몰래 아이를 떼는 것이 좋을까. 그렇게 계속 고민하던 기미에는 결국 그에게 먼저 밝히기로 했습니다. 그런데 고백을 들은 그의 반응은 정말 의연했습니다.

"내일이라도 학교를 그만둘게. 상경해. 셋이서 살자."

의외의 대답이었습니다. 기미에는 낙태하라고 할 거라고 각오하고 있었습니다. 자신과 그의 나이나 입장을 생각하면, 중절 외에 선택할 길이 없을 거라고 생각하고 있었습니다. 그래서 출산과 결혼을 둘 다 약속하는 전화를 끊은 기미에는 눈물이 멈추지 않았다고 합니다.

그러나 지극히 평범한 기미에의 부모님이 이것을 허락할 리가 없습니다. 아니나 다를까, 어깨까지 길렀던 머리카락을 짧게 자르고 남자답게 인사를 하러 온 그는, 기미에의 아버지에게 흠씬 두들겨 맞고 집에서 쫓겨났습니다. 그녀는 2층의 공부방에 갇혀 있었습니다.

멍하니 정신을 놓고 있던 그녀의 귀에 아래층 소리가 들려왔습니다. 이제부터 딸을 어떻게 할 것인지 부모님이 소리 높여 상의하고 있었습니다. 정확히 말하자면 서로의 잘못이라며 매도하고 있었습니다. 그것을 듣는 동안 기미에의 가슴에 슬픔과 답답함이 치밀었습니다. 그리고 그녀는 마음을 굳혔습니다.

갈아입을 옷 몇 벌과 간단한 화장도구, 그리고 백만 엔 조금 넘는 자기 명의의 저금통장을 보스턴백에 넣고, 무거운 몸도 개의치 않고 베란다의 홈통을 타고서 집을 빠져나왔습니다. 그리고 현관문 앞에 몸을 숙이고 있던 그의 손을 잡고 역으로 달렸습니다. 누마다 기미에, 열여덟 살의 야반도주였습니다.

파란 많은 도주 생활의 막은 도쿄의 기타우에노에 있는 연립주택에서 올랐습니다.

연립주택이라고 해도 상점이 들어선 길쭉한 건물 2층에 있는, 낮에도 어두운 육 평 정도의 집입니다. 집세가 단 일만 엔밖에 안 되는데 다른 세입자가 없다면 어떤 집인지 상상이 가시겠지요. 그러나 젊은 두 사람에게는 조금도 불편하지 않았습니다.

그는 이사 전문 운송업체에서 일했고 그녀는 부른 배를 안고 중심가에 있는 봉제공장에 나갔습니다. 이듬해 6월 3.6킬로그램의 건강한 남자아이가 태어났고, 욕실이 딸린 아파트로 이사도 했습니다. 동년배의 젊은이는 부모의 주머니를 믿고 바다로 놀러 갈까 유럽으로 놀러 갈까 하고 들떠 있는데, 자신은 아기를 달래면서 집에서 재봉틀을 돌린다. 그것은 분명 괴로운 일이었지만 기미에는 피로를 느끼지 못할 정도로 하루하루를 충실히 보냈습니다.

불행이란 마물은 그런 작은 행복을 가만히 놔두지 못하는 것 같습니다.

아들이 세 살이 되었고(그 아이는 두 명의 이름에서 한 글자씩 따서 게이타라고 이름 붙였습니다) 유치원은 언제부터 보낼까, 두 달 전에 산 옷이 벌써 못 입게 됐네, 하며 새로운 고민이 계속 생겨났습니다. 그런 것에서 또 행복을 느끼던 어느 여름날이었습니다.

그가 죽은 것입니다.

대형 냉장고를 운반하던 중에 발이 미끄러져, 냉장고와 함께 계단에서 굴러떨어지는 바람에 온몸이 짓눌려서…… 그만두죠. 어쨌든 그런 사고를 당해서 병원에 실려간 다음 날 숨을 거두고 말았습니다. 사람의 목숨이란 너무나 덧없는 것입니다.

기미에는 사흘 밤낮을 울었습니다. 그러나 어머니의 힘인지, 나흘째에는 결연히 일어서서 이후의 생활에 대해 생각하기 시작했습니다.

가장 먼저 떠오른 것이 고개를 숙이고 본가로 돌아가는 것이었습니다. 손자의 얼굴을 보면 부모님도 용서해줄지도 모릅니다. 그러나 본가에서 살게 되면 언젠가 재혼하라고 할 것이 뻔합니다. 어쨌든 그녀는 이제 갓 스무 살을 넘긴, 세상에서 보면 초혼도 안 했을 나이입니다.

안 됩니다. 재혼은 절대 안 됩니다. 그이와의 추억이 흐려져버립니다. 기미에에게 이렇게 괴로운 일이 또 있을까요.

그녀가 할 수 있는 또다른 선택은 자립하는 것입니다. 그러나 이것도 힘들고 험난한 미래가 기다리고 있습니다. 생명보험을 들 여유 따원 없어서, 그가 당한 사고로 나온 돈은 운송회사에서 보내준 형식적인 위로금이 전부였습니다. 잔혹하게도 회사는 산업재해로 처리해주지 않았던 것입니다. 재판을 걸면 회사 측에 지불 명령이 떨어지겠지만, 사회경험을 거의 하지 않은 탓에 그녀는 거기까지 머리가 돌아가지 않았고, 또 주위에 마음을 열고 대화할 만한 사람도 없었습니다.

혼자서 생각한 끝에 기미에는 결심했습니다.

그가 있었기에 이제까지의 내가 있었다. 그가 멀리 가버린 지금, 여자로서의 나는 죽어버린 것이나 마찬가지다. 그렇다면 이제부터 어머니로 살자. 남은 인생 전부를 아들에게 바치는 거다.

그녀는 아름다움을 희생하면서 일했습니다.

낮에는 봉제공장에서 밤에는 세탁소에서. 봉제공장이 알선해준 소가 시의 단층주택으로 이사한 뒤로는 집에서 재봉 일도 시작했습니다. 이웃집 하나하나를 돌며 옷 수선을 싼 가격으로 맡는 것이죠. 소극적이었던 소녀의 모습은 이미 티끌만큼도 남지 않았습니다.

기미에는 또한 아들을 끔찍이 사랑했습니다.

학교에 들어가기 전부터 학원에 보내고, 만화든 코미디든 좋아하는 텔레비전 방송을 보여주고, 장난감이 갖고 싶다고 떼를 쓰면 아무리 무리해서라도 사주었습니다. 아들에게는 고기와 야채를 듬뿍 먹이고 자신은 부엌 구석에서 밥에 물을 말아서 먹었지요. 그런 생활이 몇 년이나 계속되었을까요.

보통 이렇게 어리광을 받아주며 키우면 버릇없는 아이로 성장하게 마련이지만, 게이타는 달랐습니다. 영리하고 말 잘 듣고 활기차고, 그러면서도 생각이 깊은, 누구에게나 사랑받는 아이로 자란 것입니다. 그야말로 죽은 그이를 꼭 닮았습니다.

세월이 흘러서 게이타는 중학교 3학년이 되었습니다.

게이타는 공부를 빼어나게 잘했습니다. 입학 이후로 학년 10등 아래로 떨어진 적이 없었고, 담임선생님은 고시가야에 있는 공립 고등학교로 진학하라고 강력하게 권유했습니다. 그 고등학교는 사이타마 현에서도 손꼽히는 명문교로, 매년 몇 사람씩 현역으로 도쿄 대학에 합격시키고 있었습니다. 그런데 게이타는 그 권유를 완강히 거부했습니다. 도쿄의 F학원 고등학교에 진학하겠다고 우기는 것이었습니다.

게이타는 운동신경도 뛰어난 소년이었습니다. 140킬로미터에 가까운 빠른 공과 다섯 종류의 변화구를 던질 수 있는 사이타마 최고의 좌완투수라는 평가를 받고 있었습니다. 이른 시기부터 사이타마 현은 물론 전국 각지의 야구 강호들에서 러브콜이 날아왔습니다. 도쿄의 F학원 고등학교도 그중 하나였습니다.

게이타가 F학원 고등학교를 지망한 것은 집안 형편을 생각해서였습니다. 입학금도 수업료도 기숙사비도 면제해주겠다고 제안했던 것입니다. 실제로는 원정비용이나 설비확장비 등의 잡다한 비용을 붙여서 기부금을 뜯어내지만, 게이타는 그런 것은 모른 채, 공짜로 다닐 수 있는 학교라면 어머니의 부담을 덜 수 있다는 생각밖에 하지 않았습니다.

"길게 보고 결정해라. 고시가야의 학교에서도 야구는 계속할 수 있으니까."

담임선생님은 거듭 타일렀습니다. 기미에도 야구를 끝낸 뒤의 긴 인생을 생각하면 인문계 학교로 보내야 한다고 생각했습니다. 그렇지만 게이타는 이렇게 말했습니다.

"반드시 프로선수가 될 거예요. 프로선수가 되어서 어머니가 편하게 살 수 있도록 해줄게요."

기미에는 이 말에 감동했고, 결국 아들의 의지를 존중했습니다.

생각해보면 여기에 한 가지 실수가 있었던 것입니다.

1학년 에이스라는 화려한 간판을 달고 F학원 야구부에 들어간 게이타. 하지만 1번이란 등번호가 무거웠던 것일까요. 중학교 시절의 다이내믹한 폼은 찾아볼 수 없었습니다. 시합에서 마운드를 밟은 것은 1학년 후반의 몇 시합뿐, 지역 대회 첫 시합에서 패배한 것을 계기로 등번호 1번을 박탈당했습니다.

물론 게이타는 후보선수가 되고 나서도 남몰래 노력을 계속했을 겁니다. 그러나 발버둥치면 칠수록 폼은 무너졌고 공 끝도 무뎌지며 새 에이스와의 차이는 벌어져갈 뿐이었습니다. 어쩌면 게이타는 등번호 1번의 무게에 짓눌린 것이 아니라, 야구의 재능이 중학교 시점에서 고갈되어버린 것인지도 모릅니다. 게이타는 그후로 벤치에 들어가지도 못하고 주로 타격 연습을 도와주는 좌완 투수로 활동하게 되었습니다. 학업 성적이 전교 최고 수준인 덕분에 간신히 특기생 자리를 유지할 수 있었던, 정말 괴로운 입장이었습니다.

그런데 얄궂게도, 게이타는 에이스 자리에서 내려왔지만 F학원 고등학교는 급속도로 두각을 나타내며 2학년 가을 도쿄 대회에서 우승하고 간토 지방 대회에서 준우승을 했습니다. 그 결과 봄 선발전 티켓을 얻었습니다. 그러나 게이타의 자리는 그라운드도 벤치도 아닌 알프스 스탠드의 응원석이었습니다.

그리고 고등학교 마지막 가을.

게이타에게 생각지도 못한 찬스가 돌아왔습니다.

호타준족의 1번 타자가 아킬레스건이 끊어지는 부상을 당해서, 게이타에게 벤치에 들어가라는 이야기가 나온 것입니다. 그의 비범한 주력을 높이 산 것입니다. 등번호는 15번. 정규멤버는 아닙니다. 투수로 벤치에 들어가는 것도 아닙니다. 그렇지만, 이제 두 번 다시 없을 거라고 생각한 벤치행이 이루어진 것입니다.

당시에 벤치에 들어가는 것을 허락받은 사람은 열다섯 명이었습니다. 마지막 한 사람으로 선택된 것은, 희망이 없어도 꾸준히 노력을 계속한 게이타에 대한 감독의 온정이었을지도 모릅니다. 마지막 여름입니다. 하느님이 상을 내려주셔도 좋지 않겠습니까?

예선이 시작되고 F학원 고등학교는 승승장구했습니다. 게이타의 출전은 한 번도 없었지만, 그것은 팀이 잘나가고 있다는 증거이기도 합니다.

F학원 고등학교는 처음으로 여름 대회 출전 티켓을 손에 넣었습니다.

그 소식을 전하는 전화를 받고 기미에는 문득 말했습니다.

"우리 아들이 고시엔의 마운드에서 완봉승을 거두는 모습을 보고 싶었는데 말이야."

그러자 게이타는 말했습니다. 그 한 마디 한 마디는 지금도 기미에의 마음에 깊이 스며들어 있습니다.

"벤치 열다섯 명에 들어가는 것만으로도 굉장하다고요. 우리 부원은 백 명이나 돼요. 아니, 야구부가 있는 고등학교가 전국에 몇 개인 줄 아세요? 사천 개예요, 사천 개. 한 학교 부원을 스무 명이라고 계산해도 팔만 명. 실제로는 훨씬 많아요. 그중에서 몇 사람이 고시엔의 흙을 밟을 것 같아요? 그걸 생각하면 저는 아주 행복해요. 게다가 저는 야구밖에 모르는 바보가 아니라고요. 프로선수는 못 되겠지만 다른 걸로 어머니를 행복하게 해줄 수 있어요. 여름이 끝나면 열심히 공부할 거예요."

기미에는 그저 가만히 눈가를 누를 뿐이었습니다.

3

그 여름은 정말로 이상한 날씨였습니다.

장마가 방학이라도 한 듯 뚝 끊겨서 물 부족이 걱정되었지만, 한여름이 되자 매주 태풍이 밀려오고, 낮밤을 가리지 않고 벼락이 치고, 우산이 소용없을 정도의 장대비가 퍼붓습니다. 이곳저곳의 강이 범람하며 무너진 토사가 사람을 삼키는 상황이라, 강가의 낡은 집에 사는 기미에는 비상식량이 담긴 배낭을 머리맡에 놓고 부들부들 떨며 지냈습니다.

듣기로는 평소의 여름 같으면 필리핀 중부 근처에서 머무르고 있어야 할 열대수렴대라는 뭉게구름 덩어리가 일본 근처까지 올라온 것이 원인이라고 합니다.

기미에에게 무슨 일이 일어난 것은 항상 여름이었습니다. 첫사랑도, 사랑하는 사람을 잃은 것도 그랬습니다.

그러나 그 여름의 사건은 단순한 우연은 아닌 것 같습니다. 기미에의 인생을 바꿔버린 그 비정상적인 범죄는 그 여름의 비정상적인 날씨와 관련이 있다고 보입니다. 여름다운 태양 빛이 내리쬐고 여름다운 소나기가 내렸다면, 그 범죄도 이 범죄도 안 일어나지 않았을까요.

어쨌든 이상한 여름이었습니다.

게이타를 고시엔에 보낸 뒤에도 기미에는 소카 시의 자택에서 재봉

틀을 돌리고 있었습니다. 기미에는 첫 시합 전날까지 일을 하고, 당일 아침에 신칸센 첫 차를 타고 도쿄에서 출발할 예정이었습니다.

그러나 전날 아침에 작은 문제가 생겼습니다. 이웃집 구와바라 씨에게서 피아노 발표회 때 입을 드레스를 서둘러 만들어달라는 주문이 들어온 것입니다.

때가 때이니만큼 기미에는 거절하고 싶었습니다. 그러나 모처럼 들어온 주문을 거절하면 다시는 부탁하지 않을지도 모르고, 이후에 사이가 어색해질지도 모릅니다. 기미에는 결국 싫은 내색 않고 떠맡아버렸습니다.

대회의 하이라이트는 아마도 F학원 고등학교와 막상막하라는 평가를 받는 오사카 U고등학교와의 경기일 것이다. 1회전은 기타쿠니의 H공업 고등학교가 상대이니 어떻게든 이길 것이 틀림없다. 그렇다면 1회전은 텔레비전으로 응원하고, 얼른 주문받은 일을 마친 뒤에 두번째 시합부터 고시엔에 가자.

사소한 일에도 융통성을 발휘하지 못하는 자신의 입장을 슬퍼하면서, 멀리 있는 아들에게 사과하며 기미에는 일을 계속했습니다.

하늘은 아침부터 뿌옇게 흐리고, 모기장 문 너머에서 들어오는 것은 맴맴 우는 유지매미의 합창뿐, 바람은 조금도 불지 않습니다. 게이타가 태어난 직후에 샀던 선풍기도 소리만 크고 별 도움이 되지 않아, 기미에는 땀을 줄줄 흘리면서 재봉틀을 돌립니다.

계속 켜두고 있던 텔레비전에 이변이 일어난 것은 오후 2시 전이던가요. 이바라키의 J학원 고등학교와 오카야마의 K상업 고등학교의 시합 8회 초, K상업 고등학교가 만루 찬스에서 스퀴즈에 실패한 그때였습니다.

"임시 뉴스를 말씀드리겠습니다.

지바 현 후나바시 시에서 5세 남자아이에게 카메라맨이라며 접근해 발가벗겨 사진을 찍은 남자가 유괴 및 강제외설죄로 경찰에 체포됐습니다. 지바 현경의 조사에서 이 남자는 '고지를 죽이고 기사라즈 산 속에 묻었다'고 진술했습니다. 이 진술을 토대로 지바 현경 조사1과에서 조사한 바에 따르면, 남자의 진술대로 유아의 머리 같은 물체가 발견되었다고 합니다.

이 남자가 말하는 '고지'는 지난달 초, 누군가에게 유괴되어 목과 팔다리가 절단된 시체로 도쿄 우에노 역의 코인로커에서 발견된 지바 현 후나바시 시의 유치원생, 무로즈미 고지 군을 가리키는 것으로 보이며, 경찰은 발견된 머리의 신원확인에 전력을 기울이며 관련사항을 조사중입니다.

체포된 사람은 사이타마 현 고시가야 시에 사는 21세 대학생 나카가키 스스무.

진술에 의하면 나카가키는 지난달 8일, 자신이 소유한 승용차로 후나바시 시의 공원에 간 뒤 고지 군이 사는 주택단지로 들어가서 고지 군을 유괴해 차에 태웠으며, 가마가야 방면으로 향하던 도중 주차장에서 목을 졸라 살해했다고 합니다. 이후 시체는 집으로 옮겨서 토막내 몸통과 팔다리를 우에노 역 코인로커에 버렸다고 진술했습니다.

그러면 방금 전에 마쓰도 서에서 진행된 기자회견 장면을 보내드리겠습니다."

"나카가키 스스무……"

기미에는 텔레비전 쪽을 향한 채로 목이 얼어붙어 움직이지 않았습니다.

이것도 역시 이상기후가 그렇게 만든 건지도 모릅니다. 이 무렵에는 사회적으로 음침하기 이를 데 없는 사건이 연달아 발생하고 있었습니다. 취학 전의 어린아이가 차례차례 행방불명되더니, 어느 아이는 토막나서 코인로커에 방치되고, 또 어떤 아이는 숲 깊숙한 곳에서 백골이 된 채 발견되었습니다. 그 모든 시체에서 성기가 잘려나가 있는, 범죄 사상 유례없는 괴상한 사건입니다. 모든 부모는 이 사건에 큰 충격을 받았습니다. 전국 각지의 놀이터에서 아이들의 모습이 사라질 정도였습니다.

그 피해자 중 한 명인 '고지 군'을 죽인 것으로 보이는 남자가 붙잡힌 것입니다. 시체의 상태로 판단하기로는 동일범의 범행일 가능성이 아주 높다고 하니, 이로써 사건은 단숨에 해결되겠지요. 내일부터는 놀이터에 어린아이들의 웃음소리가 돌아올 수 있을 것입니다.

그렇지만 기미에가 정신을 놓은 것은 안도감 때문이 아닙니다. 사건을 해결해도 죽은 아이가 돌아오지 않는 것에 분노를 느끼는 것도, 범인이 너무나도 젊다는 것에 놀란 것도 아닙니다.

"나카가키 스스무……"

기미에는 그 이름이 낯익었습니다.

매미 소리가 들어오는 모기장 문을 열면, 지금은 풀이 무성하게 나 있는 밭이 펼쳐져 있지만, 그 건너편에 들어서 있는 검은 기와 2층집, 그곳이 나카가키 가였습니다.

저 너머는 고시가야 시, 이쪽은 소카 시. 밭 하나를 사이에 두고 지역은 다르지만, 경계선을 넘어서 소카의 초등학교로 통학하던 나카가키 가의 딸 한 명이 게이타와 몇 년간 같은 반이었습니다. 그 덕에 기미에도 나카가키 가와 조금은 인연을 가지고 있었던 것입니다.

나카가키 씨네 댁에는 아이가 셋 있었습니다. 맏이가 남자아이, 아래 두 사람이 여자아이. 장남의 이름이 스스무였던 것으로 기억합니다.

기미에는 열심히 기억을 되살려봅니다. 그리고 텔레비전에 비친 스스무의 사진을 본 순간, 아무것도 생각할 수 없게 되었습니다.

틀림없이 그녀가 알고 있던 스스무였던 것입니다.

"정말, 저는 가슴이 조마조마했습니다. 야마시타의 수비가 기가 막혔죠. 야마시타의 수비와 그것을 거든 포수가 승리를 이끈 겁니다."

"그리고 만루의 위기상황을 막아낸 직후의 9회 말. 멋졌죠. 야마시타 군의 한 방이 시합을 결정지었습니다."

"네. 스퀴즈를 막은 장면도 그렇고 그뒤의 홈런도 그렇고, 야마시타의 집중력은 정말 놀랍습니다. 이제까지는 위기에 처하면 자멸하는 경우가 많았습니다만, 이거 참, 저는 선수를 보는 눈이 없나봅니다. 가르쳐야 할 입장인 사람이 가르침을 받은 기분이 들더군요."

"2회전도 잘되겠죠?"

"잘될 거라고 생각합니다."

"감사합니다. 극적인 끝내기 승리로 1회전을 돌파한 J학원 고등학교 마사키 감독님과 이야기 나누어보았습니다. 한편, 아깝게 패한 K상업 고등학교 호시노 감독님의 말은 아베 아나운서가 전하겠습니다."

"네, 호시노 감독님은 입을 열자마자 '저의 지휘 부족입니다'라고 말씀하시고는 입술을 깨물고 고개를 숙였습니다. 그리고 잠시 시간이 흐른 뒤에 '초반의 자잘한 작전이 선수들에게 압박을 주는 결과가 되었습니다. 아직 젊은 팀이므로 내년 봄에 반드시 돌아오겠습니다. 선수들을 칭찬해주십시오'라고 짧게 정리해주셨습니다. 이상입니다. 그러면 방송국으로 마이크를 돌리겠습니다."

정신이 들고 보니 임시 뉴스는 끝나고, 고시엔 구장의 은색 지붕이 비치고 있었습니다.

기미에는 이미 일을 할 상황이 아니었습니다. 채널을 계속 돌리며 뉴스를 찾아보았습니다. 그리고 사건의 전체상이 선명해짐에 따라 점점 혼란에 빠졌습니다.

나카가키 가는 이 지역의 유지로, 예전에는 전업농가였지만 최근에는 농업은 부업으로 돌리고 토지 매각이나 주택임대업 등으로 안정된 생활을 꾸리고 있었습니다. 그러나 부자에게서 흔히 볼 수 있는 거만한 태도는 털끝만치도 느껴지지 않았고, 허름한 집에 사는 기미에에게도 정중한 태도로 대해주었습니다. 살인범을 낳을 가정이라고는 도저히 생각되지 않습니다.

나카가키 본인도 아주 평범한, 아니, 남들 이상으로 예의 바른 청년이었습니다.

누구나 그렇듯 기미에의 머릿속에도 살인을 저지를 만한 인간의 이미지가 있습니다. 가정환경이 나쁘다, 정서가 불안정하다, 고집이 심하다, 걸핏하면 화를 낸다, 폭력적이다, 비쩍 말랐다…… 그러나 스스무에게는 그 어느 것도 해당되지 않았습니다.

가정환경은 양호하고, 길에서 만나면 반드시 웃는 얼굴로 인사를 하는 싹싹한 청년입니다. 근육질의 거무스름한 피부도 건강 그 자체이니 어느 것이나 살인범의 이미지와는 동떨어져 있습니다.

날이 저물어서 밤이 되어도, 기미에는 식사도 잊은 채 텔레비전 앞에 앉아 있었습니다.

"범인의 방 안에는 전쟁소설, 군사무기 사진집, 모델건 잡지와 전차나 전투기 프라모델, 전쟁을 소재로 한 컴퓨터 게임 등이 빽빽하게 들어차 있었습니다."

"방 한구석에는 쇠로 된 아령이나 덤벨, 바벨 등 몸을 단련하기 위한 기구가 놓여 있었습니다. 그리고 수납장 안에서는 아직 개봉하지 않은 단백질 보충제 한 다스가 발견되었습니다."

"벽장 속의 종이박스에는 동성애 잡지와 비디오가 가지런히 정리되어 있었습니다. 절단된 성기는 현재 발견되지 않았습니다."

새로운 정보가 계속 들어옵니다.

기미에는 그때마다 눈을 휘둥그레 뜨고 숨을 들이마셨습니다. 그녀가 아는 나카가키 스스무와, 보도되는 나카가키 스스무와의 갭이 벌어져갈 뿐입니다.

근처에 살고 있는 낯익은 아주머니의 인터뷰 장면이 보였습니다.

"믿을 수가 없네요. 하지만 말이 없고 어두운 느낌은 있었죠."

믿을 수 없는 건 그 아주머니 쪽입니다. 나카가키 스스무란 청년은 얌전한 편이었지만 어두운 것은 아니었습니다. '재, 조금 이상하네' 하는 소문도 들은 적이 없습니다. 무엇보다 저 아주머니는 최근에도 기미에 씨에게 이렇게 말하지 않았습니까.

"나카가키 씨네 아들, 아직 독신이라죠? 우리 딸을 데려가주면 좋을 텐데."

평론가, 작가, 교수, 논설위원, 아나운서 — 다양한 사람들이 나와서 나카가키 스스무를 규탄합니다.

"그 사람은 비정상입니다."

"비정상적인 행동의 배경에서, 일그러진 사회구조를 볼 수 있습니다."

"정말 비정상적인 취향이라고 말할 수밖에 없군요."

"비정상적인 성적 기호를 푸는 열쇠는 유아체험에 있습니다."

새롭고 재미있는 말이라도 익힌 것처럼 '비정상'이란 말을 반복해 댑니다. 그러나 기미에는 밭 너머에서 사는 그 나카가키 스스무가 비정상적이라고 생각할 수 없습니다. 붙임성 있는 미소, 하얗게 빛나는 이, 예의 바른 행동, 흐릿한 비누 냄새, 주름 하나 없는 셔츠와 잘 다린 바지—

텔레비전에서 다루는 내용도 그렇습니다. 밀리터리 마니아의 어디가 비정상일까요? 만약 그것이 비정상이라면 기미에는 마찬가지로 비정상적인 인간을 많이 알고 있습니다.

고등학교 3학년인데도 산더미 같은 미키마우스 물품에 둘러싸여 잠을 자던 친구. 그녀는 미키마우스 봉제인형에게 말을 걸기도 했습니다.

휴일이 되면 서재에 틀어박혀서 프라모델이나 보틀쉽을 만들던 아버지. 그의 완성품은 거의 천 점이 넘었습니다.

열 살 차이가 나는 사촌동생은 대학을 나와도 취직하지 않고 아르바이트를 하면서 책을 읽었습니다. 그 수는…… 아니, 이건 셀 수 없을 만큼 많아서 나중에는 책의 무게에 방바닥이 푹 꺼졌다고 합니다.

기미에는 나카가키 스스무가 동성애에 빠진 것은 역시 비정상적이라고 생각했습니다. 남자끼리 살을 맞댄다는 건 상상만 해도 구역질이 납니다. 그렇지만 또다른 의문도 금할 수 없었습니다.

그러면 텔레비전은 뭐지? 동성애자나 트랜스젠더를 불러다가 재미

삼아 보여주잖아. 텔레비전에 나올 정도이니 그들은 정상이라고 인지하고 있는 걸까? 그렇다면 나카가키 스스무도 정상이란 이야기가 된다. 하지만 나는 동성애는 비정상이라고 생각한다. 그렇다면 동성애자들은 역시 비정상이고, 그것을 태연하게 방송하는 텔레비전도 비정상일까? 그러면 비정상인 텔레비전이 비정상이라고 규탄하는 나카가키 스스무는 오히려 정상이라고 해야 하지 않을까?

그러나 원래 감정이 앞서는 그녀는 이렇게 깊이 생각하면 할수록 머리가 지끈거렸습니다. 결국 텔레비전을 보다 지쳐서 그대로 방바닥 위에서 잠이 들어버렸습니다.

그날 밤, 답답함에 잠에서 깬 기미에는 어떤 무서운 예감에 사로잡혀서 게이타의 방을 뒤져봅니다.

만약 이상한 물건이 나오면 어떻게 될까.

책장의 책을 빼고 책상 서랍을 열고 벽장도 뒤집어 엎었습니다. 그러나 걱정하던 물건은 아무것도 발견되지 않아서, 그녀는 가슴을 쓸어내렸습니다.

당연하다면 당연한 일입니다. 게이타는 고등학교에 들어간 뒤로 거의 기숙사에서만 지내고 있었으니까요.

4

다음 날 아침, 기미에는 천둥소리에 잠이 깼습니다.

아직 새벽 5시였지만, 전날에는 텔레비전만 붙들고 일을 내팽개쳐 두었기 때문에 바로 일어나서 재봉작업을 시작했습니다.

천둥번개와 비는 으르렁거리듯 밀려왔다가 물러가고, 그러다 다시 세차게 몰아치기를 반복해서 창문을 열 수도 없습니다.

걱정되는 것은 고시엔의 날씨였지만, 전화로 물어보니 그쪽은 맑다고 합니다. 기미에는 안도하고 일을 계속합니다.

NHK의 고교 야구 중계는 8시에 시작합니다. 9시까지는 교육방송 채널에서 나오고, 그 이후에는 종합 텔레비전 채널로 중계가 넘어갑니다. F학원 고등학교는 두번째 시합이지만 기미에는 더이상 기다리지 못하고 8시 정각에 텔레비전 스위치를 켰습니다.

은색 지붕 사이로 보이는 푸른 하늘에 사이렌 소리가 스며들고, 첫번째 시합 S고등학교 대 Y상업 고등학교의 플레이볼. 이 시합이 끝나면, 앞으로 두 시간 정도만 있으면 아들이 화려한 무대를 밟는 것입니다.

기미에는 일할 계제가 아닙니다. 첫번째 시합이 다음 회로 넘어갈 때마다 그녀의 집중력은 떨어져갔고, 7회 초가 끝났을 무렵에는 저도 모르게 재봉틀을 내팽개치고 텔레비전 앞에 앉았습니다.

임시 뉴스가 나온 것은 S고등학교의 마지막 타자가 삼진아웃당한 순간이었습니다.

"임시 뉴스를 말씀드리겠습니다.

지바 현 후나바시 시의 유치원생 무로즈미 고지 군 유괴살해사건으로 니시후나바시 서에 미성년자 유괴살인 및 시체유기 혐의로 체포된 사이타마 현 고시가야 시의 대학생 나카가키 스스무는 오늘 이른 아침, 지바 현 아비코 시의 도모오카 유토 군과 나라시노 시의 미즈노 신야 군, 또 히가시가쓰시카 군 쇼난마치의 아사이 쓰카사 군 유괴살해사건도 자신의 범행임을 인정하는 진술서를 썼습니다.

이 진술서로 나카가키가 일련의 사건에 관련된 것이 확실해짐에 따라 경찰청은 이 사건을 광역주요지정 315호로 지정했으며, 그와 동시에 지바 현경은 오늘 중에라도 나카가키를 유토 군, 신야 군, 쓰카사 군, 세 사건의 피의자로 하는 수색영장을 발부받아 가택 강제조사를 실시할 방침입니다.

그러면 니시후나바시 서에서 중계를 보내드리겠습니다."

"니시후나바시 서 앞입니다. 보시는 대로 보도진과 모여든 시민들로 옴짝달싹하기 힘들 정도입니다.

어젯밤 마쓰도 서에서 이송된 나카가키 스스무는 오늘 아침 조사를 시작하자마자 유토 군 유괴부터 순서대로 신야 군, 쓰카사 군의 살해에 대해 물 흐르듯이 자백하고 진술서를 썼습니다. 조사를 담당한 조사관에 따르면 다 쓴 직후에 나카가키는 무표정한 얼굴로 소란을 일으켜 죄송하다고 말했다고 합니다.

그러면 진술서 내용을 읽겠습니다—"

기미에는 몸이 화끈거리는 것을 느꼈습니다.

전날 보도된 시점에서 정말 그런 게 아닐까 하는 예감을 품기는 했지만, 도저히 믿을 수가 없습니다. "왜 그애가……" 하는 혼잣말이 나올 뿐입니다.

그러나 솔직히 말해서 이날의 기미에는 나카가키 스스무가 뭘 하고 어떻게 되는지 따위에는 관심이 없었습니다. 게이타의 출전이 임박했기 때문입니다. 그런데도 텔레비전 속보는 좀처럼 끝나지 않았습니다. 그녀는 짜증을 내면서 머릿속에서 게임이 끝난 뒤의 영상을 조합해봅니다.

선수들이 쭉 정렬하고 인사. 승리한 Y상업 고등학교의 교가. 알프스 스탠드 응원석에서 인사를 나누는 두 학교. 승자는 벤치 앞에서 카메라맨의 주문에 따라 포즈를 취하고, 패자는 고시엔의 흙을 긁어모은다. 그리고 감독의 인터뷰에 이어서 아나운서와 해설자가 시합을 마무리한다.

지금은 어디쯤일까. 설마 두번째 시합이 시작한 건 아닐까. 그런 생각을 하니 가만있을 수가 없었습니다. 그러나 기미에의 힘으로 어떻게 할 수 있는 일이 아니었습니다.

"—그러면 이어서, 고시엔 구장에서 보내드립니다."

간신히 뉴스가 끝난 다음 순간, 화면 중앙에 '15'라는 숫자가 크게 비쳤습니다.

15.

기미에는 그것이 무엇을 의미하는지 충분하고도 남을 정도로 알고 있었지만, 너무 갑작스러운 나머지 비디오 녹화 버튼을 누를 때까지 몇 초의 시간이 걸려버렸습니다.

15. 그것은 게이타의 등번호입니다. 시합 시작 전 연습에서 게이타가 배트를 쥐고 있는 모습이 찍힌 것입니다. 그러나 그 영상은 정말 한 순간이어서 기미에가 깨달았을 때에는 이미 카메라가 바뀌어 알프스 스탠드의 풍경이 흐르고 있었습니다. 기미에는 게이타의 모습을 비디오로 녹화하지 못한 것입니다.

기미에가 아주 낙담한 것은 말할 것도 없습니다. 게이타는 정규멤버가 아니므로 대타로 지명되지 않는 한 큰 화면에 잡힐 일은 없다고 해도 좋을 것입니다. 그리고 게이타는 감독의 온정으로 벤치 멤버 열다섯 명에 선발된 것이나 마찬가지라, 대타나 구원투수로 선발될 확률은 한없이 제로에 가깝습니다.

그렇지만 이때는 기미에도 금방 정신을 가다듬고 다시 텔레비전을 향했습니다.

앞 시합이 빠른 템포로 끝났기 때문에 두번째 시합은 예정보다 삼십 분이나 이른 9시 50분에 시작되었습니다.

F학원 고등학교의 공 하나 스윙 하나에 기미에는 손뼉을 치고 응원을 보냅니다. 비가 몰아치는 창문 너머에는 나카가키 가에 모여든 경찰과 보도진의 무리가 보이지만, 기미에의 마음은 그쪽에 없습니다.

기미에는 점점 만족스러워졌습니다. 각 회마다 카메라가 벤치 쪽을 한두 번씩 향하는데 그때마다 게이타의 모습이 흘끗 비치는 것입니다. 알프스 스탠드보다 잘 보이네, 하고 위안 반, 진심 반으로 중얼거리기도 했습니다.

그런 가운데, 두번째 임시 뉴스가 나왔습니다.

"뉴스를 말씀드리겠습니다.

지바 현 후나바시 시의 유치원생 무로즈미 고지 군 유괴살해사건으로 니시후나바시 서에 미성년자 유괴살인 및 시체유기 혐의로 체포된 사이타마 현 고시가야 시의 대학생 나카가키 스스무는 오늘 이른 아침, 지바 현 아비코 시의 도모오카 유토 군과 나라시노 시의 미즈노 신야 군, 또 히가시가쓰시카 군 쇼난마치의 아사이 쓰카사 군 유괴살해사건도 자신의 범행임을 인정하는 진술서를 썼습니다.

이 진술서로 나카가키가 일련의 사건에 관련된 것이 확실해짐에 따라 경찰청은 이 사건을 광역주요지정 315호로 지정했으며, 그와 동시에 지바 현경은 오늘 중에라도 나카가키를 유토 군, 신야 군, 쓰카사 군, 세 사건의 피의자로 하는 수색영장을 발부받아 가택 강제조사를 실시할 방침입니다.

그러면 니시후나바시 서, 이어서 나카가키의 자택 앞에서 중계를 전해드리겠습니다."

방금 전의 뉴스와 조금도 다를 바 없는 내용입니다.

기미에는 화가 치밀었습니다. 게이타의 시합이 중간에 뚝 잘려버린 것입니다. 게다가 그때 F학원 고등학교는 위기를 맞고 있었습니다.

NHK에서는 이른 아침, 정오 이후 한 시간, 그리고 오후 6시가 지난 경우에는 교육방송으로 시합을 동시 중계하는 시스템을 취하고 있지만, 돌발적인 뉴스였던 만큼 그런 것도 없었습니다. 기미에는 채널을 한 바퀴 돌려보고 나서 어깨를 축 늘어뜨리고, 반복되는 뉴스를 허망하게 보고 있을 수밖에 없었습니다.

이번 뉴스는 짧아서 오 분으로 끝났습니다.

그러나 기미에에게 용서할 수 없는 오 분간이었습니다. H공업 고등학교가 1점을 먼저 얻었던 것입니다.

"어째서 이렇게 된 거야!"

거친 목소리로 브라운관을 두드리자 손바닥에 바지직 하는 정전기가 느껴졌습니다. 그 덕에 조금은 진정이 되었는지 기미에는 입에 손을 대고 중얼거렸습니다.

"아직 3회가 끝났을 뿐이잖아."

F학원 고등학교는 대회 굴지의 강타선으로 평가받고 있습니다. 한

두 점쯤은 눈 깜짝할 사이에 뒤집을 것이 틀림없습니다.

그러나 고시엔에는 마물이 살고 있습니다. F학원 고등학교의 배트에서는 상쾌한 소리가 전혀 나지 않았고, 가끔씩 주자가 나가도 그때마다 병살타로 찬스를 날려버렸습니다. 한편 H공업 고등학교도 4회 이후로는 무안타로 눌리며 시합은 빠른 속도로 진행되어갔습니다.

이렇게 시원시원한 경기야말로 고교 야구의 참맛입니다. 그러나 이때의 기미에가 그것을 즐겁게 감상할 수 있을 리가 없습니다. 비디오 빨리감기 화면처럼 휙휙 지나가는 시합이 그녀에게 준 것은 손바닥의 땀과 목구멍의 갈증이었습니다.

"자, 이번 회야!"

기미에는 몇 번이나 말을 걸었고, 같은 수만큼 허탈감을 맛보았습니다. 가끔씩 화면에 나오는 스탠드의 여학생처럼 눈이 새빨갛게 부어서 울고 싶은 기분입니다.

그리고 문제의 8회 초는 11시 20분 무렵에 시작되었습니다.

"이번 회 F학원의 공격은 8번 다카하시 군부터입니다. 마쓰네 씨, 갈팡질팡하는 사이에 8회가 되었습니다. F학원 고등학교로서는 여기서 어떻게든 상위타선으로 이어가고 싶겠죠?"

"그렇지요. F학원은 지나치게 공격적인 타격이 눈에 띕니다. 여기서는 차분히 공격해야 합니다. H공업 고다 군의 컨트롤은 보통 수준이니, 구종을 분간하면 반드시 공략할 수 있습니다."

"그러면 경기 시작됩니다. 고다 선수, 제 1구.

볼.

마쓰네 씨의 말씀대로 고다 선수는 초구 스트라이크를 못 던지는군요."

"그렇습니다. 그러니까 유리한 카운트까지 기다리는 것이 좋습니다."

"와인드업하고 제2구.

쳤다! 묵직한 짧은 땅볼. 재미있는 타구군요. 뛰어들어가면서 맨손으로 잡고 그대로 1루로 던집니다만—아웃! 아웃입니다! H공업 고등학교의 오카 군, 훌륭한 어깨입니다. 내야안타가 되어도 이상하지 않은 타구였죠."

"네, 좋은 플레이였습니다. 그렇지만 그것보다 F학원의 다카하시 군, 또 성급하게 배트가 나갔습니다. 게다가 저건 명백히 볼이 되는 코스였지요. 이래서는 안 됩니다. 공에 위력이 없는 고다 군의 공에 말리는 이유가 이겁니다. 치고 싶은 마음에 바깥으로 빠지는 공에 배트가 나가고, 그래서 점수를 못 따고, 다시 그것 때문에 조급해져서 성급히 배트를 휘두릅니다. 악순환이죠. F학원의 타선은 강력하니까 차분히 공을 지켜보면 반드시 돌파구를 열 수 있을 텐데 말이죠."

"원 아웃 상태에서 타석에는 9번 사토 군. 지역대회에서 4할을 기록한 무시무시한 9번 타자입니다. 오늘도 안타 두 개, F학원에서는 가장 좋은 성적을 올리고 있습니다.

제1구.

볼. 역시 스트라이크가 안 들어가는군요.

미리 알려드립니다. 11시 반부터는 연쇄 유아유괴살해사건의 뉴스로 야구중계를 오 분간 중단하게 됩니다. 시청자 여러분의 양해를 부탁드립니다."

"양해 못 해!"

11시 26분의 텔레비전을 향해서 기미에는 비명을 질렀습니다.

이 중요한 순간에 또다시 중단이라니. 시합 전, 3회 말, 그리고 8회 초. 두 시간도 안 되는 이 경기 중에 세 번이나 잘리다니 대체 이게 어찌 된 일인가. 이렇게 될 줄 알았다면 주문을 거절하고 고시엔으로 달려갈걸 그랬다.

기미에의 짜증은 폭발 직전이었습니다.

"다섯번째 공은 아슬아슬했지만 스트라이크. 투 스리 풀 카운트입니다."

"방금 전은 좋은 판단이었습니다. 지금 코스의 공은 배트에 맞아도 외야까지 뻗어나가기 어렵습니다."

"여기서 투구 간격이 길어집니다. 포수의 사인에 두세 번 고개를 흔드는 고다 선수. 느긋한 모션으로 여섯번째 투구.

쳤다! 페어!

3루 선상을 가르는 통렬한 직선타! 펜스에 맞고 원 바운드, 투 바운드. 타자 주자 사토 군은 1루를 돌고 ― 공은 이제 막 송구에 들어갔습니다. 여유 있는 2루타! 사토 군, 베이스 위에서 힘찬 포즈를 취해 보입니다."

"훌륭한 타격이었습니다. 팔을 접으며 안쪽 코스로 들어오는 밋밋한 슬라이더를 잘 끌어당겼습니다. 다소 코스가 가운데로 쏠린 부분도 있습니다만, 고다 군 공략의 견본 같은 타격이었습니다. 이제부터 계속 이런 타격을 하면 좋겠군요."

"F학원 고등학교는 여기서 대주자를 기용할 모양입니다."

"꼭 1점을 따고 싶은 상황이니까요. 우선은 1점. 1점만 따내면 동점으로 따라잡고 흐름은 F학원 고등학교 쪽으로 기울어집니다. 여기서 1점을 딸 수 있는가, 혹은 1점도 따지 못하는가. 그것이 시합을 결정짓게 되겠지요."

"등번호 15번을 단 선수가 2루 베이스로 향합니다. 15번 선수는 3학년인—"

"뉴스를 말씀드리겠습니다.

지바 현 후나바시 시의 유치원생 무로즈미 고지 군 유괴살해사건으로 니시후나바시 서에 미성년자 유괴살인 및 시체유기 혐의로 체포된 사이타마 현 고시가야 시의 대학생 나카가키 스스무는 오늘 이른 아침, 지바 현 아비코 시의 도모오카 유토 군과 나라시노 시의 미즈노 신야 군, 또 히가시가쓰시카 군 쇼난마치의 아사이 쓰카사 군 유괴살해사건도 자신의 범행임을 인정하는 진술서를 썼습니다.

이 진술서로 나카가키가 일련의 사건에 관련된 것이 확실해짐에 따라 경찰청은 이 사건을 광역주요지정 315호로 지정했으며, 그와 동시에 지바 현경은 오늘 중에라도 나카가키를 유토 군, 신야 군, 쓰카사 군, 세 사건의 피의자로 하는 수색영장을 발부받아 가택 강제조사를 실시할 방침입니다.

그러면 니시후나바시 서, 이어서 나카가키의 자택 앞에서 중계를 전해드리겠습니다."

이때의 기미에를 뭐라고 표현하면 좋을까요.

아마도 불가능하리라 생각했던 사랑하는 자식의 출전.

그것이 실현되는 찰나에, 화면은 뉴스.

그녀 안에서 천국과 지옥이 한순간에 교차했던 것입니다.

기미에의 이성은 끊어졌습니다. 신음소리를 내면서 1번과 3번 채널을 오갑니다. 4번과 8번, 끝내는 아무것도 나오지 않는 5번과 7번 사이를 헤맵니다. 그러는 와중에 눈물이 넘쳐납니다. 재봉 일로 거칠어진 손으로 브라운관을 두드립니다.

중간에 끼어든 뉴스는 짧은 것이었습니다. 그렇지만 F학원 고등학교의 공격은 그 이상으로 짧았습니다.

대주자로 나갔던 게이타가 수비에 들어가는 일은 없었고, 이후로는 무의미한 시간이 흘러갈 뿐이었습니다.

F학원 고등학교는 지고 말았습니다. 게이타의 여름, 그리고 야구생활이 여기서 끝났습니다.

H공업 고등학교의 감독 인터뷰 도중에 일기예보 시간이 되었고, 이어서 뉴스, 버라이어티 방송, 연속극으로 이어졌습니다. 그러나 기미에는 더는 교육방송으로 채널을 돌려서 고시엔을 볼 이유가 없습니다.

기미에가 크게 낙담한 것은 설명할 필요도 없을 것입니다.

삼십 분이 지나고 한 시간이 지나서 드디어 눈물이 마르자, 기미에의 마음은 부글부글 끓기 시작했습니다.

왜 F학원 고등학교의 시합에서만 세 번이나 중단한 거야. 게다가 마지막에는 아들의 영광스러운 모습을 짓밟아버렸어. 연쇄 유아유괴살해사건은 큰 뉴스지만 이미 결과가 나왔잖아. 체포에 저항하는 용의자가 총을 들고 날뛰는 거면 몰라도 그 사람은 이미 잡혔다고. 다음 살인은 일어나지 않아. 서두를 만한 화제가 아니야. 그렇다면 텔레비전은 마땅히 아직 결과가 나오지 않은 야구중계를 우선해야 하잖아. 게다가 새로운 정보가 요만큼도 없는데 몇 번이고 똑같은 뉴스를 내보내다니 정신이 나간 거 아냐? 같은 내용을 반복할 거라면 화면 밑에 자막으로 내보내도 충분하잖아. 야구중계를 중단하다니, 마치 일부러 나를 못살게 굴려고 그런 것 같아.

기미에는 분노를 다른 쪽으로도 돌립니다.

재봉 주문을 받지 말걸 그랬어. 그것만 없었으면 아침 일찍 신칸센을 타고 오사카로 출발했을 텐데. 그래, 주문만 없었더라면. 피아노 발표회라고? 구와바라 씨네 그 꾀죄죄한 계집애가 드레스를? 어차피 바이엘도 제대로 못 치겠지. 그런데 뭐, 드레스까지 입히겠다고? 우리 아들이 고시엔에 나가는 걸 알고서 일부러 주문한 거 아냐?!

기미에는 다시금 텔레비전을 원망합니다.

역시 나쁜 건 NHK야. 설령 고시엔에 응원을 갔다고 해도 비디오는 예약 녹화했을 거야. 그런데 돌아와서 보니 우리 아들이 나온 장면만 뚝 잘려 있어. 어떻게 이렇게 고약할 수가! 아무리 가난해도 수신료는 빠짐없이 내고 있는데, 왜 내가 이런 꼴을 당해야 해? 대체 나에게 무슨 원한이 있는 거야. 전국 1억 2천만 명의 사람 중에서, 왜 피해를 입는 건 나뿐이냐고!

한번 싹튼 광기는 흔들림 없이 성장했고, 끝내 기미에는 보통사람은 생각도 할 수 없는 결론을 도출해버립니다.

나카가키 때문이야. 나카가키 잘못이야! 계속해서 유괴살인을 저지른 것이 문제야. 사건을 일으키지 않았다면 붙잡힐 일도 없었고, 그러면 야구가 중단될 일도 없었을 거야. 아니, 살인을 저지르는 건 상관없어. 하지만 어째서 한 사람으로 끝내지 않은 거야. 한 사람만 유괴하고 죽인 거라면, 설령 붙잡혀도 이렇게 대대적인 보도는 없었을 거야. 아니, 열 사람을 죽이고 백 사람을 죽여도 상관없어. 잘 도망쳐 다니기만 하면 되었어. 그런데 뭐야, 순순히 붙잡히다니. 네 멍청함이 우리 아들의 영광스런 모습을 빼앗았어!

완전히 뒤틀려버린 기미에의 마음에 박차를 가한 것이 다음 날 아침 신문에 실린 작은 기사였습니다.

한 가지는 지난해 사이타마에서 일어난 폭행사건의 판결이었습니다. 초등학교에 난입해서 다섯 명에게 중경상을 입힌 중년 남성에게, 사건 당시 심신상실 상태였다는 변호인 측의 주장을 인정해 무죄 판결을 내린 것입니다.

또다른 한 가지는 그해 2월 가나가와에서 일어난 연쇄 유아상해사건에 대한 일이었습니다. 갓 성인이 된 공무원이 범인으로 체포되었는데, 반년에 걸친 수색에도 불구하고 흉기가 발견되지 않아서 불기소처분이 내려졌습니다.

이 기사를 읽은 기미에는 어떤 가능성이 두려워졌습니다. 나카가키가 형을 살지 않을지도 모른다는 것입니다. 이것은 절대로 용납할 수 없는 일이었습니다. 어째서 아무런 죄도 없는 나에게 그렇게 잔인한 짓을 저지른 장본인이 아무런 벌도 받지 않을 수 있는 걸까요. 그렇게 불합리한 일이 있을 수 있을까요.

비틀리고 부풀고 뒤엉켜서 이미 도저히 손쓸 수 없게 된 감정이, 기미에를 움직이게 만들었습니다.

복수해야 합니다.

대상은 세 가지입니다. NHK, 옷을 주문한 이웃, 그리고 나카가키 스스무.

그러나 NHK에게 복수하려고 해도 대상이 너무 크기 때문에 기미에는 방법을 바로 생각해낼 수 없었습니다. 그래서 우선 대상을 둘로 좁혔습니다.

드레스를 주문한 구와바라 씨에 대한 복수. 이것은 간단한 일이었습니다. 등유를 적신 천에 불을 붙여서 구와바라 씨의 집 뒷문을 향해 던지면 끝입니다. 구와바라 씨의 집은 낡은 목조주택이니까 금세 불길에 휩싸이겠지요.

그러면 나카가키 스스무는 어떻게 요리할까요. 그는 수감되어 있으므로 손댈 수 없습니다.

아니, 그렇지는 않습니다. 으득으득 이를 갈면서 텔레비전을 보는 동안 기미에는 뭔가를 깨닫고, 하늘의 소리가 이끄는 대로 부엌칼을 품에 숨기고 지바로 향했습니다.

텔레비전은 마법의 상자입니다. 무슨 일이 일어나는지, 이제부터 무슨 일이 일어날 것인지 실시간으로 알려줍니다. 나카가키 스스무가 검찰청에서 조사를 받는 것도, 그 시각이 오전 11시인 것도 정성스럽게 알려주었습니다. 그래서 기미에는 니시후나바시 서 앞에서 그저 기다리기만 하면 되는 것입니다. 그러면 검찰청에서 돌아온 나카가키 스스무를 만날 수 있습니다.

실제로 일을 저지르려고 해도 성공할 가능성은 없습니다. 구경꾼들이 잔뜩 몰려 있는 바깥쪽이나, 원 안에서 대기하는 보도관계자들, 거기에 나카가키 스스무에게 바짝 달라붙어 있는 경찰관은 근위병이나 다름없습니다. 힘없는 여성이 이 삼중 가드를 돌파하는 것은 상식적으로는 불가능합니다.

그러나 비틀리고 부풀고 뒤엉킨 기미에의 광기는 불가능을 가능하게 만들었습니다. 눈에 보이지 않는, 육감으로도 인지할 수 없는 에너지가 그야말로 한순간, 나카가키 스스무에 이르는 한 줄기의 길을 열었던 것입니다.

삼백여 명에 이르는 군중 속에서 그 모습을 기억하는 사람은 한 사람도 없습니다.

그들이 본 것은 결과뿐이었습니다.

정신을 차렸을 때에는 나카가키 스스무의 왼쪽 가슴에 부엌칼이 꽂혀 있었다고, 모두가 입을 모아 말했다고 합니다.

5

그뒤로 몇 번의 여름이 지나고, 이 근방에도 당시의 일을 아는 사람이 거의 없어졌습니다.

풀들이 무성했던 밭에는 고층주택이 늘어서고, 그 맞은편에 있었던 나카가키 가의 집도 이미 사라졌습니다.

나카가키 스스무의 부모는 자식의 첫 공판 전날 밤, 두 딸을 데리고 아타미 해안에서 동반자살하고 말았습니다.

나카가키 스스무 본인도 두세 번 미뤄지던 판결이 작년에 간신히 확정되어서, 올해 봄에 조용히 형이 집행되었다고 합니다.

그리고 저도 간신히 제 잘못을 남의 일처럼 이야기할 수 있게 되었습니다.

저는 나카가키 스스무를 죽이지 못했습니다. 그의 왼쪽 가슴을 찌르기는 했지만 숨통을 끊지는 못했던 것입니다. 저는 그 자리에서 붙잡히고 살인미수로 체포되었습니다.

경찰 조사에서도 변호사 선생님에게도 '흉악한 범죄에 분노를 느꼈다'라는 말만 반복했습니다. 진실은 물론 다른 곳에 있지만 그것을 조리 있게 설명할 수는 없었고, 또 남에게 들려줄 만한 이야기도 아니어서 제 마음속에 담아두었습니다.

저에게 내려진 형은 집행유예가 붙은 무척 경미한 것이었습니다.

사회적인 박해를 받는 일은 거의 없었습니다. 봉제공장 사장님은 이제껏 하던 대로 일을 시켜주었고, 이 집에 살게 해주었습니다. 참 잘했다는 내용의 편지도 몇 통이나 받았습니다.

그렇지만 저는 가장 중요한 것을 잃어버렸습니다.

게이타는 지금, 어디에서 무엇을 하고 있을까요.

딱 한 번, 구치소에 떡을 들고 찾아온 적이 있지만 그때뿐이었습니다. 그뒤 얼마 안 있어 F학원 고등학교 기숙사에서도 모습을 감추고 그대로 행방불명이 되어버렸습니다. 신주쿠 부근의 조직폭력단 사무소에 들락거린다든가, 고기잡이배를 탔다든가 하는 몇 가지 소문을 들었지만 진위는 확실하지 않습니다.

그로부터 몇 번의 여름이 지났을까요.

아들은 몇 살이 되었을까요.

여름은 괴로운 계절입니다. 차라리 죽어버리자고 몇 번이나 생각했을까요.

그렇지만 저는 견뎌내야만 합니다.

이 허름한 집에서 기다리면 언젠가 분명히 게이타가 돌아옵니다. 그럴 것만 같습니다.

"어머니, 다녀왔어요."

단 한 번만이라도 다시 그 목소리를 듣고 싶습니다.

당신도 만약 길거리에서 그렇게 보이는 남자를 발견하신다면 저에게 연락해주세요. 꼭 부탁드립니다.

죽은 자의 얼굴

여름방학 때마다 가타바미에 갔다.

그 지방에는 어머니의 친정이 있었다. 도쿄에서 반나절 정도 열차를 타고 가서 종착역에서 버스로 갈아타고서, 어머니와 남동생과 셋이 그 산간 마을을 방문했다. 아버지는 일 때문에 한 번도 동행하지 않은 걸로 기억한다.

아직 야간열차가 다니던 시절이었다. 도쿄 역에서 발차 벨이 울릴 때까지 기다리지 못하고 역에서 산 도시락 포장을 뜯었다. 아침에는 아직 날이 밝지도 않았을 무렵에 침대에서 기어나와서 통로 창문에 얼굴을 찰싹 붙이고, 수평선 너머로 아침 해가 고개를 내밀기를 이제나저제나 하고 기다렸다. 평소에는 머리맡에서 양철 대야를 두드리든 이불을 걷어가든 바닥에서 떨어지지 않았는데.

가타바미는 오기소 산 중턱에 펼쳐진 백 세대 정도의 마을인데 다이라 가문의 은둔처로 전해진다. 그런 작은 마을의 중심에 어머니의 본

가인 하라구치 가가 있었다. 요소에 있다는 점에서 짐작할 수 있겠지만, 하라구치 가는 예전에는 촌장을 맡고 있었다. 그 가문 부지는 부락 전체를 내려다보듯 높은 석단 위에 펼쳐져 있었다. 길게 가로누운 듯한 느낌으로, 노송나무로 만든 본채만 해도 건평이 이백을 넘는다. 그 밖에 바깥채와 창고, 작업 공방, 커다란 정원, 묘지와 사당이 있을 정도로, 내가 들르던 당시에도 예전의 영광이 짙게 남아 있었다.

그런 시골의 옛집에서 나는 매년 오봉 전후의 일주일을 보냈다. 나와 어머니와 남동생뿐만 아니라, 그 시기에는 어머니의 형제 네 사람도 각자의 가족을 데리고 가타바미로 돌아왔다. 많을 때에는 스무 명에 육박했던 적도 있다. 그만큼 모여도 침실과 이불이 부족하지 않았다.

여름방학이 시작하면 가타바미에 가는 날을 손꼽아 기다렸다. 그 지방에 가면 도쿄의 후텁지근한 더위에서 해방될 수 있다. 한낮에도 공기가 서늘하고 아침저녁에는 긴소매 옷을 입고 싶을 정도로 쾌적했다. 그리고 매 식사 때마다 다 먹을 수 없을 정도의 요리가 식탁을 장식했다. 산속의 작은 마을인데다 유통이 발달되지 않은 시대라서 신선한 바다생선이나 화려한 양과자는 없었지만, 갓 잡은 닭이나 직접 키운 야채를 사용한 요리는 어느 것이나 소박하고 힘찬 맛이 나서, 한입 베어물고 삼킬 때마다 기운이 나는 것 같았다. 거기에 조금 속물적인 이야기지만, 할아버지 할머니에게 받는 용돈도 나를 무척 기쁘게 했다.

그러나 뭐니뭐니해도 가장 큰 즐거움은 사촌들과의 교류였다. 열 명 정도 되는 사촌은 위로는 사회인에서 아래로는 유치원생까지 폭넓은 연령층에 걸쳐 있었는데, 모두 하나가 되어 추억을 만들었다. 강가에서 불꽃놀이를 하고 정원에 텐트를 치고 반합으로 밥을 지어 먹었다. 사당이나 묘지에서 담력 시험을 하고 넓은 방에서 다같이 게임을 했다. 나는 형들에게 사슴벌레 잡는 법을 배우고 동생들에게 팽이 싸움의 요령을 전수하며, 피가 이어져 있다는 것은 이런 것이구나 하고 어린 마음에도 생각했다.

가타바미에서 지낸 여름 나날. 정말로 좋은 추억뿐이다.

그 사건만 없었더라면 나는 지금도 여름이 올 때마다 가타바미를 방문했을 것이다.

무슨 일을 저지르는 계기란 정말로 사소한 것이다.

초등학교 5학년 무렵이다. 이해 여름에도 나는 어머니와 함께 가타바미에 와 있었다. 그렇게 머무르던 어느 날의 일이다.

사촌 몇 사람과 함께 마을의 과자가게에 갔다. 이 과자가게에 가는 것도 가타바미에서의 즐거움 중 하나였다. 평소에 나는 과자를 사 먹는 것을 엄격히 금지당했다. 몸에 나쁘다는 어머니의 주장 때문이다. 그런데 어째서인지 가타바미에서 사촌들과 함께 과자가게에 가려고 하면, 어머니는 말리지도 않고 오히려 생글생글 웃는 얼굴로 보내주는 것이었다.

그날도 어머니의 웃는 얼굴로 배웅을 받으며 과자가게에 갔다. 카레맛 과자를 먹고 달콤한 음료수를 마시고 괴수 브로마이드를 뽑았다. 과자가게 할머니는 일 년에 한 번밖에 오지 않는 우리의 얼굴과 이름을 기억하고 있어서, 다들 많이 자랐구나, 하고 흐뭇한 눈으로 보며 엿이나 요구르트 과자를 덤으로 주었다.

그런데 집에 돌아오던 길. 나는 분말주스를 빨대로 마시면서 걷다가 길가의 돌부리에 채여서 앞으로 넘어져버렸다. 다친 것은 그리 대단하지 않았다. 무릎이 조금 까진 정도다. 그런데 넘어지면서 대나무 잠자리가 부러져버렸다. 과자가게 할머니가 준 대나무 잠자리다.

나는 아주 낙심했다. 그 대나무 잠자리는 모양이 멋진 것도, 화려하게 색칠된 것도 아니었다. 창고 깊숙한 곳에서 꺼낸, 팔다 남은 물건이었다. 도쿄로 가지고 돌아가도 벽장 속에 처박혀 있을 것이 빤했다. 그렇지만 나는 아주 낙담했다. 일종의 질투다. 다른 사촌의 대나무 잠자리는 무사한데 내 것만 부서져버렸다. 어째서 나만 이런 꼴을 당해야 하나 하고 누군가를 원망하고 싶어졌다.

정말로 사소한 일이었다. 단지 그것뿐인데 나는 평소와 달라져버렸다.

저택에 돌아와도 왠지 모르게 짜증이 나서 트럼프 놀이에도 집중할 수 없었다. 집중할 수 없어서 계속 지니까 점점 더 짜증이 났다. 그 짜증이 고조된 결과, 계율을 깨게 되었다.

하라구치 가의 본채 동쪽 구석에 벚꽃 무늬 장지문이 달린 방이 있다. 엷은 회색 바탕에 은박 벚꽃 잎이 흩어진, 고급스러움이 느껴지는 장지문이다. 그 방의 장지문은 한 짝뿐이라서 문 너머의 공간은 그리 넓지 않으리라고 생각되었다. 하지만 실제로 안을 본 적은 없었다. 이 방에는 들어가면 안 된다고, 어머니에게도 할아버지 할머니에게도 주의를 들었기 때문이다.

어째서 들어가면 안 되냐고 묻지는 않았다. 어느 정도 컸을 무렵에는 이미 저 방에는 들어가면 안 된다는 의식이 내 안에 확고하게 자리 잡고 있었다. 오랫동안 젓가락으로 식사를 한 인간이 어째서 손으로 음식을 집어먹으면 안 되느냐고 다시 묻지 않는 것과 마찬가지다. 그래서 그 방에 무슨 중요한 물건이 있는 거겠거니 정도로만 생각하고, 하라는 대로 순순히 따랐다. 그것은 다른 사촌도 마찬가지인지, 집 안에서 자주 숨바꼭질을 했지만 그 방에는 숨지 않는 것이 불문율이었다.

그 방에 들어가버려야겠다고 생각했다. 울컥하는 기분으로 화장실에 가던 중에 갑자기 그런 생각이 끓어올랐다.

들키면 혼날 거라는 생각에 한순간 망설였다. 그렇지만 곧, 혼나도 신경 안 써, 나쁜 애가 돼도 상관없어, 하고 마음을 고쳐먹고 그곳으로 향했다. 자, 야단쳐보시지! 하듯 일부러 발소리를 내며 복도를 활보했던 것 같기도 하다. 그때는 그렇게나 기분이 엉망이었다.

본채 구석에 도착했다. 벚꽃 무늬 장지문에 손을 뻗어서 손잡이에 손가락을 걸 즈음 숨을 멈췄다. 주저한 것이 아니다. 기대에 가슴이 크게 뛰었던 것이다. 정원에서 놀 때 아무 생각 없이 이 방 쪽에 눈길을 주었던 적은 있지만, 항상 장지문이 닫혀 있어서 실내가 어떻게 생겼는지는 전혀 알 수 없었다.

이 무렵 나는 탐정소설을 즐겨 읽었다. 탐정소설 속에서는, 열어서는 안 되는 문 너머에 감옥이 만들어져 있는 것이 보통이다. 만약 이 장지문 너머도 감옥이라면 굉장하겠는데? 그렇게 생각하자 은근히 가슴이 뛰어서 몸이 열기를 띠기 시작하는 것이었다.

한 박자 쉬고서, 손끝에 힘을 실었다. 장지문이라 자물쇠가 걸려 있는 것도 아니라서 스르륵 소리 없이 열렸다.

방 안은 예전부터 상상했던 대로 좁았다. 다다미를 세어보니 여섯 장밖에 없었다.

창가에 자단으로 된 독서대가 있고, 그 위쪽에 검붉은 옻칠을 한 문서 궤가, 옆에는 마찬가지로 검붉은 옻칠이 된 작은 함이 놓여 있었다. 책상 옆의 벽에는 자그마한 전통식 서랍장과 경대가 있다. 한쪽 벽에는 매화나무와 휘파람새가 그려진 족자가 걸려 있고 다른 선반에는 청자로 된 꽃병이 놓여 있다.

김이 샜다. 감옥이 아니었기 때문이다. 아이의 손에서 멀리하는 편이 좋을 오래된 미술품이 가득 들어차 있는 것도 아니다. 너무나 간소한, 특별한 것이 아무것도 없는 방이었다.

이상하다는 생각이 들었다. 남에게 들켜서는 안 되는 사람이나 물건을 감춰둔 것도 아니다. 어린아이가 실수로 망가뜨릴 만한 것은 꽃병 정도다. 그런데도 어째서 드나들지 못하게 한 걸까. 훨씬 커다란 항아리가 장식되어 있는 방에도 마음대로 드나드는데.

그리고 또 한 가지 이상함을 느꼈다. 겉보기에는 별다른 것 없는데, 공기의 느낌이 미묘했다. 아주 고요한 분위기가 호흡조차 거부하는 것 같았다.

대체 이곳은 뭐 하는 방일까. 접객용 방치고는 좁다. 차를 마시는 방인가? 그렇다기에는 다구가 보이지 않고, 다실은 따로 있다.

무엇을 하는 방인지는 알 수 없지만 사람의 손길이 느껴졌다. 꽃병에 꽃이 꽂혀 있기 때문이다. 싱싱한 백합꽃이다. 게다가 책상 앞에는 방석이 깔려 있다. 대체 누가 사용하고 있는 걸까?

하라구치 가문의 면면을 머릿속에 그려본다. 저택에는 할아버지 할머니 말고도 장남(즉 우리 어머니의 큰오빠) 가족이 살고 있다. 그러나 장남 일가의 방은 본채 서쪽에 자리 잡고 있다. 할아버지 할머니도 각자 훌륭한 방을 갖고 있다. 그리고 잡일을 맡고 있는 초로의 가나야 씨 부부가 있는데, 그들은 별동에 살고 있다. 경대가 있으므로 여성이 사용하고 있는 듯 보이기도 한다.

그런 생각을 하면서 실내를 둘러보고 있는데, 독서대 아래쪽 그늘에 뭔가 놓여 있는 것을 깨달았다. 하얗고 각진 물건이다. 나는 복도에 흘끗 눈길을 주고, 아무도 없는 것을 확인하고서 방 안에 발을 들였다.

독서대 아래 있던 것은 오동나무 상자였다. 어린아이인 내가 안을 수 없을 정도로 큼직했고 보라색 끈이 열십자로 묶여 있었다. 나는 상자 앞에 무릎을 꿇고, 당연하다는 듯이 끈에 손을 댔다. 끈의 매듭은 헐거워서 쉽게 풀 수 있었다. 상자는 크기에 비해 의외로 가벼워서, 들어올리면서 끈을 완전히 풀어내는 것도 쉬웠다.

나는 드디어 뚜껑을 열었다. 그리고 기묘한 비명을 질렀다.

"이익?"

상자 안에 사람이 있었던 것이다. 드러누워서 이쪽을 가만히 노려보고 있다.

아니, 그게 아니다. 얼굴이다. 커다란 상자 한가운데에 사람의 얼굴이 덩그러니 놓여 있었다. 전통 가면과는 다르다. 열대지방의 민속무용에 사용하는 가면과도 다르다. 좀더 사실적인, 진짜 인간이라고 착각할 정도로 정교하게 만들어진 가면이었다.

이마와 뺨이 살구빛을 띠고 있다. 단순히 살구색으로 칠해놓기만 한 것이 아니라 피부의 오톨도톨함이나 부분부분의 색조가 미묘하게 다르다. 그렇다, 살아 있는 여성이 정성들여 화장을 한 듯한 느낌이다. 점도 그냥 검은 점을 찍은 것이 아니라 볼록 튀어나와 있다.

머리 부위에 머리카락이 있다. 얼굴의 윗부분이 검게 색칠되어 있는 것이 아니라 검고 가늘고 긴, 정말 사람의 머리카락 같은 것이 치렁치렁 달려 있는 것이다.

그리고 눈. 이것도 붓으로 그린 것이 아니었다. 안구가 입체적이고, 표면은 투명하고 반짝반짝 빛나고 있다. 검고 긴 속눈썹이 눈썹 위아래에 또렷하게 펼쳐져 있다.

정말로 사람의 머리를 잘라낸 것이 아닐까 싶을 정도로 정교한 가면이었다. 아니, 실제로 나는 그 생각을 떨치지 못하고 조심조심 얼굴에 손을 대보았다. 머리카락이 아주 가느다랗고 부드러워서 정말 사람의 머리카락인가 하고 놀랐지만, 뺨 부분은 돌처럼 딱딱해서 분명 만든 것이란 느낌이 들었다. 그렇지만 보이는 모습은 진짜 인간 그 자체였다.

가면의 모델은 여성이었다. 머리카락이 턱 훨씬 아래까지 뻗어 있고, 입술에는 연지가 발려 있다. 갸름한 얼굴에 삼자 이마, 코는 자그마하고 눈은 크다. 나이는 거의 성인이 아닐까 싶은, 숙녀라고 불릴 만한 나이다. 젊고 아름다운 여성이다.

그러나 나는 아름답다고 생각하기보다 먼저 꺼림칙함을 느꼈다. 진짜 사람의 얼굴과 너무 흡사했기 때문이다. 마치 관 속에 들어간 죽은 자의 얼굴 같았다. 그리고 꺼림칙하다고 생각한 또다른 이유는, 그녀의 표정이었다.

신음하듯이 입술을 반쯤 벌리고, 그 끄트머리를 일그러뜨리며 콧구멍을 부풀리고 미간에 주름을 만들고 있다. 두 개의 눈동자에서는 금방이라도 눈물이 흘러나올 것 같다. 미소 짓는 것으로는 도저히 보이지 않는다. 보는 사람도 괴로워질 정도로 고통스러운 표정을 짓고 있는 것이다.

나는 보는 것이 힘들어져서 상자 뚜껑을 닫았다.

그때, 상자 바닥에 천이 깔려 있는 것을 깨달았다. 가면의 인상이 너무나 강해서 놓치고 있었는데, 그렇지 않았다면 금방 깨달았을 만큼 아름다운 색의 천이었다.

이건 뭐지? 나는 다시 한번 뚜껑을 열고서 조심하면서 천에 손을 뻗었다.

그러나 그 정체를 확인할 수는 없었다.

등뒤에서 목소리가 들렸다.

"도시오야, 너……"

할머니가 눈을 휘둥그레 뜨고 서 있었다.

나는 꾸중을 들었다. 할아버지 방에 끌려가고 어머니도 불려왔다. 엄청나게 혼나거나 얻어맞지는 않았다. 엄한 어조로 긴 설교를 들었다.

원래부터 혼나리라는 것은 각오하고 있었다. 죄의식은 충분했으므로 들키고 꾸중을 듣자 오히려 안도하기도 했다.

그러나 도무지 후련해지지 않았다. 상대는 하지 말란 짓을 했다는 것을 비난할 뿐, 그 방에 들어가면 안 되는 이유를 설명해주지 않는 것이다. 나는 그것을 묻고 싶어서 참을 수 없었다. 그러나 계율을 깬 것도 모자라 구경꾼처럼 뻔뻔스럽게 물어볼 수는 없어서, 죄송합니다, 다시는 안 그럴게요, 하고 그저 머리를 조아릴 수밖에 없었다.

야단맞은 것은 그 자리에서만이고, 이후에 다른 장소에서 그 이야기가 나온 적은 전혀 없었다. 그러나 아무 일도 없었다는 것처럼 웃는 얼굴로 대하니 오히려 내가 의식하게 되었다. 결국 남은 기간 동안에는 할아버지 할머니와 제대로 눈을 마주칠 수 없었다. 들어가면 안 되는 방이나 가면에 대한 설명은 끝내 들을 수는 없었다.

모든 것이 밝혀진 것은 집에 돌아온 뒤였다.

여름방학이 끝난 어느 날, 학교에서 돌아온 뒤에 놀러 나가려는데 어머니가 불렀다. 목소리가 난 응접실에 들어가보니 어머니는 방바닥에 무릎을 꿇고 앉아 있었다. 나는 어떤 예감이 들어 자연스럽게 자세를 고치고 어머니 맞은편에 앉았다.

"엄마는 형제가 다섯 명 있어. 제일 위가 교이치로 외삼촌, 둘째가 게이코 이모. 셋째가 엄마고 아래로 하루코와 도미오."

어머니는 그렇게 이야기를 꺼냈다.

"하지만 말이야, 사실은 여섯 명이었단다. 도미오 아래에 또 한 명이 있었어. 사치코라는 여자애야. 교이치로 외삼촌부터 도미오까지는 계속 연년생이었지만, 사치코는 나이가 좀 차이 났어. 그래서 할아버지와 할머니가 특별히 귀여워했단다. 언니 오빠 다섯 사람도 여동생이라기보다 자기 자식처럼 보살펴주었지. 위의 다섯 사람은 간식을 많이 먹으려고 다투면서도, 사치코에게는 다들 기꺼이 나눠주었어. 그렇게 귀여워했던 건 나이차 탓도 있겠지만 사치코가 몸이 약했던 점도 있었을 거야. 학교도 자주 쉬었고 하루 종일 집 안에 있는 일이 많았어. 고작 정원을 산책하는 정도였지. 우리는 그것을 아주 안타깝게 생각하고 있었어."

"그 방이?"

나는 문득 떠올라서 물었다.

"그래. 그곳이 사치코의 방이란다. 그애는 그곳에서 앓아누웠다가 일어났다가를 반복했지."

"그래서 죽었구나. 어디가 아팠나요?"

당시의 나는 아직 죽음의 무게를 알지 못했기에 그렇게 선뜻 말을 꺼냈다. 그러자 어머니는 눈을 감고 천천히 고개를 저으며 입을 열었다.

"사치코는 계속 앓아누워 있던 게 아니라 간단한 집안일도 거들곤 했단다. 그래서 그애 혼자서 집을 볼 때도 있었지. 그 일이 일어난 것도 그러던 때였어."

"그 일?"

"할아버지 댁에 도둑이 들었었단다."

"도둑이요?"

"할아버지 방이 난장판이 되고 돈과 예금통장과 중요한 서류를 도둑맞았어. 창고 문도 뜯겨져나가고 안에 있던 골동품이 많이 사라졌지. 그리고…… 그리고 사치코도 죽었단다."

사치코는 할아버지 방에 가까운 복도에 쓰러져 있었다. 수상한 기척을 느끼고 정체를 확인하려고 본채 안을 둘러보던 중에 범인을 맞닥뜨리고 습격당한 듯했다. 그녀는 재떨이로 뒤통수를 강하게 얻어맞았다.

참상을 발견한 사람은 도미오 외삼촌이었다. 당시에 그는 아직 결혼하기 전이어서 가타바미의 집에 살고 있었다. 볼일이 있어서 마을에 나갔다가 돌아오자 참상이 기다리고 있었다. 곧바로 파출소에 연락하고 의사도 불렀지만, 험한 산속이라서 사치코가 마을의 큰 병원에 도착했을 때에는 이미 손쓸 도리가 없었다.

거액의 금품이 사라진 점으로 미루어보아 금전을 노린 범행으로 보고 수사가 진행되었다. 그 당시 이웃마을의 다른 별장지에서 빈집털이가 횡행하고 있었기 때문에 그쪽과의 관련성도 검토되었다. 그러나 결정적인 물증이 없고 유력한 증언도 얻을 수 없어서 용의자조차 파악할 수 없었다. 그렇게 시간이 흘러가고 조사 규모도 축소되어 사건은 거의 풍화되어버렸다.

어머니를 필두로 가족 아무도 그 말을 하지 않았던 것은 사치코의 죽음의 이유가 병이나 사고가 아니라 살인이기 때문일 것이다. 합의해서 한 것이 아니다. 괴로운 기억을 떠올리고 싶지 않고, 또 떠올리게 하고 싶지 않아 암묵적인 동의하에 입에 담지 않게 되었다. 사치코가 죽은 것은 내가 태어나기 몇 년 전이었다고 한다. 그렇다면 나보다 연상의 사촌, 이를테면 교이치로 외삼촌의 아들은 이미 철이 들었을 무렵이다. 그런데도 저택 안의 분위기를 느꼈는지 아니면 부모에게 단단히 주의를 들었는지, 사건과 들어가면 안 되는 방에 대해서 어린 사촌들에게는 모르는 체를 하고 있었다.

"경찰이 노력해서 꼭 잡았으면 좋겠어. 범인을 모르는 채로 시효가 지나버리면 사치코가 너무 불쌍하잖니. 범인을 잡았다고 사치코가 돌아오는 것은 아니지만, 하다못해……"

어머니는 검지 끝으로 눈가를 가볍게 닦았다. 작게 코를 훌쩍이면서 말을 이었다.

"그 얘긴 접어두고, 할아버지는 사치코가 그렇게 세상을 떠난 것을 너무나 원통해하셨어. 추억 속에만 살아 있고 그 기억과 흔적이 하루하루 빛 바래가는 걸 도저히 참을 수가 없으셨대. 그래서 사치코의 냄새를 조금이라도 많이 느낄 수 있도록 그 아이가 생전에 사용했던 방을 그대로 남겨두기로 했어. 생전의 사치코가 그랬던 것처럼 매일 청소하고 환기시키고 꽃을 갈고. 그뿐만이 아니야. 사치코의 모습이 영원히 남도록 사치코의 가면을 만들었어."

"상자에 들어 있던 그거요?"

"그래. 실은 엄마도 할아버지가 그런 걸 만드셨다는 건 몰랐어. 얼마 전에 알았어. 네가 그 방에 멋대로 들어갔다가 할머니에게 들켜서 혼났잖아? 그때야. 엄마도 그때 처음으로 알았어. 할아버지와 할머니만의 비밀이었대. 상자 안에 같이 들어 있던 것은 사치코가 좋아했던 옷이란다."

"그렇다면 사치코란 사람은 얼굴이 그렇게 생겼었어요?"

"그래. 데스마스크는 얼굴 그대로 틀을 뜨니까."

"데스마스크?"

"죽은 사람의 얼굴에 점토 같은 것을 발라서 틀을 뜨고, 그 틀에 석고 같은 것을 흘려넣어서 가면을 만드는 거란다. 옛날에는 사진이 없어서 그런 식으로 사람의 얼굴을 오래 남기려고 생각했던 거야. 높은 사람이 죽으면 자주 그렇게 했다지만, 설마 사치코의 데스마스크를 만들었을 줄이야. 정말 놀랐지."

그렇구나. 가면의 표정이 고통에 일그러져 있던 것은 살해당했을 때의 얼굴을 본떴기 때문이었다.

이것은 나중에 안 일인데, 보통 데스마스크는 시체의 얼굴에서 떠낸 틀에 석고나 구리를 흘려넣는 게 전부다. 따라서 완성된 것은 단순한 석고상이나 동상과 마찬가지로 전체가 흰색이나 황동색을 띠게 된다. 그런데 할아버지가 만든 막내딸의 데스마스크는 그렇지 않았다.

석고 위에 색을 칠해서 피부나 입술을 재현했다. 대개 데스마스크의 눈꺼풀은 감겨 있다. 죽은 자의 얼굴에서 형을 뜨니 당연한 일이다. 그러나 할아버지는 그것에 만족하지 않았다. 눈이 뜨여 있지 않으면 산 것처럼 보이지 않는다며 도쿄에 있는 전문점에 의안義眼을 주문해서, 원래 감겨 있던 눈꺼풀 부분에 박아넣은 것이다.

막내딸에 대한 깊은 애정이 그렇게 만들었던 것일까. 아마도 애정임에는 틀림없을 것이다. 그렇지만 나는 그런 종류의 애정을 이해할 수 없었다.

할아버지는 이따금 혼자 그 방에 들어가서 상자를 열고 데스마스크를 바라보았을 것이다. 마스크를 손에 들고 말을 걸었을지도 모른다. 뺨을 비볐을지도 모른다. 상상만으로 등줄기가 오싹해졌다.

"여기서만 하는 얘기란다. 누구에게도 이야기해서는 안 돼."

어머니 말을 들을 것도 없이, 나는 누구에게도 이야기할 생각이 없었다. 할아버지의 그런 행동을 밝혔다간 그의 피를 이어받은 나까지 사람들의 호기심 어린 시선을 받게 될 테니까.

들어가면 안 되는 방을 엿본 것은 어쩔 수 없다. 그것은 정말 별 생각 없는 행동이었다. 내가 어리석었던 것은 잘못을 반복했다는 점이다.

중학교 2학년 때였다.

나는 반항기였다. 부모님이 하얗다고 하면 나는 검다고 했다. 선생님이 오른쪽으로 가라고 하면 나는 왼쪽으로 나아갔다. 어른이나 사회가 틀려먹었다고 비판하는 것이 멋지다고 착각하고 있었다.

매년 그렇듯이 여름방학이 되자 가타바미를 방문했다. 사촌 형에게 수학을 배우고, 사촌 동생에게 딱지치기에서 이기는 법을 가르쳤다. 그렇게 며칠이 지나고 애들끼리 담력시험을 하게 되었다. 한 사람씩 정원 구석진 곳에 있는 사당까지 촛불 하나만 들고 가서 낮에 두고 온 유리구슬을 하나 가지고 온다. 그 중간의 그늘이나 나무 위에 사람들이 기다리고 있다 겁을 주는 것이다.

작년에 나는 벚나무 가지 위에 올라가서 야광 물감을 바른 천을 유령처럼 보이도록 펄럭펄럭 흔들었다. 그전 해에는 별채의 마루 아래 숨어서 소라고둥피리를 불었다. 그러면 올해는 어떻게 놀래줄까 생각하다 문득 데스마스크가 떠올랐다. 그것을 쓰고 나타나면 어떻게 될까. 그 고통에 가득 찬 원망스러운 표정은 유령을 떠올리게 하지 않을까?

한번 그런 생각이 들고 나니 꼭 실행해보고 싶어졌다. 그리고 반항적인 마음이 불에 기름을 끼얹었다. 애초에 그런 가면을 만든 것 자체가 이상하다. 기분 나쁘다. 비뚤어졌다. 미쳤다. 가면이란 단순한 물체일 뿐 혼 같은 게 깃들지는 않는다. 비과학적인 망상에 사로잡힌 어른에게 그것을 알려주자. 내가 계몽하지 않으면 누가 하겠는가. 그런 의무감까지 느껴졌다.

나는 오만했다. 천벌을 받을 만했다. 그러나 그때의 나는 이 세상에 천벌이 어디 있느냐, 천벌을 내릴 거라면 어디 한번 내려봐라 하는 반항심에 지배당하고 있었다.

저녁식사가 끝난 뒤에 담력시험이 시작되었다. 어른들은 응접실에서 연회를 벌이고 있었다. 나는 들어가면 안 되는 방에 들어가서 오동나무 상자를 열었다. 벚나무와 우마차가 그려진 전통 옷과 데스마스크를 옆구리에 끼고 밖에 나와서, 정자 그늘에서 옷을 걸치고 가만히 기다렸다.

촛불의 불빛이 다가온다. 가면을 쓴다. 턱 아래서 회중전등을 켠다. "귀신이다!" 하고 나타난다. 내 노림수는 그대로 적중해서, 대학생 사촌 형도 비명을 질렀다. 나는 유쾌해서 견딜 수 없었다.

몇 사람을 화들짝 놀라게 만들고서 다음 사촌이 도착하기를 기다리고 있는데, 다시 발소리가 가까이 다가왔다. 오른손에 가면, 왼손에 회중전등을 들고 나는 숨을 죽이고 기다렸다.

아아, 나는 좀더 주의를 기울였어야 했다. 그 발소리는 본채 쪽에서 다가왔던 것이다. 담력시험을 하는 사촌은 사당 쪽에서 온다. 발소리의 방향이 반대라는 것을 깨달았어야 했다. 그랬다면 부주의하게 튀어나가지 않았을 텐데.

그러나 나는 한껏 흥이 올라 있었다. 자, 다시 한번 깜짝 놀라게 만들어서 유쾌한 기분을 맛보자, 하고 가면을 쓰고 턱 아래에 회중전등을 댔다. 발소리가 바로 앞까지 온 것을 느끼고 회중전등 스위치를 켜며 "귀신이다!" 하는 소리와 함께 발소리가 나는 쪽으로 뛰어나갔다.

"으악!"도 "크헉!"도 아닌 짓눌린 비명 소리가 밤의 정적을 찢었다.

나는 아주 만족하고 끝장을 내주겠다는 듯이 가면을 상대의 얼굴에 밀어붙이며 다시 한번 "귀신이다!" 하고 외쳤다.

다음 순간이었다.

"으악!" 하는 소리가 났다. 상대가 놀라며 비명을 지른 것이 아니다. 내 목구멍 안에서 기묘한 소리가 뿜어져나왔다.

정수리에 격통이 느껴졌다. 멀어져가는 의식 속에서 천벌을 받았다는 것을 깨달았다. 그뒤의 일은 일체 기억나지 않는다.

나는 정자 안에 쓰러져 있었다. 머리통 모양이 변형될 정도로 몇 번이나 두들겨 맞았다. 데스마스크는 손에서 떨어져서 산산조각이 나 있었다.

쓰러진 나를 발견한 것은 마사코라는 사촌이었는데, 그녀는 내가 누군가에게 습격당한 현장은 목격하지 못했다고 한다. 다른 사촌 중에도 습격 장면을 목격한 사람은 없었다.

흉기는 정자 옆의 연못에서 발견되었다. 어른이 한 손으로 들기 힘들 정도로 큼직한, 투포환 포환만한 돌이었다. 내 피와 머리카락이 들러붙어 있었다. 돌의 표면은 거칠고 울퉁불퉁했기 때문에 지문은 검출되지 않았다.

그러나 범인의 단서는 있었다. 경찰은 내 왼손 가운뎃손가락 손톱 사이에서 이물질을 발견했다. 사람의 피부조직이었다. 감정 결과, 이것은 내 것이 아닌 것으로 판명되었다. 전혀 기억에 없지만 공격받았을 때에 저항을 시도하며 손톱으로 범인의 피부를 긁은 듯했다.

피부조직을 정밀 조사한 결과, 경찰은 이내 용의자를 찾아냈다.

도미오 외삼촌이다.

도미오는 처음에 완강히 부인했지만, 과학수사로 얻은 결정적인 증거를 대자 끝내 범행을 인정했다.

술을 깰 겸 정원을 산책하고 있는데 어둠 속에서 수상한 인물이 튀어나와서 생명의 위협을 느꼈다. 그래서 곧바로 발밑의 돌을 주워들어 도적을 향해 마구 내리쳤다. 상대가 조카라는 걸 안 뒤에도 자백하지 않은 것은, 모르고 한 일이긴 해도 어떠한 처벌을 받게 되지 않을까 두려웠기 때문이다—

그러나 이것은 표면상의 이유에 지나지 않았다. 도미오의 이야기에 일관성이 없어서 경찰이 계속 추궁한 결과, 그는 정말 놀랄 만한 진술을 시작했던 것이다.

"제가 사치코를 죽였습니다."

도미오는 유흥비가 필요했었다고 말했다. 집은 부유했지만 용돈은 조금밖에 주지 않았다. 그것에 불만을 품고 자기 집을 털 계획을 세웠다. 때마침 근처 마을에도 빈집털이가 횡행하고 있어서 그것과 동일범인 것처럼 꾸미기로 했다. 그런데 그 모습을 사치코에게 들켜버렸다. 도미오는 다급한 마음에 이성을 잃고 재떨이로 사치코를 때려죽였다.

운 좋게 도미오의 흉악한 범죄는 발각되지 않았다. 일 년, 오 년, 십 년이란 세월이 지나고 도미오의 마음에서도 죄의식이 엷어져갔다. 그러던 어느 날.

죽었을 터인 사치코가 갑자기 눈앞에 나타났다.

사치코의 옷을 입고 데스마스크를 쓴 나였다. 그러나 거하게 술에 취한 도미오는 사치코가 되살아나 원한을 풀기 위해 찾아왔다고 생각했다. 공포심에 돌을 집어들고 눈앞의 유령을 향해 정신없이 내리찍었다.

생각하기에 따라서는 내 공이라고 볼 수도 있다. 내가 사치코로 분장했기 때문에 도미오의 죄가 밝혀진 것이다. 그러나 나는 조금도 기쁘지 않다. 자랑스러운 마음도 없다.

이제 나는 가면이 단순한 물건일 뿐이라고 생각하지 않는다. 사치코의 데스마스크에는 그녀의 혼이 깃들어 있었던 것이다. 그것을 모르고 죽은 자를 장난감 취급 했기 때문에 나에게 천벌이 내린 것이다.

나는 지금 가타바미에 있다. 그 여름날 이후로, 계속.

나는 사치코 옆에 누워 있다.

도미오 외삼촌의 공격을 받고, 나는 죽었다. 병원에 실려갔을 때에는 완전히 때가 늦고 말았다.

모든 것은 사치코가 이끈 것이었을까. 원통함을 풀고 싶었던 그녀의 혼이 내가 데스마스크를 발견하게 만들었으며, 그것으로 도미오를 위협하게 만들었고, 최종적으로는 그의 죄가 발각되도록 이끌었다.

그럴지도 모르고 아닐지도 모른다. 이제 와서는 어떻든 상관없는 일이다.

나는 지금 하라구치 가문의 묘지에 매장되어 있다. 사치코 옆에 누워 있다.

방역

1

미즈우치 마치코의 아침은 5시 반에 시작된다.

남편이 깨지 않도록 자명종 시계를 재빨리 끄고 어둠 속에서 옷을 갈아입고 나서 옆방에 들어가 커튼을 걷는다.

여섯 살 난 딸은 이미 익숙해져 있어서 대개 그 기척에 눈을 비비고 일어난다. 드물게 눈을 뜨지 않을 때도 있지만, 마치코가 이렇게 말을 걸면 금방 눈을 뜨고 움직이기 시작한다.

"유카리, 열 셀 동안 일어나지 않으면 밥하고 간식 안 줄 거야. 10, 9, 8, 7—"

형식적인 위협이 아니다. 마치코는 실제로 벌을 주면서 딸을 가르쳐 왔다.

유카리가 옷을 갈아입는 모습을 곁눈으로 관찰하면서 마치코는 얼굴과 머리를 정돈한다. 단추를 잘못 채우거나 잠옷을 난잡하게 개면 주의를 주지만 직접 고쳐주지는 않는다. 하나하나 도와주면 아이의 자립심이 손상된다고 학원 선생님에게 단단히 주의를 들었다. 세 살 때부터 딸을 혼자 재우는 것도 자립심을 키우기 위해서다.

준비가 끝나면 마치코는 유카리를 데리고 밖으로 나간다.

아침이란 시간은 사람에게 생명력을 불어넣는다. 부드러운 빛은 졸음의 잔재를 떨쳐내고, 맑은 공기는 뇌를 활발하게 만든다. 아침을 소홀히 보내면 그날 하루를 망치게 되고, 또 아침을 소홀히 보내는 사람은 살아갈 가치가 없다. 선생님의 말은 정말 틀린 게 없다고 마치코는 생각했다.

공원으로 가는 도중에 마치코는 유카리에게 질문을 던진다.

"오늘은 몇월 며칠이지?"

"11월…… 스무일."

"날짜를 셀 때는 스물이라고 하는 게 아냐."

"그게, 으음……"

"이십일이라고 해야지. 왜 계속 틀리니?"

"잘못했어요."

"오늘은 무슨 요일?"

"음…… 수요일."

"수요일은 어제잖아. 오늘은 목요일."

"그렇구나."

"그렇구나가 뭐니!"

"잘못했어요."

산책하는 개를 맞닥뜨리자 마치코는 다시 물었다.

"지금 지나간 동물은 뭐니?"

"개요."

"영어로는?"

"도크."

"아니잖아."

"아녜요, 맞아요. 도크예요. 고양이는 캣."

"도크가 아니라 도그. 자, 말해보렴."

"도그."

"열 번 더."

"도그, 도그, 도그, 도그, 도그, 도그, 도그, 도그, 도그, 도그, 도그."

"한 번 많잖아. 고작 열 번도 못 세니?"

"잘못했어요."

"똑바로 하란 말이야. 얼마 안 있으면 시험인 거 알고 있지?"

"잘못했어요. 이제 안 틀릴게요."

그렇게 공원에 도착하면 두 사람은 마주 보고서 가볍게 체조를 한다. 온몸을 움직이면 혈액순환이 좋아지고 동시에 의욕이 솟아난다고 한다. 원래 딸을 위해서 시작한 일과였지만, 그것을 함께 하는 마치코도 건강해지는 기분이 든다.

산책에서 돌아오면 바로 공부방으로 간다. 아침식사는 나중이다. 밥을 먹으면 몸 안의 에너지가 소화하는 데 쓰여서 두뇌활동이 둔해진다.

한자 읽기, 글자와 알파벳 받아쓰기, 숫자와 도형의 개념, 일반상식 — 책상 위에 문제집을 쌓아놓고 제한시간을 두고 하나씩 해치운다.

유카리는 외우는 것이 서툴러서 마치코를 항상 초조하게 만든다. 아무리 기다려도 알파벳 'E'와 가타카나 'ヨ'를 구분하지 못하고, 일곱

개의 사과를 여섯 사람이서 나누면 몇 개가 남는지 이해하지 못한다. 마치코는 유카리가 틀릴 때마다 목소리가 높아질 뻔하는 것을 필사적으로 참는다. 야단치는 것은 제한시간이 지난 뒤다. 일일이 중단시키면 시험을 상정하고 제한시간을 두는 의미가 없다.

유카리는 아주 둔해서 시간 내에 마지막 문제까지 도달하지 못할 때도 종종 있다. 마치코는 이것이 제일 화가 난다. 어려운 문제를 맞닥뜨리면 그것은 나중으로 미루고 다음 문제로 넘어가면 되지 않는가. 그 뒤에 쉽게 풀 수 있는 문제가 몇 개나 있을지도 모르는데. 그런데 아무리 마치코가 그렇게 가르쳐도 유카리는 한곳에 머무른다. 적당히 칸을 채우면 운 좋게 맞힐지도 모르니까 그냥 놔두려고 해도, 눈앞의 시계를 보려고도 하지 않고 문제 문장을 손가락으로 짚어가면서 고개를 갸웃거린다. 매일 같은 시간에 같은 문제집을 푸는데도 유카리는 전혀 요령을 익히지 못했다.

그런 상황이라서 문제풀이 시간이 끝나면 마치코는 그 이상의 시간을 들여 유카리를 야단치고, 8시가 지나서야 간신히 아침식사를 한다.

이 시각에 아버지인 아키히로는 이미 없다. 설거지통에 더러워진 식기가 쌓여 있다. 그는 꽤 오랫동안 아침에 직접 빵을 데우고 커피를 끓이는 것에 불만을 표했지만, 요즘 들어선 아무 말도 하지 않고 묵묵히 나가게 되었다.

유카리는 먹는 것도 굼떠서 빵과 우유에 계란만 먹는 데도 거의 이십 분이 걸린다. 마치코는 같은 메뉴의 식사를 삼 분 만에 끝마치고 뒷정리를 한 뒤, 전자동 세탁기의 스위치를 켜고 화장을 하고 옷을 갈아입는다. 그리고 그즈음에 간신히 식사를 마친 딸의 손을 잡아끌며 집을 나선다.

유치원 버스가 떠나가는 것을 지켜본 뒤에 마치코는 집 근처의 슈퍼마켓까지 자전거를 타고 달려간다. 그녀는 거기서 정육 팩을 포장한다. 시급 육백 엔에 하루 세 시간짜리 아르바이트인데, 일주일에 닷새 일해도 한 달에 사만 엔 정도밖에 되지 않는다. 그러나 이 사만 엔 덕분에 유카리에게 보다 많은 것을 가르칠 수 있는 것이다.

12시 반에 일이 끝나면 마치코는 집으로 달려간다. 세탁이 끝난 빨랫감을 베란다에 널고 청소기를 돌린다. 어젯밤에 남은 음식을 서둘러 먹고 나서 뜨거운 차를 마시다보면 벌써 유치원이 끝날 무렵이다.

버스를 마중 나가서 딸을 자전거에 태우고 집에 돌아온다. 딸이 옷을 갈아입는 동안 마치코는 화장을 고친다. 그리고 다시 두 사람은 집을 나선다.

월수금은 보습학원. 화요일은 피아노 개인 레슨. 목요일은 미술학원. 반년 전부터는 입시에 대비해서 면접 요령도 배우고 있으므로 오후가 완전히 비는 날은 일요일뿐이다.

학원은 어디까지나 방법론을 가르치는 장소이고, 가정에서 노력을 게을리하면 실력이 붙지 않는다. 보습학원의 선생님은 그렇게 거듭 이야기했고 마치코는 그 말이 지당하다고 생각했다. 그래서 학원에서 돌아오면 바로 유카리를 책상에 앉히고 오늘 배운 것을 처음부터 다시 복습시켰다.

유카리는 머리가 나쁜 아이였다. 보습학원에 갈 때마다 마치코는 그것을 뼈저리게 느끼고 낯을 붉혔다. 그러자 선생님은 사람은 무슨 일이든 노력으로 극복할 수 있다고 말했다. 그래서 마치코는 관자놀이에 경련을 일으키고 목이 쉬어가면서 반복에 반복을 거듭하며 유카리를 단련시키고 있다.

하나를 가르치기 위해서는 열이나 백을 말해야 하니 시간이 아무리 많아도 부족하다. 그러나 마치코는 아무리 부족해도 5시가 되면 유카리를 해방시키려 노력한다. 때로는 고삐를 풀어주지 않으면 학습의욕이 저하된다. 그러나 텔레비전 만화영화는 절대로 못 보게 한다. 예의 없는 말이나 동작을 배우게 되기 때문이다. 알파벳이나 한자는 좀처럼 기억 못 하면서, 어째서 저속한 것에는 금방 물들어버리는 것일까.

이 자유시간 동안 유카리는 곧잘 피아노를 친다. 소리가 제멋대로에 리듬도 없어서 귀에 거슬리기가 이루 말할 수 없다. 그렇지만 마치코는 그것에 대해서는 잔소리를 하지 않는다. 딸을 음악학교에 보낼 생각은 없다. 음악은 정서를 풍부하게 한다고 해서 피아노를 가르치는 것뿐이다. 게다가 손끝을 사용하면 두뇌 회전이 좋아진다고 한다.

저녁은 대개 7시에 먹는다. 테이블에 앉는 것은 마치코와 유카리 두 사람뿐이다. 남편은 일에 완전히 빠져 있다. 하다못해 일주일에 절반 정도는 셋이서 식탁에 앉아 남편도 유카리와 이야기를 나눠주었으면 하지만, 승진이 늦어져도 괜찮냐고 하면 대답할 말이 없다.

식후의 삼십 분은 독서 시간이다. 도서관에서 빌려온 그림책을 유카리에게 소리 내어 읽게 하고, 마치코는 설거지를 하면서 잘못 읽은 부분이나 발음의 오류를 지적한다. 끝까지 다 읽으면 그 이야기의 내용을 요약해보고 감상을 말하라고 한다. 주어진 사실을 올바르게 파악하고 그것에 대한 의견을 가져야 면접시험을 치를 수 있다.

하루의 마무리는 목욕탕에서 하는 학습이다. 욕실에 깔려 있는 비닐 매트의 그림을 마치코가 가리키면 유카리가 그 동물의 이름을 영어로 대답한다. 얼마 전까지는 알파벳을 프린트한 매트를, 그 이전에는 일본어 오십음도가 적힌 매트를 사용했었다.

목욕을 마친 유카리는 곧 잠자리에 든다. 아침에 일찍 일어나기 때문에 금세 잠든다. 마치코는 딸이 아무리 졸린 눈치라도 반드시 내일 입을 옷을 머리맡에 준비하게 한다.

마치코도 머리를 말리고 피부 손질을 끝내면 재빨리 잠자리에 든다. 그 시각에 남편의 모습이 보이는 경우는 드물다. 남편의 귀가는 평균 11시 정도다. 그것을 기다리다간 다음 날 아침 일과에 지장이 생기므로, 그의 식사는 전자레인지에 맡긴다.

오후 10시. 마치코의 하루가 끝난다.

마치코는 그런 나날을 삼 년간 이어오고 있었다.

2

마치코는 처음부터 교육열이 높았던 건 아니다. 오히려 무관심한 부류였다.

집 근처 유치원에 다니다가 공립 초등학교에 들어가고, 중학교도 공립, 고등학교는 자기 실력에 맞는 학교에 들어가고, 의지가 있으면 대학에 진학하는 것도 좋다. 그것이 아이들의 평범한 모습이라고 생각했고 마치코 자신도 그렇게 자랐다. 또 도호쿠 지방의 작은 마을에서 자란 탓인지, 교육에 열성적인 어머니를 본 적도 없었다. 그런 건 신문이나 텔레비전이 과장해서 다루는 거라고 생각하기도 했다.

현실에서 교육에 열성적인 어머니를 만난 것은 임신한 뒤였다. 같은 산후조리원에 들어간 이이즈카 나쓰코가 그런 사람이었다.

동갑내기에 출산 예정일도 같아서 두 사람은 금세 친해졌다. 그러던 어느 날 마치코는 나쓰코의 집에 놀러 가게 되었다. 그녀의 집 거실에는 그림책이 산더미처럼 쌓여 있었다. 벽에는 커다란 오십음도 표가 붙어 있었다. 너무 이르지 않냐며 마치코는 웃었다. 그런데 나쓰코는 조금도 이르지 않다며 진지한 얼굴로 대답했다.

"어째서 너는, 아니, 너를 포함한 많은 사람은 뱃속의 아이를 인간으로 인정하지 않는 거지? 나는 그게 더 이상해. 심장도 뛰고 있고 손발을 뻗어서 운동도 하고 나를 통해 세 끼 밥도 전부 먹고 있어. 그저 바깥세상에 나오지 않았을 뿐이지 어엿한 인간이야. 그런데 어째서 키우려고 하지 않는 거야? 너는 태어난 애를 젖만 먹이며 키울 생각이야? 아니잖아. 자장가를 불러주거나 그림책을 읽어주거나 말을 가르치면서 그렇게 키워갈 생각이잖아? 그걸 어째서 지금부터 해주지 않는 거야? 불쌍하잖아. 아이들은 벌써 자라기 시작했어. 그걸 방치하는 건 부모로서 너무 무책임해. 아이를 바르게 키우는 것이 부모의 의무잖아. 더 알기 쉽게 말할까? 너는 자기 아이가 학교에서 뒤떨어져서 따돌림 당하고 제대로 된 직장을 갖지 못해도 상관없다는 거야? 아니잖아. 장래에 좋은 학교에 들어가고 좋은 회사에서 일하며 누구에게나 존경받는 사람이 되면 좋겠다고, 그런 이상을 머릿속에 그리고 있을 거야. 그렇다면 지금부터 확실히 가르쳐야 해."

이이즈카 나쓰코는 그뒤로 자신이 어떻게 태아에게 교육을 시키고 있는지를 거침없이 이야기했다.

일어날 때와 잘 때 인사를 빠뜨리지 않는다. 그림책을 읽어준다. 우아한 클래식을 들려준다. 가능한 한 아름다운 꽃이나 사랑스러운 동물을 접하며 자연의 훌륭함을 전한다. 명료한 발음으로 오십음도를 읽어준다. 디즈니 캐릭터를 사용한 영어학습 카세트테이프를 들려준다.

"너도 내일, 아니 오늘부터 시작해. 아직 색이 들지 않은 지금부터 물들이기 시작하면, 십 년 후, 이십 년 후에는 원하는 빛깔로 물들 거야."

나쓰코는 눈을 번뜩이며 마치코의 두 손을 힘 있게 쥐었다.

우습기도 하고, 무섭기도 했다.

태아에게 음악을 들려준다는 이야기는 들은 적이 있다. 어떻게 좋은지는 모르지만 많은 사람들이 그렇다니까 아마도 좋겠거니 하며 가끔씩 마치코도 좋아하지도 않는 클래식을 듣는다.

그러나 그림책을 읽어준다는 건 어찌된 일일까. 음악은 감각에 호소하는 것이니 그 영향이 뱃속의 아이에게도 어떠한 작용을 할지도 모른다. 그러나 이야기는 감각으로 이해할 수 있는 것이 아니다. 이야기의 의미를 알 수 없으면 단순한 잡음에 불과하다.

오십음도를 읽어준다고? 태아의 뇌는 글자 하나하나를 구별할 수 있을 정도로 완성되어 있는 걸까? 영어단어도 인식할 수 있다는 걸까? 마치코는 도저히 믿을 수 없었다. 만약 그런 교육의 효과가 있다고 하자. 그렇다면 나쓰코의 아이는 응애응애 우는 대신에 "Hello~" 하고 웃으면서 태어나기라도 하는 것일까. 그건 그것대로 기분 나쁘다.

마치코의 사촌 중에 종교에 너무 깊이 빠진 나머지 행방을 감춘 사람이 있었다. 나쓰코의 표정이나 말투는 그 사람과 아주 흡사했다. 자신은 그런 어머니가 되고 싶지 않다고 마치코는 생각했다.

이윽고 마치코는 여자아이를 출산했다.

영아 교재 광고지를 받게 된 것은 딸이 젖을 뗄 무렵이었을까. 다양한 모양의 나무 블록, 동식물이나 탈것이 그려진 카드 세트, '엄마와 나의 아이우에오'란 제목의 스무 개짜리 카세트테이프. 어디서 어떻게 조사했는지, 그런 광고지들이 미즈우치 유카리 앞으로 계속 날아드는 것이다. 이이즈카 나쓰코 정도는 아니더라도 요즘 세상은 이렇게 돌아가는구나, 하고 마치코는 깜짝 놀랐다. 자신도 해야 하지 않을까 하고 불안해졌다.

그렇지만 유카리는 아직 기저귀도 떼지 않았고 혼자 식사도 할 수 없다. 마치코는 그 뒷바라지만으로도 벅차서 도저히 뭘 더 가르칠 기운이 나지 않았다. 그리고 어느 교재를 보나 십만에서 이십만 엔씩 했다. 출산으로 이것저것 지출이 많은 지금, 그것을 살 수 있는지 없는지는 가계부를 보지 않아도 명백했다. 마치코가 할 수 있는 교육이라고 하면 기껏해야 자장가를 불러주거나 딸이 흥미를 보이는 물건의 이름을 알려주는 정도였다.

그런 마치코가 바뀌는 계기가 찾아온 것은, 유카리가 세 살이 되었을 무렵이었다.

낮잠을 자는 유카리 옆에서 바느질을 하고 있는데 초인종이 울렸다. 찾아온 사람은 양복을 입은 젊은 남성이었다.

"내년은 드디어 따님이 사회에 나갈 때죠. 준비는 어떠십니까?"

남자는 그렇게 입을 열었다. 마치코는 멀뚱한 얼굴로 우리 애는 아직 유치원에도 안 갔는데요, 라고 대답했다. 그러자 남자는 허어, 하고 곤란하다는 듯 한숨을 쉬었다.

"어머님, 유치원에 들어가는 것이 사회생활의 시작입니다. 큰일이군요. 말씀하시는 걸 보아 따님께 아무것도 해주지 않으셨나 봅니다. 여쭙겠습니다만, 따님은 자기 이름을 쓸 수 있습니까?"

"아뇨, 글자는 아직……"

이름을 똑바로 말하지도 못한다.

"아이우에오를 끝까지 외울 수 있습니까?"

"아뇨."

"다른 사람이 나이를 물었을 때, 어머님에게 묻지 않고 세 살이라고 대답할 수 있습니까?"

"글쎄요……"

"하나부터 열까지 숫자 구별을 할 수 있습니까?"

"……"

"아이고, 이거 큰일이군요. 이렇게나 늦은 댁도 드문데."

남자는 다시 한숨을 쉬더니 제멋대로 현관 마루에 앉아서 서류가방을 열고 두꺼운 바인더를 꺼냈다. 그리고 유치원에 들어갈 때까지 최소한 이것들은 마스터해둬야 한다며 세세한 숫자와 그래프를 보여주면서 설명했다. 말투는 정중했지만 옛날에 자주 보던 강매 외판원과 마찬가지로 이쪽이 말할 기회를 주지 않았다. 삼십 분이나 압도당해 있다가, 간신히 마치코는 입을 열 수 있었다.

"그런 건 유치원에서 배우면 되는 거 아닌가요? 아니, 글자나 숫자는 초등학교에서 배우는 거 아닌가요?"

그러자 남자는 빙그레 미소 지으며 말했다.

"네. 말씀하신 대로 아이우에오나 123은 초등학교에서 가르쳐줍니다. 부끄러운 이야기지만, 저는 유치원도 유아원도 가지 못해서 초등학교에 갈 때까지 자기 이름도 쓰지 못했습니다."

그러나 그다음에 아주 진지한 표정을 짓고 마치코의 눈을 빤히 바라보며 말했다.

"옛날에는 그것으로 족했습니다. 초등학교에 들어가 처음으로 글자나 숫자를 배운 사람은 저뿐만이 아니었죠. 그래서 저는 뒤떨어지지 않을 수 있었습니다. 그런데 지금은 다릅니다. 어느 댁 아이나 초등학교는 고사하고 유치원에 들어가기 전에 읽기 쓰기와 계산을 할 줄 압니다. 아이들의 수준이 전체적으로 올라갔습니다. 그리고 유치원은 그 올라간 수준에 맞춰서 교육을 합니다. 그 결과, 댁의 따님은 유치원 단계에서 벌써 뒤처지게 됩니다. 유치원은 따님 한 사람을 위해서 교육 수준을 낮춰주지 않습니다.

네, 낮은 수준으로 교육해주는 유치원도 찾아보면 찾을 수 있겠죠. 그런데 그곳에 다니게 해도 문제는 해결되지 않습니다. 초등학교에 올라갔을 때를 생각해보세요. 다른 유치원에서 온 아이는 모두 우수합니다. 요컨대 반 평균수준이 댁의 따님보다 높고, 결국 따님은 뒤떨어지게 됩니다. 지금 손을 쓰지 않으면 중학교, 고등학교에 올라가도 그 굴레에서 벗어날 수 없습니다. 지금 손을 쓰지 않으면 돌이킬 수 없게 됩니다."

마치코는 이 남자가 불안을 부추겨서 물건을 팔려는 속셈이란 것을 느끼고 있었다.

"어린아이는 머리가 굳지 않아서 뭐든 금방 배울 수 있다고 합니다만, 사실 굳지 않은 것은 세 살까지입니다. 세 살이 넘어가면 부드러움을 잃어가고, 초등학교에 들어갈 무렵이 되면 이미 뇌는 거의 완성되어 있습니다. 즉, 초등학교에 올라간 뒤에 공부를 열심히 해도 늦다는 겁니다. 머리가 부드러울 시기에 지식을 쭉쭉 흡수한 아이를 도저히 당해낼 수 없습니다. 그렇지만 어머님, 오늘 이렇게 이야기를 나눌 수 있어서 다행입니다. 따님은 이제 막 세 살이 되셨죠? 아슬아슬하지만 아직 늦지 않았습니다."

마치코는 참 교묘한 세일즈 토크라고 생각하면서도, 한편으로 친구들의 얼굴을 떠올리며 그들도 자녀를 일찍부터 교육하고 있을까 하는 생각도 했다.

"처음에 말씀드렸듯이 저희는 자녀분의 교육을 전부 코디네이트하고 있습니다. 동종업계 대부분이 교재만 팔면 끝이라는 무책임하기 이를 데 없는 태도를 취하고 있지만 저희들은 다릅니다. 학원을 열어서 한 사람 한 사람의 수준에 맞춰 정성껏 지도하고 있습니다. 이 근처에도 학원이 있으니 한번 방문해보세요. 결정은 그때 하셔도 되지 않습니까? 둘러보면서 학원에 와 계신 다른 어머님들과도 말씀을 나눠보고, 그래도 따님에게 필요 없다고 생각되시면 마음 편히 '아니요' 라고 말씀해주세요. 저희도 강요는 안 하겠습니다."

남자는 미소 짓고는 바인더에서 팸플릿을 꺼냈다. 그리고 마치코에게 학원에 가는 길을 설명한 뒤에 이렇게 덧붙였다.

"어머님께서는 아이들은 공부 같은 것은 잘 못해도 괜찮다고 생각하고 계시죠? 분명 그 말씀이 맞습니다. 아이들은 건강하게 자라주기만 하면 충분하죠, 원래는. 그러나 유감스럽게도 현대사회는 그것을 허락하지 않습니다. 공부를 못하는 아이는 계속 시험에서 떨어지고, 좋은 직장에 취직도 못 하고, 좋은 신랑감도 만날 수 없습니다. 아니, 직장이나 결혼상대는 개인의 가치관에 의해서도 바뀌니까 제쳐두죠. 가장 큰 문제는 낙오되면 따돌림 당한다는 점입니다. 흔히들 '개성의 시대'라고들 이야기합니다. 하지만 어머님, 그건 현대를 미화한 표현에 지나지 않습니다. 지금 시대에서 존중받는 것은 개성이 아니라 무개성입니다. 다른 이들과 똑같지 않으면 동료로 인정해주지 않습니다. 따돌림 당합니다. 어머님은 그래도 당신 자신의 철학에 기초해서 키우시렵니까? 그건 이기심입니다. 따돌림 당하며 고통받는 사람은 따님입니다. 아이에게 괴로움을 주는 부모가 어디 있습니까. 따님은 평생 원망할 겁니다."

그렇게 말을 끊고 시선을 던지자 마치코는 심하게 동요했다.

3

남편 아키히로가 처음으로 불쾌함을 드러낸 것은 신용카드 청구서를 보았을 때였다.

"칠십만?!"

"처음에는 뭐든 돈이 들어가요. 가입비도 있고."

"하지만 여보, 칠십만은 너무 많잖아. 우리집에 그런 큰돈이 어디 있어?"

"괜찮아요. 보너스 2회 분납으로 할 거니까요."

"보너스 분납이라니. 보너스로는 차를 바꿀 예정이었잖아."

"안 바꿔도 돼요, 아직 잘 굴러가니까."

"아니, 그러면 나는 뭘 위해 반 년간 죽어라 고생한 거야."

"유카리를 위해서죠."

"하지만, 세 살배기 아이의 교육에 칠십만이라니 아무리 생각해도 비상식적이야. 그밖에도 매달 돈이 나가잖아?"

"월 수업료는 당신 월급을 조절하면 낼 수 있어요."

"아니, 그래도……"

"이건 당신과 의논해서 결정한 일이에요. 그리고 당신은 찬성했어요. 이제 와서 이러쿵저러쿵하지 말아요."

"그야 찬성은 했지만 설마 이렇게나 들어갈 줄은……"

"그만해요. 당신은 우리 애보다 차가 더 중요해요?"

세일즈맨이 놓고 간 팸플릿을 본 마치코도 칠십만이라는 숫자에 눈을 휘둥그레 떴다. 그러나 구경이나 하자는 생각으로 역 앞에 있는 학원을 보고 온 다음 날, 계약서에 도장을 찍었다.

이상한 학원이었다.

흥겨운 음악이 울리고 있었다. 젊은 여선생이 리듬에 맞춰서 카드를 뒤집었다. 뒤집는 속도가 너무 빨라서 처음에 마치코는 거기에 뭐가 적혀 있는지 알 수 없었다. 그런데 아이들은 노래하는 듯한 리듬으로 새, 꽃, 바다, 구름, 하고 목소리를 맞췄다. 카드에는 '鳥', '花', '海', '雲'이라고 적혀 있었다. 고작 서너 살 된 아이들에게 한자를 가르치고 있는 것이다.

어안이 벙벙해 있자니 그 모습을 본, 옆에 있던 어머니 중 한 명이 다가와서는, 자기도 처음에는 많이 놀랐고 자기 아이는 도저히 따라할 수 없을 줄 알았다고 속삭였다. 그러나 실제로 시켜보니 금방 할 수 있었다고 한다. 사람은 누구나 그 정도의 능력을 갖추고 태어난다고 했다.

아이들은 다음에 소꿉놀이를 시작했다. 나무 블록이나 납작한 구슬을 상품으로 놓고 시장놀이를 하는 것이다. 이 놀이로 숫자나 도형, 색의 개념을 몸에 익힐 수 있다고 방금 전의 어머니는 말했다.

'교육'이다 '학원'이다 하니 필시 답답하고 예민한 환경이겠거니 했지만, 현실은 상상과 백팔십 도 달랐다. 아이들은 모두 즐거워했고 스스로 열심히 '공부'를 하려고 했다.

그렇다, 이것은 도움이 되는 놀이다. 마치코는 그렇게 생각했다. 칠십만 엔은 분명 큰돈이다. 그러나 그것으로 유카리가 즐거운 시간을 보낼 수 있고, 나아가서 장래가 보장된다면 결코 비싼 쇼핑이 아니다.

이때의 마치코는 아직 딸만 생각해서 행동하고 있었다.

아키히로가 그다음에 불만을 표한 것은, 유카리를 어느 유치원에 보낼지 의논할 때였다.

"도메이의 유치부? 잠꼬대하지 마. 거기 들어가는 건 부잣집 아들딸들이잖아. 우리집이 그런 가문이야?"

"지금은 일반 가정 아이들이 도메이에 들어가는 시대예요."

"그렇다고 유행을 따를 필요는 없잖아."

"좋은 유치원에 못 보내면 따돌림 당해요."

"왜? 주위 수준에 못 맞추면 유치원이나 학교에서 따돌림 당한다, 당신은 분명 그렇게 말했지. 그건 나도 이해할 수 있어. 그래서 유카리를 학원에 보내는 것을 허락한 거고. 그리고 이제 유카리는 자기 이름을 쓸 수 있게 되었어. 시계도 볼 수 있게 되었어. 목적은 충분히 달성했잖아. 진학이 목적인 건 아니었다고."

"아니에요. 일관교육*이 중요해요."

"어째서?"

"일관교육 학교는 교육이념이 확실하기 때문에 안심하고 아이를 맡길 수 있어요. 선생님도 잘 교육받아 아이들을 똑바로 가르쳐주죠. 그런 점에서 공립은 글러먹었어요. 교장이 바뀌면 교육 방침이 바뀌고, 교사의 질은 들쑥날쑥하고. 집단 따돌림이나 교내 폭력으로 문제가 된 학교도 전부 공립이에요."

"나는 고등학교까지 쭉 공립이었지만 특별히 문제가 있진 않았어."

---

* 유치원이나 초등학교에 입학하면 별도의 시험을 치르지 않고서 대학까지 같은 재단의 상급학교로 진학할 수 있는 일본의 교육제도.

"그건 당신 시대 얘기죠. 어쨌든 일관교육제도 사립학교가 아니면 안심할 수 없어요. 도메이가 아니라면 세이호나 가스미가오카."

"말은 그렇게 하지만, 서너 살 아이가 입시라니…… 유카리가 불쌍해. 십 년 뒤에는 싫어도 입시공부를 해야 하는데."

"여보, 내 이야기를 제대로 들은 거예요? 도메이는 일관교육이에요. 유치부에 들어가면 그뒤에는 두 번 다시 입시의 괴로움을 맛보지 않아도 돼요. 그 편이 유카리를 위해서 훨씬 좋잖아요. 게다가 유카리는 지금 즐겁게 공부하고 있어요. 입시라고 해도 전혀 괴롭지 않을 거예요."

"하지만, 우리집에 도메이는 부담스럽다고."

"생활비는 내가 잘 변통할게요. 부족하면 아르바이트를 할게요."

"통학은? 도메이 유치부가 어디에 있는데?"

"시로카네다이."

"이봐, 한 시간은 걸리는 곳이잖아. 게다가 전철하고 버스를 갈아타야 해. 유치원생이 그러는 건 무리고, 게다가 위험해."

"면허를 따서 내가 통학시키겠어요."

지금 다니는 학원의 아이들 대부분이 유명 사립학교에 시험을 본다. 마치코는 처음에 그런 건 부모의 체면 때문이라고 생각하며 상대하지 않았다. 그런데 자세히 이야기를 듣는 사이, 유카리가 공립학교에 들어갔다가 따돌림을 당하고 등교거부를 해서 가정이 붕괴되면 어쩌나 하는 불길한 상상이 머릿속에서 떠나지 않게 되어버렸다.

그렇다, 이때까지도 마치코는 아직 딸을 중심으로 생각하고 행동하고 있었다.

아키히로의 다음 화살은 아침 일과로 향했다.

"뭐가 아쉬워서 직접 빵을 데우고 차가운 우유를 마셔야 해? 이건 완전히 학생 시절로 돌아간 꼴이잖아."

"유카리는 내가 붙어 있지 않으면 아무것도 못해요. 당신은 어른이잖아요. 아침밥 정도는 스스로 해결해요. 빵을 데우는 건 누가 하든 마찬가지예요."

"아침은 일 분 일 초가 급하다고."

"그렇다면 오 분 일찍 일어나요."

"당신이야말로 오 분 정도 나를 위해서 시간을 할애해줘도 되잖아."

"그 오 분이 지금의 유카리에게 얼마나 중요한지 당신은 몰라요?"

"시간이 없다는 건 알아. 하지만 그렇게까지 유카리를 몰아세울 건 없잖아. 요즘에 유카리는 기운이 없어. 항상 눈이 흐리멍덩하고 말수도 줄었다고."

"항상이라고요? 유카리가 깨어 있는 동안 집에 들어오지도 않으면서 말도 참 잘하네요. 유카리는 항상 건강해요. 당신이 본 유카리는 잠자리에 들기 전이었잖아요."

"여보, 그도 그럴 것이 유카리는 너무 빨리 자잖아. 8시? 9시였나?"

"애들은 일찍 자는 게 당연해요."

"그야 그런데…… 하지만 아침 6시도 되기 전에 일어나잖아. 그렇게 빨리 깨우는 건 불쌍해."

"일찍 일어나는 게 뭐가 나빠요? 머리가 가장 맑은 시간이 아침이고 몸에도 좋다고요."

"그렇다고 새벽부터 공부라니 어딘가 이상하지 않아? 수험생도 아니고."

"유카리는 수험생이에요."

"유치원에 들어가는 데 그렇게까지 할 게 뭐야."

"그러니까, 시간이 없다고 했잖아요."

"유카리의 마음은 확인했어? 유카리도 유치원 시험을 치고 싶어 해?"

"당연하죠. 이건 유카리를 위한 입시예요."

"그건 당신 생각이고. 나는 유카리는 아무래도 싫어하는 걸로밖에 안 보여. 당신이 눈을 치뜨고 있으니까 무서워서 그것에 따르고 있는 것 같아."

"바보 같은 소리 하지 마요. 유카리는 조금도 싫어하지 않아요. 저런 어린애가 남의 안색을 살피고 행동하겠어요? 싫다면 싫다고 감정을 드러내요. 싫다고 떼를 쓴다고요."

마치코는 초조했다.

학원에 다닌 뒤로 유카리는 눈에 띄게 똑똑해졌다. 그러나 그것은 과거의 유카리에 비해서 똑똑해진 것일 뿐, 다른 아이들은 도저히 당해낼 수 없었다. 생후 십이 개월이 지나기도 전에 공부를 시작한 아이도 적지 않다. 그러나 앞서가는 아이들을 따라잡고 추월하지 않으면 입시에 실패한다. 시험장에는 그렇게 공들여 교육받은 아이들이 각지에서 모여드는 것이다. 나도 열심히 태교를 해둘걸. 마치코는 이이즈카 나쓰코를 떠올리고는, 미래를 내다보는 눈이 없었던 자신을 저주했다.

마치코는 초조함에 이른 아침부터 유카리를 단련시켰다. 삼 년 늦은 것을 되찾기 위해서는 노력 이상의 방법은 없다. 노력을 아까워하면 유카리는 입시에 실패하고 길고긴 가시밭길에 발을 들이게 된다.

마치코가 안달하는 이유는 또 하나 있었다.

학원에서 유카리는 뒤떨어져 있다. 그렇다고 선생님에게 야단맞은 적은 없다. 그러나 칭찬받지도 않는다. 칭찬받는 것은 항상 다른 아이다.

마치코는 그것이 너무나 분했다. 어째서 그렇게 간단한 질문에도 대답하지 못하는지 화가 났다. 유카리 혼자서 손을 들지 않고 있으면 저도 모르게 입을 빼끔거려서 답을 전하고 싶어졌다.

다른 어머니의 눈도 신경 쓰인다. 저 아이는 못쓰겠다고 말하는 듯한 기분이 든다. 분명히 부모가 변변치 못한 거라는 수군거림이 들린다. 이쪽을 보며 미소 짓는 것도 사실은 비웃는 것 같아 가슴이 두근거린다.

그래서 마치코는 유카리를 열심히 단련시켰다. 학원에서의 모습이 실망스러워 아주 비참한 기분을 맛보았던 날에는 집에 돌아온 뒤에 유카리를 똑바로 앉히고 오랫동안 설교했다. 흥분해서 손을 댄 적도 있었다.

그것이 딸을 얼마나 괴롭게 했는지 마치코는 조금도 깨닫지 못했다. 마치코는 유카리를 자신과 동화시키고 있었다. 유카리는 자신의 분신이며, 그것을 질타하는 것은 곧 자신을 질타하는 것이었다. 아픔을 느끼는 것도 자신뿐이라고 생각하고 있었다.

분신이 성공하면 자신도 빛날 수 있다—마치코는 자기만족을 위해서 움직이기 시작했고, 그 비중은 나날이 커져갔다.

4

유카리는 유치원 입시에 실패했다.

시험 직전까지 망설인 끝에 도메이, 세이호, 가스미가오카, 이른바

삼대 명문은 어렵겠다고 판단하고, 신설이지만 좋은 평가를 받고 있는 하나이즈미 여자대학 부속 유치원을 선택했다.

그러나 유카리는 고작 경쟁률 5대 1의 관문도 넘지 못했다.

마치코는 게시판 앞에 서서 '미즈우치 유카리'란 이름을 찾았다. 그것을 밀어내듯이 계속해서 사람들이 들락날락하며 환성을 지르고 기념사진을 찍었다. 마치코는 패배자의 굴욕에 휩싸였다.

입시 일주일 전, 유카리는 감기에 걸렸다. 한때는 열이 38.4도에 이르렀고 수험 당일에도 기침과 콧물이 남아 있었다. 그래서 집중력이 흐트러졌는지도 모른다. 건강하지 않은 것이 면접관에게 나쁜 인상을 준 것 같기도 하다.

남에게는 그렇게 말하며 체면을 차렸지만, 핑계를 대면 댈수록 마치코는 비참한 기분이었다.

감기가 문제가 된 건 사실이다. 그렇지만 입시 실패는 운에 의한 것이 아니다. 결국 공부가 부족했던 것이다. 제대로 공부를 했다면 몸 상태가 아무리 나빠도 그동안 쌓아둔 것이 힘을 발휘해서 합격했을 것이다.

그 생각을 하면 마치코는, 어째서 더 공부시키지 못했을까, 어째서 태어나자마자 시작하지 않았을까 하고 분노가 치밀어올라서 밤잠을 이루지 못했다.

그렇지만 분노는 금세 희망을 이끌고 왔다. 아직 찬스는 있다. 초등학교 시험을 보는 것이다. 이번에는 입시까지 일 년도 없었지만, 다음번에는 이 년의 준비 기간이 주어진다. 730일간 착실히 단련하면 자연히 좋은 결과가 나올 것이고, 이번의 굴욕도 해소할 수 있다.

마치코는 바로 행동에 들어갔다. 기초학습은 이제 필요 없다. 지금부터 유카리에게 필요한 것은 실천학습이다. 마치코는 그렇게 판단하고 유카리를 새로운 학원으로 옮겼다.

새 학원은 이른바 입시학원으로, 지망한 학교에 따라 반을 나누어 각 학교의 입시경향에 따라 지도하고 있었다.

유카리가 지망하는 학교는 도메이의 초등부였다. 마치코의 자존심은 한번 떨어졌던 하나이즈미 부속 유치부보다 높은 수준을 바랐다. 도메이는 예술 방면에 관심이 있는 아이를 선호한다는 소문을 듣고, 힘든 집안 사정도 돌아보지 않고 피아노와 미술도 가르치기로 했다.

마치코는 그렇게 재출발을 꾀했지만, 첫 일 년간은 남편 아키히로와 다툼이 끊이지 않았다.

"이번 토요일에는 낚시하러 간다고 한참 전부터 말했잖아. 봐, 달력에도 표시가 되어 있고."

"그러니까 미안하다고 하잖아요. 갑자기 모의고사가 생겼다고요. 거기서 '일요일의 추억'이라는 제목으로 작문을 써야 해요. 그러니까 여보, 유카리를 유원지나 동물원에 데리고 가줘요."

"당신이 데리고 가면 되잖아."

"물론 나도 갈 거예요. 하지만 당신도 가야 해요. 문장에 아버지가 나오지 않으면 이상하잖아요."

"그런 소릴 하면 편모가정 아이는 어떻게 되는 건데."

"우리집은 편모가정이 아니잖아요. 진짜 시험에서는 그런 사소한 부분까지 체크하고, 아, 이 가정은 별로 화목하지 않구나 하고 생각되면 떨어뜨리는 모양이에요."

"하지만 배도 예약해놨는데⋯⋯ 아, 요전번에 드라이브 갔던 걸 쓰면 되잖아. 그래, 이번 일요일이라고 정해놓은 것도 아니니까."

"요전번이라니, 벌써 두 달 전이잖아요. 다 잊어버렸을 거예요."

"그러면 집 안에서 느긋하게 쉬는 이야기를 쓰면 돼. 그것도 훌륭한 추억이야."

"그런 재미없는 얘길 쓰면 부모가 매정하다고 생각할 거 아녜요. 하여간 어디가 됐든지 화려하고 볼거리가 있는 장소로 데려가줘요."

어버이날에 있었던 유치원 참관 뒤에도 입씨름이 벌어졌다.

"우리 유카리, 따돌림 당하고 있는 거 아니야? 놀이 시간에도 혼자만 있었잖아."

"걱정할 것 없어요. 유치원 밖에서 만나는 애도 없고 유치원을 자주 쉬곤 해서 그곳 아이들과 별로 친하지 않아요. 그냥 그것뿐이에요."

"자주 쉬어? 유카리가 어디 안 좋아?"

"몸은 괜찮아요. 안 좋은 건 머리죠. 그래서 유치원을 쉬고 공부시킬 수밖에 없어요."

"당신, 그러면 못써. 유카리는 유치원생이야. 유치원이 우선이잖아."

"여보, 대체 무슨 착각을 하는 거예요? 도메이에 들어가는 것이 가장 중요하잖아요."

"하지만……"

"됐어요. 유치원은 의무교육이 아니니까. 게다가 그 유치원은 제대로 가르치지도 못해요. 사실은 그만둬도 상관없었지만 유카리가 한숨 돌릴 수 있으니까 보냈던 것뿐이에요.

"하지만, 친구들이 없으면 더 괴롭잖아."

"정말 참. 당신도 머리가 나쁘네요. 그러니까 유카리도 저런 거예요."

"뭐가 어째?"

"그 유치원에서 친구들을 만들어봤자 졸업할 때까지 만날 뿐이에요. 유카리는 도메이에 들어갈 거예요. 괜히 친해졌다가 헤어지면 마음만 아프잖아요. 그게 훨씬 불쌍해요."

그리고 입시까지 일 년 정도 남은 어느 날, 두 사람은 완전히 갈라섰다.

"당신, 유카리를 때리진 않았겠지?"

"네?"

"방금 전에 목욕탕에 들어갔는데, 시퍼런 멍이 나 있었어. 왜 이렇게 된 거냐고 물어보니 넘어졌다고 했어. 그런데 넘어져서 생길 만한 멍이 절대 아냐. 어깨와 등, 허리, 여기저기에 나 있었어."

"……"

"당신이 때렸어?"

"살짝 때린 것뿐이에요."

"살짝 때렸는데 멍들었을 리 없잖아!"

"어린애는 피부가 약하니까……"

"항상 때렸어?"

"가끔씩이에요."

"왜 때리는 거야? 공부를 못해서?"

"어쩔 수 없잖아요, 너무 못하니까."

그렇게 대답한 마치코의 뺨에 따귀가 날아들었다.

"뭐 하는 짓이에요!"

"아파? 억울해? 유카리의 기분을 이제 알겠어?"

"나는 유카리를 생각해서 때린 거예요."

"저렇게 어린 애가 얻어맞으면서까지 성적을 올릴 필요는 없어."

"성적을 올리지 않으면 도메이에 못 들어간다고요."

"그래, 안 들어가도 좋아. 이제 그만두자, 여보. 이런 식으로 도메이에 들어가봤자 유카리는 고생을 보상받지 못해. 성격이 비뚤어져버릴 거야."

"모르는 소리 마요."

"모르는 소리를 하는 건 당신이야. 이건 학대라고. 체벌도 학대고, 이런 공부 자체도 학대야."

"이제 와서 무슨 소리예요. 그러면 처음부터 반대하지 그랬어요."

"지금 정신을 차렸어. 정신을 차렸으니까 이제까지의 일은 잊고 처음부터 다시 시작하자."

"다시 시작하자니, 도메이를 포기하자고요?"

"그래. 애초에 우리집 수준에 도메이라니 주제 넘은 짓이야. 생활 수준을 봐도 그렇고 부모의 학력 수준을 봐도 그래. 그만둬, 다 그만두자고."

"당신, 너무 열내지 말아요. 돈이 얼마나 들어간 줄 알아요? 그게 전부 헛수고가 된다고요."

"괜찮아. 돈 같은 건."

"공립에 다니다가 집단 따돌림이나 학원폭력을 당하면 어쩔 거예요?"

"그런 건 본인의 마음가짐에 달린 문제야."

"그렇게 쉽지 않으니까 사회문제가 되는 거잖아요."

"뭐라고 하든, 난 결정했어. 절대 초등학교 입시는 시키지 않겠어. 그건 유카리를 위해서이기도 하고, 당신을 위해서이기도 해. 당신, 이대로 계속하다가는 유카리를 죽일지도 모른다고."

"뭐라고요?"

"어쩐지 그런 생각이 들어. 꽤 오래전부터, 그래, 초등학교는 도메이에 보내겠다는 말을 꺼냈을 무렵부터 눈빛이 이상했어."

"이상한 건 당신이에요! 아무것도 모르면서! 아무것도 이해 못 하면서!"

마치코는 그렇게 외치면서 테이블 위의 행주를 움켜쥐고 아키히로의 얼굴에 냅다 던졌다. 컵도 던졌다. 포트도 두 손으로 안아들었다. 거기서 유카리가 뛰어들어오지 않았다면 마치코는 아키히로에게 큰 상처를 입혔을지도 모른다.

"엄마를 괴롭히면 안 돼요!"

유카리는 그렇게 외치면서 마치코의 무릎에 달라붙었다.

"제가 잘못했어요. 제가 나쁜 아이라서 엄마에게 야단맞은 거예요. 엄마는 나쁘지 않아요. 제가 나빠요. 제가 열심히 하면 돼요. 엄마를 위해서 열심히 할게요. 제가 열심히 할 테니까, 열심히 할 테니까, 아빠, 엄마를 괴롭히지 마세요."

이날을 경계로 아키히로는 아무 불평도 하지 않았다. 유카리 이야기뿐만 아니라 인사말조차 꺼내지 않았다. 마치 마치코를 피하듯이 점점 귀가시간이 늦어지고, 휴일에도 양복을 입고 출근했다.

마치코는 마치코대로 그런 남편에 상관하지 않고 유카리에게 더욱 열성을 기울였다. 유카리를 때릴 때마다 "유카리를 죽일지도 몰라"라고 한 남편의 말이 머리를 스쳤지만, 그래도 때리고 때리면서 유카리를 단련시켜갔다.

유카리가 도메이에 합격하면 더이상 때리지 않아도 된다.

유카리가 도메이에 합격하면 남편도 태도를 바꿔서 기뻐할 게 분명하다.

유카리가 도메이에 합격하면 가족 셋이서 행복해질 수 있다.

그러나 유카리는 도메이 초등부에 떨어졌다.

5

초등학교 시험 날, 유카리는 식사를 남겼다. 처음에 마치코는 평소보다 양이 많았던 탓일 거라고 생각했다. 그러나 화장실에서 좀처럼 나오지 않아서 지각하겠다며 부르러 가보니 변기 앞에 고개를 숙이고 토하고 있었다. 얼굴은 창백했고, 이마에 손을 대보니 열이 조금 있었다.

마치코도 열이 날 것 같았다. 유치원 입시 때는 감기로 실패했으니 그 전철을 밟지 않겠다며 건강관리에 충분히 신경을 썼는데 또 이 꼴이다.

유카리의 열은 37.3도였다. 콧물이나 기침은 나오지 않는다. 목도 아프지 않다고 한다. 그렇지만 더이상 상태를 악화시킬 수는 없다 싶어 마치코는 감기약과 해열제를 먹이고 서둘러 시험장으로 향했다.

시험은 오전과 오후로 나뉘어 있었다. 오전이 시험이고 오후가 면접이다.

오전 시험이 끝나 몸 상태는 어떠냐고 마치코가 묻자 유카리는 이런 대답을 했다.

"또 떨어져도 야단치지 마세요."

마치코는 머리가 어질했다. 주위에 사람이 없었다면, 무슨 문제가 나와서 어떻게 답했는지 하나하나 확인하고, 유카리의 답에 따라서는 손이 아플 정도로 때렸을 상황이다.

"그렇게 약한 소리 하면 어떡하니."

마치코는 자신의 기운을 북돋듯이 말하고 점심식사 샌드위치를 꺼냈다.

오후 일정 시작은 1시부터였는데, 유카리의 순서는 맨 마지막에 가까웠다. 그 사이에 마치코는 유카리에게 약을 먹이고 무릎 위에서 쉬게 했다.

면접시험은 호출에 응하는 것부터 시작된다. 재빨리 대답하고서 문을 노크한다. 들어오라고 하면 문을 열고서 잘 부탁드립니다, 하고 고개를 숙인다. 앉으라고 말할 때까지는 등을 곧게 펴고—마치코는 자리에 앉을 때까지 매뉴얼대로 해냈다. 나란히 면접을 보는 유카리의 동작도 그때까지 빈틈이 없었다.

그런데 드디어 질문이 시작된 순간, 악몽 같은 사태가 펼쳐졌다.

면접관이 이름을 묻자 유카리는 미즈우치, 라고 성을 말하고서 머뭇거렸다. 일 초, 이 초, 삼 초. 기다려도 그다음이 나오지 않았다.

(미즈우치 유카리입니다, 라고 해야지!)

마치코는 마음속으로 외치고 흘끗 유카리에게 눈길을 주었다. 그것이 전해졌는지 유카리는 다시 한번 미즈우치라고 처음부터 다시 말했다. 그러나 그다음은 결국 나오지 않았다. 유카리라고 이름을 말하는 대신 기묘한 소리가 실내를 낮게 울렸다.

유카리는 구토했다. 두 번, 세 번 반복하면서. 그래도 등을 뻗고 면접관에게 눈을 맞추고 미즈우치라고 말하며 입술을 떨고, 또다시 구토했다.

마치코의 기억은 거기서 끊겼다. 죄송합니다, 죄송합니다, 하고 몇 번이나 고개를 숙였다. 이어서 유카리의 머리를 움켜쥐고 앞뒤로 흔들고 뺨을 때리고, 유카리의 몸을 안아들고 눈썹이 휘날리게 그 자리를 빠져나왔다—고 한다. 그 상황을 마치코는 전혀 기억하지 못했다.

그리고 유카리는 불합격했다. 구토는 어쩔 수 없다고 해도, 시험 도중에 나가버렸으니 채점할 방법이 없다. 유카리가 극도의 긴장에 짓눌려버렸던 것처럼 마치코 역시 이성을 잃었었다.

끝났다. 마치코는 그렇게 생각했다. 찬스가 남아 있지 않은 것은 아니다. 육 년 기다리면 중학교 입시가 있다. 그렇지만 육 년은 길다. 앞으로 육 년 동안 머리 나쁜 아이를 상대해야 한다고 생각하면 정신이 아득해진다.

마치코는 거의 혼이 나간 채 지냈다. 유카리에게 화풀이할 기력조차 나지 않아서 매일을 멍하니 보냈다. 인생 자체가 끝나버린 듯한 모습이었다.

그런 마치코를 가엾게 여겼는지, 아니면 유카리가 해방되어서 안심했는지, 아키히로는 태도가 싹싹해지고 빨리 집에 들어오게 되었다.

이윽고 근처의 시립 초등학교에서 취학 통지서가 날아오고, 친척이나 지인들로부터 입학 축하 연락이 왔다.

마치코의 부모님은 빨간색 초등학생 책가방을 선물해주었다. 유카리는 매일 그것을 메고 집 주위를 일주했다. 집 안에서도 뛰어다녔다.

원래라면 뚜껑에 금박으로 학교 문장을 새긴 도메이의 진녹색 가방이어야 하는데. 마치코는 절로 한숨이 나왔다.

그러나 한숨을 반복하는 사이, 문득 하늘의 목소리가 들렸다.

그 기쁨을, 그 멋진 생각을 누군가에게 전하고 싶어서, 마치코는 가방의 답례인사 삼아 친정에 전화를 했다.

"—그래요, 아주 실망했어요. 하지만 이젠 유카리 얘기는 안 해요. 괜찮다니까요. 유카리는 이제 됐어요. 아무것도 기대 안 해요. 그만큼 시간과 돈을 들였는데도 안 됐으니 이 이상 계속해도 소용없어요. 계속해봤자 중학교도 떨어질 게 뻔해요. 이제 상대 안 할 거예요. 역시 좀더 빨리 교육했어야 했어요. 유카리에게 배운 건 그것뿐이죠. 비싼 수업료였지만. 그러니까 이번에는 실수하지 않을 거예요. 태어나기 전부터 교육할 거예요. 그래요. 한 명 더 낳기로 결정했어요. 응, 유카리 하나만 낳을 생각이었는데, 이대로는 안 되겠어요. 평생 후회할 거예요. 이왕 좋은 학교에 넣을 거라면 남자애가 좋겠네요. 도메이를 나왔는데 집 안에만 있는다면 아깝잖아요—"

아키히로가 출장으로 집을 비우고 있기도 해서 마치코는 오래오래 수다를 떨었다. 한동안 멍하니 지낸 것의 반동인지 계속해서 이야기가 솟아났다.

수화기를 놓고서도 마치코는 흥분이 가라앉지 않았다. 진녹색 가방을 등에 멘 장남의 늠름한 모습을, 그 옆에 서서 기념사진을 찍는 자신을 상상하고서 맥주잔을 한 손에 들고 히죽히죽 웃었다.

상상에 취한 나머지, 마치코는 아무런 기척도 느끼지 못했다.

아무런 전조도 없이 마치코의 등에 충격이 느껴졌다. 그것이 두 번, 세 번 이어져서 돌아보니 아픔이 머리로 날아들었다. 별로 아픈 것은 아니었지만 예상하지 못했던데다가 부자연스러운 자세를 취하고 있다 맞은 바람에 마치코는 몸의 균형을 잃고 의자에서 떨어졌다.

드러눕듯 쓰러진 마치코는 천장의 조명이 미세하게 깜빡이는 것을 깨달았다.

아아, 슬슬 형광등을 교체해야겠네—

그렇게 태평스러운 생각을 하면서 미즈우치 마치코는 죽어갔다.

6

"어째서 그런 이야기를 오늘……"

길고긴 침묵 뒤에 에노모토 유타는 간신히 입을 열었다.

"오늘이니까 말한 거야. 결혼한 뒤에 나에게 그런 과거가 있었다는 걸 알면 유타에게는 아주 큰 문제잖아. 지금 이야기해두면 유타는 다시 생각해볼 수 있어."

미즈우치 유카리는 방금 전 에노모토 유타에게 프러포즈를 받았다.

"다시 생각할 게 어디 있어. 조금도 문제가 되지 않아. 그건 사고…… 같은 거잖아."

"사고가 아니야. 내가 죽였어."

"아니야. 살인이란 살의가 있어야 비로소 성립되는 거야. 유카리는 그때, 그…… 어머니를 죽이려고 생각했던 건 아니잖아?"

"죽이려고 생각하지는 않았어. 죽이고 싶다고도 생각하지 않았어. 하지만 미웠어. 응, 그건 확실해. 오랫동안 미워하고 있다가, 그것이 폭발한 거야."

유카리는 어머니의 기대를 느끼고 있었다. 그래서 아무리 야단맞고 얻어맞아도 이를 악물고 버텼다. 어머니는 귀신처럼 무섭고 미운 존재였지만, 그 기대에 부응해야 한다는 의무감이 더 강했다. 기대에 부응한다면 분명히 자상하게 대해줄 거란 짐작도 있었다.

유카리는 정말 최선을 다해 노력했다고 생각한다. 그러나 힘이 부족했다. 압박감 때문에 열이 났고, 압박감 때문에 토해버려서 도메이에 떨어졌다.

그래도 유카리는 계속 노력할 생각이었다. 어머니가 다음 목표를 지시하는 것을 기다리고 있었다. 그리고 이번 목표를 달성하지 못한다면 어머니에게 너무 미안하겠다는 생각까지 했었다.

그런데 그날 유카리는 어머니에게 버림받았다. 그 아이에게는 더이상 기대하지 않는다고, 상대하지 않겠다고, 필요 없다고.

그 말을 들었을 때, 유카리 안에서 유지되던 미묘한 밸런스가 무너졌다. 유카리는 어머니의 등을 가방으로 때렸다. 머리도 때렸다. 어머니는 의자에서 떨어졌고, 딱딱한 바닥에 머리를 부딪쳤다.

그뒤의 일은 잘 기억하지 못하고 질문 받지도 않았지만, 아마도 어머니는 잠시 살아 있지 않았을까 하고 유카리는 생각한다. 바로 병원에 데려가면 살지 않았을까. 그러나 출장중인 아버지가 돌아올 때까지 내버려두었다.

어째서 나는 이웃집으로 달려갔을까. 유카리는 지금도 이따금 그 생각을 한다. 이대로 내버려두면 나를 버린 어머니가 없어질 거라고 계산하고 한 행동이라고는 생각할 수 없다. 그렇게 생각할 정도의 지혜는 없었다. '죽음'이 무엇인지조차 몰랐었을 것이다. 아무것도 모르는 채로 가방으로 때리고, 아무것도 모르는 채로 내버려두었던 것뿐이었다. 그래서 경찰이나 의사나 학자들에게 여러 질문을 받기는 했어도 시설에 들어가지는 않았다.

팽팽하게 부풀어오른 풍선이 바늘에 찔려서 한순간에 터지고 공기가 빠져버렸다—아마도 그런 것이 아니었을까.

"어때? 프러포즈를 취소할 거야?"

유카리는 다시 물었다.

"내 마음은 변하지 않아. 셋이 살아가자."

유타는 유카리의 팔을 잡아끌고 부드럽게 어깨를 안았다.

이 남자는 참 좋은 사람이라고 유카리는 생각했다. 얼굴도 잘생겼고 머리도 좋고 집안도 좋다. 책임감도 강하다. 아직 학생인데도 유카리가 임신했다고 이야기하자, 사흘간 생각하더니 결혼을 결정해주었다.

그렇지만 유카리는 이런 사람과 행복한 결혼생활을 할 수 없을 거라고 생각했다. 자신이 그를 불행하게 만들어버릴 것이다.

"고마워. 하지만 셋이서 살아가는 건 불가능해. 어제 떼어버렸으니까."

"뭐라고?! 누가 떼라고 했어. 나를 그런 남자로 생각한 거야?"

유타는 안색을 바꾸면서 유카리의 어깨를 앞뒤로 흔들었다.

"아니야. 들어줘. 난 말이야, 아마도 내 아이를 나와 똑같이 기를 거야. 어릴 적부터 공부를 시키고 유명 사립학교를 노릴 거야. 왜냐면 지금의 공립은 우리가 다닐 때보다 훨씬 삭막해졌고 선생도 믿을 수 없으니까. 그런 곳에 아이를 맡길 수 없잖아?

뭐, 그런 문제도 있지만 사실은 다른 하나의 이유가 더 커. 이건 훨씬 전부터, 어머니를 죽이고 나서부터 하던 생각이야. 내가 만약 입시에 실패하지 않았다면 어떻게 되었을까. 하나이즈미의 유치원도 좋고 도메이의 초등학교라도 좋아. 어느 쪽이든 합격해서 어머니를 그렇게 만드는 일도 없었다면 나는 어떻게 되었을까 하고 말이야. 그러면 유타를 만나는 일도 없었겠지. 그래도 역시 그런 생각을 하게 돼. 그렇게나 필사적으로 노력했는데 전부 헛수고가 되어버렸으니까, 역시 분해.

하지만 나는 이제 다시 시작할 수 없잖아? 그러니까 나에게 만약 아이가 생긴다면 나와 똑같이 기르고, 실패하지 않은 나를 보고 싶어. 줄곧 그렇게 생각해왔어.

불쌍하겠지, 내 아이. 그렇게 괴로움을 겪어야 해. 알고 있어, 그래서는 안 된다는 건. 하지만 실제로 태어나면 그렇게 해버리고 말 거야. 그게 내 꿈이니까."

"아이를 괴롭게 만들지 않기 위해서 미리 낙태했다는 얘기야?"

"아니야. 끝까지 들어. 난 분명 내 아이를 나와 똑같이 키울 거야. 체벌은 안 된다고 생각하지만 눈앞의 아이가 쓰레기라면 짜증나서 때릴지도 몰라. 때리지 않을 자신이 없어. 그러면 아이는 더욱 괴로워져. 마음의 어두운 곳에 있는 풍선이 부풀어올라. 부풀고 부풀어서 아주 빵빵해지면 아주 작은 자극만으로 뻥 터져버리겠지. 나는 이미 어른이 되어버렸으니까, 어떤 것이 위험한 자극일지 짐작이 안 가."

"그 얘기는 그러니까……"

"이번에는 내가 죽게 될 거야. 그래서 죽기 전에 먼저 죽였어. 또 임신해도 그렇게 할 수밖에 없어. 그래도 나하고 결혼해줄 거야?"

강 위를 흐르는 것

1

강을 흘러가는 것이 있었다.

폭 오륙 미터 정도의 작은 물길 한가운데를 소리도 없이 남쪽으로 천천히 내려가고 있다. 흐름을 거스르거나 혹은 속도를 늘리려고 힘을 더하는 눈치도 없이, 그냥 흐르는 대로 어딘가로 가려 하고 있다.

나뭇잎이나 빈 깡통이 아니다. 더 커다란 물체다. 길이는 약 이 미터, 폭은 오십 센티미터 정도. 전체가 남색을 띠고 있으며 진행 방향 쪽 끄트머리에는 검은 덤불이 있다. 반쯤 물에 잠겨서 흔들흔들 꿈틀거리는 그 모습은 얕은 여울에서 건져낸 큰실말이나 우뭇가사리 같았다.

"신고가 들어온 물체를 확인. 현 지점은 세이간인 다리. 하류를 향해서 천천히 흘러가고 있습니다. 지금 강에 내려가 건져내겠습니다."

무선연락을 취하는 이치다의 목소리는 긴장되어 있었다.

흘러가는 것 — 그것은 인간으로 보였다. 남색 운동복 상하의를 입은 인간이 엎드려서 두 팔을 앞으로 뻗고 있다. 물풀처럼 보이는 것은 머리카락이다.

언뜻 보기에는 물장구를 치며 헤엄치는 것처럼 보이기도 한다. 그러나 다리가 전혀 움직이지 않는다. 숨쉬기 위해 고개를 들지도 않는다.

"다마가와 수로에 시체가 흘러가고 있다."

방금 전 110번으로 신고가 들어와서, 이치다는 사실을 확인하기 위해 파출소를 나왔다. 신고가 들어온 가미 수로 공원에서 가장 가까운 파출소가 이치다가 근무하는 경시청 훗사 경찰서 관할의 훗사 파출소였다. 29호 도로 다치카와 오우메 선, 통칭 오쿠다마 가도변에 있다. 편도 일차선 도로를 건너자 바로 앞에 다마가와 수로의 맑은 물이 보였다.

이치다는 우선 파출소에서 비스듬히 앞쪽에 위치한 미야모토 다리에 서서 하류를 살펴보았다. 물이 곧게 흐르는 곳이라 시야가 트여서 백 미터 앞까지 내다볼 수 있었지만, 신고가 들어온 물체가 흘러가는 눈치는 없었다.

다음으로 상류로 시선을 돌렸다. 가미 수로 공원은 이곳에서 수백 미터 상류의 왼편에 펼쳐져 있다. 그러나 한동안 기다려도 그럴듯한 것은 흘러오지 않았다.

이치다는 자전거에 올라타고 오쿠다마 가도를 따라 남쪽으로 내려가보았다. 길 가장자리에 바짝 붙어 달리면 펜스 너머로 다마가와 수로의 수면이 보인다. 그러나 별다른 것을 발견하지 못한 채 다음 다리까지 와버렸다. 신 다리라는 이름의, 차도와 보도가 분리된 비교적 커다란 다리다.

그곳의 보도에 한 노파의 모습이 보였다. 하얀 난간에 상체를 기울이고 하류 쪽을 바라보고 있었다. 혹시나 하는 마음에 이치다가 물어보니, 노파는 사람이 떠내려갔다며 깜짝 놀란 얼굴로 대답했다. 하지만 그 물체는 이미 보이지 않았다.

이치다는 다음 다리로 서둘러 움직였다. 강의 흐름은 사람이 천천히 걸어가는 정도의 속도다. 자전거로 금방 따라잡을 수 있다.

사백 미터 앞에 있는 세이간인 다리에서, 이치다는 끝내 그 물체를 찾아냈다. 도중에 추월해버렸는지 그것은 아직 상류 쪽에 있었다. 전체가 남색인 그 물체는 물의 흐름에 따라 천천히 다가와서 세이간인 다리 아래를 통과하고, 오던 속도대로 하류로 흘러갔다.

그리고 이치다는 서에 무선연락을 취했다. 다리 아래 수 미터 거리에서 확인하고서 인간의 시체라고 확신했다. 남색 운동복의 등에는 'R 고등학교 아키야마'라고 적혀 있었다.

간단한 연락을 마치고 나서 이치다는 다시 자전거에 올라타고 다음 다리로 향했다. 이 부근의 다마가와 수로에는 이삼백 미터 정도의 짧은 간격으로 계속 다리가 놓여 있다.

구마노 다리에도 이치다가 먼저 도착했다. 무선연락을 하고 자전거를 세웠다. 신발을 벗고 바짓단을 걷어올리고 난간을 넘었다. 그런데 어디를 통해 내려갈지 발 디딜 곳을 찾는 사이에 '아키야마'는 다리 아래를 지나 하류로 내려가버렸다. 다리에서 강까지는 오 미터 정도되지만 수심은 오십 센티미터 정도밖에 되지 않는다. 무작정 뛰어내렸다가는 다치지 않을까 염려되었다.

"구마노 다리에서 하류로 흘러가고 있습니다."

이치다는 다시 난간을 넘어 길로 돌아와서 무선연락을 한 뒤, 맨발로 자전거에 올라타고 전력으로 페달을 밟았다.

강은 길과 나란히 흐르고 있다. 그러나 사이에는 이 미터 정도의 펜스가 이어지기 때문에 넘어가기는 간단하지 않다. 구마노 다리에서 백 미터쯤 떨어진 곳에서 '아키야마'를 따라잡은 이치다는, 그대로 속도를 늦추지 않고 달려서 백 미터 더 앞에 있는 가야토 다리에서 자전거를 길옆에 세워두고 재빨리 난간을 뛰어넘었다.

이곳도 수면까지는 오 미터는 된다. 이치다는 뛰어내리기를 망설이고 옆으로 돌아서 강기슭으로 내려가려고 했다. 그런데 콘크리트 기슭은 각도가 가파르고 잡초들이 무성해서, 여기도 섣불리 맨발로 내려가려 했다간 다칠 것 같았다.

아니, 이치다가 주저하는 이유는 그뿐만이 아니었다. 시체에 두려움을 느끼고 있었다. 고양이 시체는 익숙하다. 오쿠다마 가도나 그와 나란히 나 있는 신오쿠다마 가도에서 자주 차에 치여 죽곤 한다. 그러나 젊은 이치다는 인간의 시체를 실제로 보는 것은 이번이 처음이었다.

망설이는 사이에 상류에서 '아키야마'가 흘러와서는, 어디로 내려갈까 우왕좌왕하는 이치다를 지나쳐 다리 아래로 사라져갔다.

이치다는 당황하며 길로 돌아가서 반대편 난간을 넘었다. 강 아래에서 '아키야마'가 나타났다. 그렇지만 역시 마땅히 내려갈 만한 곳이 보이지 않았다. 물체는 조금씩 멀어져갔다. 이치다는 엉겁결에 소리쳤다.

"야, 거기, 서! 서라고, 스톱!"

조명을 켜지 않고 달리는 자전거를 세울 때 같은 목소리였다. 죽은 사람에게 서라고 한다고 서겠냐! 이치다는 자신의 어리석음에 얼굴이 붉어졌다.

그런데 다음 순간, 이치다는 자신의 눈을 의심했다. '아키야마'가 그의 목소리에 반응한 것이다.

멈췄다. 강은 여전히 흐르고 있다. 그러나 '아키야마'는 흐르지 않고 멈춰 있다. 얕은 바닥에 걸린 건가? 아니, 그렇지 않았다.

움직였다. 수면에서 부스스 일어서더니 목소리를 낸 것이다.

"저 말인가요?"

그렇게 인간의 말을 하는 것이, 이치다의 귀에 들렸다.

2

"죄송합니다."

아키야마 가즈나리는 방금 전부터 그 말만 반복하고 있었다. 다마가와 수로를 흘러가고 있던 고등학생이다.

"대체 뭘 하고 있었던 거냐."

가키자키도 그렇게 반복하고 있다. 가키자키는 훗사 경찰서의 형사다. 이치다 순경의 무선연락을 받고 순찰차로 현장으로 향하고 있었다. 그러나 가야토 다리에서 합류해보니, 다마가와 수로를 흘러가고 있던 것은 시체가 아니라 살아 있는 인간이었다.

"뭘 하고 있었냐고 묻잖아."

가키자키는 힐책하듯 물었다. 헛걸음하게 만들었다는 분노가 목소리에 담겨 있다. 물에 빠져서 흘러왔던 거라면 모르겠지만, 의식도 또렷하고 다친 곳도 없다. 그냥 강을 헤엄쳐오고 있던 거나 마찬가지다. 그런 사람의 조사는 생활안전과가 담당할 영역이다. 형사인 자신이 나설 것도 없다.

"지금 고등학교 2학년입니다."

아키야마는 나직이 말했다.

"좀 전에 들었어."

가키자키는 무뚝뚝하게 대답하고, 창문을 조금 열고 담배꽁초를 밖에 버렸다. 조사는 순찰차 안에서 이루어지고 있다.

"내년이 되면 입시공부에 힘을 쏟아야 해요."

아키야마는 물에 젖어 흐트러진 앞머리를 계속 만지작거리고 있다. 밖에는 7월의 태양이 반짝이고 있다. 아직 오전 7시인데도 이미 30도에 가깝다. 강에서 올라온 아키야마의 몸은 가키자키가 도착할 때까지의 잠깐 사이에 거의 다 말랐다.

"입시를 대비해서 수영으로 체력을 기르려고?"

가키자키는 비아냥거리면서 새 담배를 꺼내 물었다.

"아뇨, 그래서 지금 고등학교 시절의 추억을 만들어두려고요."

"그런 건 바다에 가서 해!"

"그런 흔한 거 말고, 서른 살이 되어도 마흔 살이 되어도 잊지 않을 특이한 경험이요."

"강에서 헤엄치는 게 그 정도로 대단한 일이냐?"

"아뇨, 이건 게임이에요."

"게임?"

"하이지마까지 헤엄칠 수 있는가 하는 게임이요."

"다마가와 수로를? 하이지마까지?"

"네. 하무라의 도 다리가 시작 지점이고, 하이지마의 닛코 다리가 골인 지점이에요."

"거기까지 헤엄칠 생각이었어?"

전부 사 킬로미터는 된다.

"정확히 말하면, 헤엄치는 게 아니라 그냥 떠내려가는 거예요."

아키야마는 발밑에서 고글과 스노클을 꺼내들었다. 이 두 가지를 장비하고 있었기 때문에 숨을 쉬기 위해 고개를 들 필요가 없었던 것이다.

"이건 네가 직접 손질한 거냐?"

가키자키는 아키야마에게서 스노클을 빼앗아들었다. 스노클은 물 위로 나오는 부분이 짧게 잘려 있었다.

"네. 머리카락 속에 가려지도록요. 잘 안 보이라고 색깔도 직접 검게 칠했어요."

"왜 그런 짓을 한 거야. 스노클이 안 보이는 상태로 엎드리고 있으면 시체로 착각할 거 아냐."

"그렇죠?"

잘 말했다는 듯이 아키야마는 빙그레 웃으며 말했다.

"그냥 수영을 하면, 누가 보더라도 이런 강에서 수영하다니 이상한 녀석이라고만 생각할 거예요. 아무런 방해도 받지 않고 하이지마까지 도착해버리겠죠. 그래서는 게임이 되지 않아요. 하지만 시체로 보이게 하면 경찰을 부르는 사람이 적지 않겠죠. 만약 경찰이 오면 아웃. 그 시점에서 게임은 끝이에요."

"이런 바보 같은 자식!"

가키자키는 호통을 쳤다. 하마터면 손이 나갈 뻔했다. 아키야마의 웃음이 한순간 움츠러들었다. 그러나 가키자키는 멈추지 않았다.

"실제로 시체라고 오해하게 만들어서 얼마나 많은 사람들이 고생한 줄 알아? 너, 고등학생이나 되어서 그런 생각도 못하냐? 아니면 알면서 한 짓이야?"

"죄송합니다. 죄송합니다."

아키야마는 고개를 꾸벅꾸벅 숙였다.

"게임이라고 했지?"

"아, 네. 죄송합니다."

"하이지마까지 도착하면 이기는 거고, 도중에 경찰에 붙잡히면 지는 거다?"

"그렇죠."

"그렇다는 얘기는 너 혼자가 아니라 다른 사람도 엮여 있는 거지?"

"네."

"너 말고 몇 사람이 수영을…… 아니, 흐르고 있는 거지?"

가키자키는 빨리 그만두게 해야 한다고 생각했다. 그런데 의외의 대답이 돌아왔다.

"아뇨. 강에 들어간 건 저뿐이에요. 다른 사람들은 하이지마까지 갈지 못 갈지를 예상했던 것뿐이고."

"경기를 했던 게 아니라고?"

"아니에요. 내기예요."

그렇게 말하고 나서 아키야마는 아차 하듯 입에 손을 댔다.

"도박이냐?"

"아뇨, 그, 그게, 내기라지만 돈을 건 것은 아니고, 주스를……"

"내기에 참가한 사람은 몇 사람이지?"

"정말이에요. 정말로 돈은 걸지 않았어요."

"몇 사람?"

"몰라요."

"모를 리 없잖아. 너도 참가해놓고."

"정말로 몰라요. 시게노가 참가자를 모았거든요."

"학교 친구냐?"

"네. 같은 반이에요."

"그 녀석이 내기를 하지 않겠냐고 반 아이들에게 이야기한 거야?"

"아마도 옆 반 아이들에게도 이야기했을 거예요."

"그 시게노라는 녀석은 어디에 있지?"

"그 주변에 있었을 텐데요."

아키야마는 창밖에 눈길을 주었다.

"너를 따라서 달리고 있었어?"

"중계를 하고 있었어요."

"중계?"

"강을 흐르는 저의 모습을요."

"잠깐만. 무슨 소린지 잘 모르겠어."

가키자키는 이맛살을 찌푸렸다.

"인터넷을 사용한 실황중계요."

"인터넷?"

"네."

"생중계?"

"네."

"영상을?"

"네."

"고등학생인데 그런 걸 할 수 있어?"

가키자키는 깜짝 놀라며 계속해서 물었다.

"어렵지는 않은 것 같더라고요. 다만 마라톤 중계처럼 전 구간 영상을 송신하는 건 아마추어에게는 좀 힘들어 보여서, 영상은 스타트 전후와 골인 지점만 내보내고, 진행 상황은 전부 게시판에 쓰는 방식이에요."

"왜 또 굳이 중계까지?"

"내기를 한 사람에게 보여주기 위해서죠. 그러는 편이 신나잖아요?"

"겨우 주스 가지고?"

"네? 아, 네…… 시게노가 안 보이네."

아키야마는 얼버무리듯 창밖을 보았다.

"전화를 빌려주실 수 있을까요?"

아키야마는 가키자키를 다시 보았다.

"응?"

"시게노에게 전화 걸어볼게요. 저는 물에 들어가기 때문에 오늘은 휴대전화를 안 가지고 왔거든요."

가키자키는 자신의 휴대전화를 내밀었다. 아키야마는 다이얼 버튼을 누르고 잠시 귀에 갖다 댔다.

"이상하네."

그리고 귀에서 뗐다.

"안 받아?"

"전원이 꺼져 있거나 수신불가 지역이래요. 그럴 리가 없는데."

아키야마는 다시 한번 걸었다. 그러나 역시 받지 않았다.

"사와이에게도 걸어볼게요. 그애도 중계를 담당하고 있었어요. 시게노하고는 다른 장소였지만."

대체 무슨 이벤트가 벌어지고 있었던 거지? 가키자키는 이 일의 실상이 좀처럼 파악되지 않았다.

"이상하네."

아키야마는 휴대전화를 바라보며 중얼거렸다.

"그쪽도 안 받아?

"네. 사와이도 수신불가 지역이래요."

"둘이서 어디에서 쉬고 있는 거 아냐? 전파가 닿지 않는 가게 안이라든가."

"그럴 리 없을 거예요."

아키야마는 고개를 갸웃거리며 소녀처럼 뺨에 손을 댔다.

"다시 한번 걸어봐도 되나요?"

"그래."

"인터넷을 보고 있을 반 친구에게 중계가 어떻게 되고 있는지 물어볼게요. 그 게시판에 적힌 글을 보면 시게노가 어디쯤 있는지 알 수 있을 거예요"

아키야마는 그렇게 말하면서 버튼을 눌렀다. 이번에는 연결되었다.

"미조구치? 나 아키야마야. 골인했냐고? 우시하마에서 아웃돼버렸어. 어? 인터넷 안 보고 있어? 뭐? 업데이트가 안 돼? 어째서? 응. 응……"

도중에 아키야마의 표정이 험악해졌다.

"왜 그래?"

통화를 끝내도 가만히 휴대전화를 보고 있기에 가키자키가 물었다.

"홈페이지가 전혀 업데이트되지 않는대요. 제가 시작했을 때의 영상은 나왔지만 도중에 경과를 보고하는 글이 전혀 없다고…… 어? 왜지?"

고개를 든 아키야마는 금방이라도 울음을 터뜨릴 것 같았다.

"날이 덥잖아. 너를 뒤쫓는 게 귀찮아졌던 거 아냐?"

"아뇨, 그전에 무슨 일이 있었던 것 같아요. 영상이 이상하대요."

"진정해."

가키자키는 아키야마의 어깨에 손을 올렸다.

"제가 강에 들어가서 흘러가고 난 뒤에 갑자기 영상이 흔들리더니 곧 끊어져버렸대요. 어쩌면 차에 치인 걸지도 몰라요. 그곳은 길이 좁은데다 급커브 내리막이니."

그때까지 묵묵히 운전석에 앉아 있던 제복 차림의 오시마 순경이 무전기를 들었다. 관내에 사고 정보는 한 건도 들어와 있지 않았다.

"저기, 형사 아저씨. 데려가주실 수 있나요? 어쩐지 걱정돼요."

아키야마는 왼손으로 심장을 눌렀다.

"도 다리라고?"

"네, 하무라의 도 다리요."

가키자키는 오시마에게 차를 몰게 했다.

다마가와 수로는 에도의 식수 공급 목적으로 에도 시대 전기에 건설한 인공 수로다. 총 사십삼 킬로미터. 당시에는 엄청난 토목공사였다. 기점은 다마 강 상류의 하무라 취수보인데, 여기서 다마 강을 보로 막고 수도용 원수를 요쓰야오키도까지 보낸다.

현재도 일부가 상수도로 사용되고 있으며, 하무라 취수보 인근 하류에 도쿄 수도국의 정수장이 있다. 도 다리는 정수장 바로 다음에 있는 다리다. 거기에서 이 킬로미터 정도 더 하류로 내려가면 아키야마를 붙잡았던 가야토 다리가 있다. 취수보에서 정수장까지는 수량이 많고 흐름도 빠르지만, 정수장에서 이후로는 흐름이 완만해서 그냥 개천으로 보인다.

순찰차는 오쿠다마 가도를 이 킬로미터 정도 북상하다가 왼쪽으로 방향을 틀어서 급한 내리막을 내려갔다. 이 언덕을 도자카라고 하는데, 예전에 언덕 중간에 약사당이 세워져 있어서 그런 이름이 붙었다. 언덕을 내려가면 나오는 작은 다리가 도 다리다.

도 다리에 사람의 모습은 없었다. 그러나 이상한 흔적이 있었다. 다리 난간 근처에 비디오카메라가 삼각대와 함께 넘어져 있었던 것이다. 옆에는 노트북 컴퓨터가 방치되어 있었다.

"시게노 거다!"

아키야마는 차에서 내려서 달려갔다.

"건드리지 마!"

가키자키는 소년을 제지했다.

도로에는 핏자국이 남아 있었다. 아직 말라붙지 않은 생생한 핏자국이다.

"시게노! 야, 시게노!"

아키야마가 소리쳤다. 금방이라도 울음을 터뜨릴 것 같았다.

가키자키는 길의 좌우를 살펴보았다. 쓰러져 있는 사람은 없다. 혈흔도 이어지지 않았다. 혈흔에서 조금 떨어진 도로 위가 검게 더러워져 있다. 컬러 스프레이로 칠한 낙서다. 낙서한 지 얼마 되지 않은 듯하지만, 문자로도 그림으로도 안 보이는 형상이라서 무엇을 의미하는지 알 수 없다.

"가키자키 형사님."

긴장된 목소리가 들려왔다. 오시마 순경이 난간에서 몸을 내밀고 다리 아래를 내려다보고 있다. 가키자키도 뒤따라 다리 아래를 내려다보왔다.

사람이 있었다. 축 늘어진 채로 콘크리트 기슭에 쓰러져 있었다.

"서에 연락해!"

오시마에게 명령하고서 가키자키는 난간을 뛰어넘었다.

쓰러져 있던 것은 젊은 남자였다. 등을 몇 군데나 찔렸다. 이미 숨은 멎어 있었다.

다리 위에서 절규가 퍼졌다. 아키야마가 머리를 감싸쥐고 시게노, 시게노! 하고 외치고 있었다.

가키자키는 기슭을 기어올라 다리 위로 돌아가서 아키야마의 두 어깨를 잡고 앞뒤로 흔들었다.

"어떻게 된 일이야?"

"시게노가, 시게노가……"

아키야마는 망가진 인형처럼 되풀이했다.

"너는 여기서 강에 들어가서 시체인 척하며 흘러갔던 거지?"

"시게노가, 시게노가……"

"정신 차려!"

가키자키는 일갈하고 아키야마의 두 어깨를 강하게 쥐었다. 아키야마는 꿈틀 등을 펴고 입을 다물었다.

"저애는 네가 여기서 출발하는 것을 배웅한 거지?"

가키자키는 다시 물었다. 아키야마는 어린아이처럼 몇 번이나 고개를 끄덕였다.

"그밖에 또 누가 있었지?"

이번에는 고개를 도리도리 저었다.

"출발하기 전에 무슨 트러블은 없었어?"

이것에도 고개를 저었다.

"예를 들면 차가 지나가다가, 방해되니까 비키라고 했다든가."

고개를 저었다.

"이건 네가 출발하기 전부터 있었던 거야?"

가키자키는 도로의 낙서를 가리켰다. 아키야마는 고개를 갸웃거렸다.

폭주족이 흔히 하는 듯한 낙서다. 아키야마가 강을 내려간 뒤에 그런 무리가 찾아와서 시게노와 트러블를 일으킨 것은 아닐까. 차가 지나가는 것도 쉽지 않을 만큼 폭이 좁은 다리다.

실제로 이 일대에는 폭주족이 자주 출몰한다. 이 도 다리에서 오백 미터 정도 떨어진 곳에 하무라 보 다리라는 곳이 있다. 다마 강에 놓인 보행자 전용 다리다. 폭주족은 이곳을 즐겨 달린다. 차량 진입 방지대 사이로 개조 오토바이를 타고 들어가서, 강에 놀러온 시민에게 여봐란 듯 폭음을 내며 느릿느릿 왕복한다. 그에 따른 불평이 이따금씩 훗사 경찰서에 들어온다. 그곳 외에 오쿠다마 가도나 신오쿠다마 가도도 폭주족의 메카다.

가키자키가 그런 생각에 잠겨 있는데 갑자기 아키야마가 폭발하듯이 이야기하기 시작했다.

"시게노는 멀쩡했어요. 다리 위에 서 있고, 제가 강에 들어가고. 시게노는 그것을 비디오로 찍고 손을 흔들고 브이자를 그리고, 그렇게 멀쩡하게 배웅해줬어요. 방금 전까지 여기에 잘 있었어요. 멀쩡했어요."

그리고 가키자키의 손을 잡고 위아래로 흔들었다. 눈에 핏발이 서 있다.

"알았어. 이제 됐어. 이야기는 나중에 하자. 잠깐 순찰차에 가서 앉아 있어."

가키자키는 아키야마의 등을 토닥여주고 다시 시체를 확인하기 위해 다리 아래로 내려가려고 했다. 그러나 아키야마가 손을 놓지 않았다.

"사와이……"

"그건 또 누구야?"

"사와이도 방금 전에 전화를 안 받았어요."

"아, 한 사람 더 있었다고 했지."

가키자키는 다른 장소에서도 중계를 하고 있었다는 말을 떠올렸다.

"신보리 다리, 빨리 신보리 다리로……"

신보리 다리는 이 도 다리에서 오백 미터 정도 하류에 있는 다리다. 오시마를 도 다리에 남겨두고, 가키자키는 아키야마를 데리고 순찰차를 몰고 신보리 다리로 향했다.

도착해보니 기시감이 느껴졌다.

신보리 다리에도 비디오카메라와 노트북 컴퓨터가 내버려져 있었다. 길에는 생생한 핏자국과 의미를 알 수 없는 낙서가 있었다. 그리고 다리 아래를 보니 젊은 남자가 쓰러져 있었다. 등에 무수한 자상이 나 있었다.

간신히 진정한 아키야마에게 사정을 들은 결과, '게임'의 전모는 다음과 같았다.

다마가와 수로의 도 다리에서 닛코 다리에 이르는 약 사 킬로미터를 시체처럼 흘러가며, 도중에 경찰에 잡히는가 잡히지 않는가를 두고 한 사람당 천 엔씩 내기를 한다. 내기에 참가한 것은 R고등학교의 2학년 3반을 중심으로 한 이십여 명.

시체를 가장해서 떠내려가는 것은 아키야마 가즈나리. 시게노 다쓰야와 사와이 나오유키가 그 상태를 인터넷으로 중계한다.

중계의 개요는, 우선 출발 지점인 도 다리에 시게노를, 하류로 이어지는 그다음 다리인 신보리 다리에 사와이를 배치한다.

시게노는 아키야마가 강에 들어가고 출발하는 모습을 비디오카메라로 촬영하고 노트북 컴퓨터를 사용해서 인터넷으로 방송한다. 그뒤로는 강을 흘러가는 아키야마를 뒤쫓으며 아키야마의 현재 위치나 상태를 계속 인터넷 게시판에 올린다.

한편 사와이는 신보리 다리를 통과하는 아키야마의 모습을 촬영, 방송한 뒤에 하이지마의 닛코 다리에 먼저 도착해서 골인 장면 촬영을 대비 한다.

출발은 오전 5시 반. 해가 있을 때는 차나 사람이 많으므로 촬영이나 중계하는 데 지장이 생길 것을 고려해서 이른 아침으로 정했다.

또한 시게노와 사와이가 촬영한 영상은 인터넷으로 방송하는 것과 동시에 비디오테이프에도 녹화되어 있었다. 그곳에는 흉행의 순간이 생생하게 남겨져 있었다.

〈시게노의 카메라〉

'도전 시리즈 제4탄! 다마가와 수로를 흐르고 흘러 하이지마까지.'

화면 가득히 손으로 쓴 글자가 나타났다. 스케치북에 매직으로 쓴 것 같다. 글자가 가느다랗게 흔들리는 것은 종이를 손으로 잡고 있기 때문일 것이다.

글자가 사라진다.

두 명의 남자가 어깨동무를 하고 서 있다. 등뒤에는 허리 정도 높이의 난간이 있다.

"현재 오전 5시 28분. 드디어 시작입니다. 지금 기분은?"

티셔츠를 입은 오른쪽 남자가 얼굴을 왼쪽으로 향했다. 두 사람은 어깨동무를 하고 있어서, 음성이 없다면 키스를 요구하는 듯 보일지도 모른다.

"긴장됩니다. 가슴이 두근두근해요."

왼편의 남색 운동복 상하의를 입은 남자가 웃으면서 한손으로 가슴을 눌렀다. 어깨동무를 한 손에는 고글과 스노클을 쥐고 있다. 아키야마 가즈나리다. 티셔츠를 입은 건 시게노 다쓰야다.

"쫄았어?"

시게노가 아키야마의 사타구니를 움켜쥐었다. 아키야마는 신음하면서 허리를 뒤로 뺐다.

"그럼 아키야마, 단숨에 뛰어들라고."

어깨동무를 한 채로 시게노가 몸을 돌리더니 아키야마의 등을 난간 너머로 슬금슬금 떠밀었다.

"아니, 여기서는 힘들어. 너무 얕다고."

"뭐, 그렇군. 다리를 삐어서 시작하기도 전에 실패하면 중계를 보는 사람들에게 미안하지."

시게노는 히죽거리면서 아키야마의 뒤통수를 두세 번 때리고 머리카락을 헝클어뜨리듯 이리저리 휘저었다. 당하는 아키야마도 히죽거리고 있다. 강아지가 서로 장난치는 것 같다.

"이상, 경주마 대기소에서 전해드렸습니다."

시게노가 카메라를 향해 말한다. 두 사람은 어깨동무를 한 채로 카메라를 향해서 브이자를 그려 보였다.

두 사람은 상대의 어깨에서 팔을 빼고 좌우로 나뉘었다. 아키야마는 그대로 프레임에서 벗어났다. 시게노가 카메라에 다가왔다. 너무 가까워서 아무것도 보이지 않는다. 화면이 심하게 흔들렸다. 삼각대와 비디오카메라를 들어올린 것 같다.

화면이 안정된다. 방금 전과는 다른 각도의 화면이다. 아키야마가 갈색 난간을 넘어 가파른 콘크리트 기슭을 신중한 걸음으로 내려간다. 아래까지 내려가자 아키야마는 고개를 들고 카메라를 향해서 브이자를 그려 보였다. 그리고 다리 아래로 모습을 감추었다.

다시 화면이 심하게 흔들린다. 카메라가 이동하고 있다.

"그럼, 간다."

아키야마의 목소리가 들렸다.

"조금만 더 기다려."

시게노의 목소리가 대답했다. 잠시 화면이 흔들리다가, 이윽고 난간 너머로 강을 내려다보는 구도가 안정되었다.

"오케이!"

시게노의 목소리.

"아키야마 가즈나리, 출발합니다!"

힘찬 목소리에 이어서, 첨벙 하고 물이 튀는 소리. 그리고 화면 아래서 R고등학교의 체육복이 천천히 나타났다. 시게노의 목소리가 들린다.

"자, 주목받는 아키야마 선수, 지금 막 출발했습니다. 무사히 하이지마까지 도착할 수 있을까요!"

아키야마의 '시체'가 둥실둥실 흘러간다. 사람이 느긋하게 걷는 정도의 속도다. 서서히 작아져간다.

"참고로 전체 예상은 2대1로 탈락이 우세입니다. 아키야마 선수, 이 열세를 뒤집을 수 있을 것인가! 꼭 뒤집어달라고."

강은 백 미터 정도 곧게 흘러가다가 완만히 왼쪽으로 굽어진다.

"그러면 저는 이제부터 아키야마 선수를 따라잡으며 그 모습을 휴대전화를 통해 게시판에 올리려고 합니다. 조금 더 있으면 제2중계소의 영상이 들어갈 테니, 우선은 그쪽을 즐겨주세 — 아!"

갑자기 짧은 소리가 들렸다. 시게노의 목소리였다. 이어서 '퍽' 이나 '푹' 하는 정체불명의 소리. 무거운 그 울림은 사람이 다투는 듯한 소리처럼 들리기도 한다.

무슨 일이 벌어난 걸까. 화면으로 유추하기는 불가능하다. 화면은 평화 그 자체다. 난간이 있고, 그 너머에서 강이 똑바로 흐르고 있다. 그곳을 '시체' 가 흘러간다. 그 모습을 배경으로 싸우는 듯한 소리가 겹쳐진다.

갑자기 강이 들려 올라가더니 그대로 프레임 밖으로 날아갔다. 콰직 하는 파괴적인 소리가 울려퍼진다. 카메라가 길가에 쓰러진 것이다.

화면은 한동안 회색 도로의 표면을 비추고 있었다. 그러나 이내 가로줄 노이즈가 생기고 그 숫자가 극적으로 증가하더니, 호흡이 정지하듯 검게 변했다.

〈사와이의 카메라〉

통나무를 본떠 만든 난간 너머에 강이 흐르고 있다. 강은 화면 저편에서 앞쪽으로 흐르고 있다. 즉 카메라가 다마가와 수로의 상류를 향해 설치되어 있는 것이다.

양쪽 물가에 나무들이 가지를 뻗어서 화면 안쪽까지 녹색 아치를 형성하고 있다. 그 모습을 비추는 수면도 녹색으로 물들어 있다. 아마존 정글이라고 하면 깜빡 속을 것 같은 울창한 풍경이다. 오백 미터 상류에 있는 도 다리의 풍경과는 전혀 분위기가 다르다.

"왔나?"

잠시 후에 목소리가 들렸다. 모습은 보이지 않은 채로 같은 목소리가 이어진다.

"응, 왔다, 왔어. 보이기 시작했다. 아키야마 선수다."

조금 새된 느낌의, 아직 변성기를 맞지 않은 남자아이 같은 목소리—사와이 나오유키다.

화면 안쪽에 검은 점 같은 것이 나타난다. 강의 흐름을 따라 조금씩 커지고, 이내 검게 보이던 것이 남색 운동복으로 구분이 되었다.

"꽤 좋은 페이스인데? 긴장하지 않고 유유히 떠가고 있습니다. 아키야마 선수, 지금, 신보리 다리를 통과."

'시체'가 프레임 아래로 사라져간다.

화면이 흔들린다. 십 초 정도 있다가 다시 안정된다. 난간이 있고, 그 너머에 강이 흐르고 있다. 그러나 그 너머는 녹색 터널의 느낌이 다르다. 강물이 프레임 아래에서 위로 흘러간다. 카메라는 다리 위에서 백팔십 도 방향을 바꿔 하류를 향해서 놓인 것이다.

프레임 아래에서 '시체'가 모습을 드러내고 하류로 흘러간다. 오 미터, 십 미터—

"아키야마! 잘 다녀와!"

프레임 왼쪽에 흐릿한 형체가 보였다가 사라졌다. 사와이가 손을 흔든 것이 찍힌 모양이다.

"그러면 저는 이제 골인 지점인 하이지마의 닛코 다리로 향하도록 하겠습니다. 이후로는 시게노 리포터의 문자 중계를 즐겨주시기 바랍니다. 아키야마 선수는 무사히 하이지마까지 도착할 수—"

갑자기 사와이의 목소리가 끊어졌다.

'푹'이나 '퍽'이나 '컥' 하는 거친 소리가 이어졌다.

화면상에는 아무런 이변도 없다. 난간이나 녹색 터널과 강. 그곳을 흐르는 '시체'. 오십 미터, 육십 미터, 칠십 미터. 그렇게 멀어져간다.

갑자기 화면이 검게 변했다.

"제가 두 사람을 죽였다는 말씀이군요."

첫마디가 기선을 제압하듯 날아왔다. 빈틈없는 학생이군. 가키자키는 긴장했다.

"무슨 말을 하는 거야."

나카니시는 웃었다. 상대의 경계를 풀려고 한 말이겠지만, 그런 행동이야말로 상대가 예상한 바라는 것을 경험 없는 그가 알 리 없었다.

"말 돌리는 건 시간 낭비에요. 쓰루미는 시게노와 사이가 안 좋았다. 그런 이야기를 다른 학생들에게 들으신 거죠?"

쓰루미 히로시는 담담하게 남의 일처럼 말했다. 그러나 안경 안의 눈빛은 도발적인 빛을 띠고 있다.

"죽은 두 사람과 알고 지냈던 학생들 모두의 이야기를 듣고 있어."

나카니시는 어디까지나 사람 좋은 경찰관을 연기하려고 한다. 그래서 무시당하는 것이다.

"저만 특별대우인가요? 참 감사하네요."

쓰루미는 가죽 소파에서 다리를 꼬고 앉았다. 그의 옆에는 담임선생님이 있고, 그 등뒤의 양수책상에는 교장이 앉아 있었다. 쓰루미 히로시의 조사는 R고등학교의 교장실에서 이루어지고 있었다.

"너는 시게노하고 말다툼을 했다고 하더구나."

나카니시를 대신해서 가키자키가 물었다.

"말다툼을 한 적도 있었죠."

쓰루미는 동요하지 않았다. 열일곱 살이라고는 생각되지 않을 정도로 침착하다. 미소까지 짓고 있다.

"시게노 패거리가 벌이는 게임에 불평을 했지. 그런 비상식적인 놀이는 그만두라고."

"저는 상식적인 사람이에요. 그런 불량한 놀이는 좋지 않죠."

"20일에도 교실에서 한바탕 말씽이 있었다더군. 1학기 종업식 날."

"그리고 다음 날 21일, 시게노와 사와이가 죽었다. 그래서 나를 의심하고 있고요."

쓰루미는 건방진 얼굴로 웃는다.

"실제로는 어떠냐?"

가키자키는 저도 모르게 정색을 해버렸다.

"시게노, 사와이, 아키야마 — 그런 녀석들이 이 사회를 망쳐놓고 있어요. 그런 놈들은 세상에서 없어져야 해요."

"쓰루미."

담임선생님이 표정을 바꾸었다.

"생전에도 편하게 이름을 불렀으니 죽은 뒤에도 그러는 게 예의잖아요. 죽었다고 높여 부르는 게 더 실례에요."

"그런 게 아니라……"

"경솔한 발언은 삼가거라."

교장이 위엄 있게 나무랐다. 그것이 오히려 불에 기름을 끼얹었다.

"제 마음을 그대로 말한 것뿐이에요. 생각하는 것하고 실행하는 것은 달라요. 어떤 여자를 좋아하게 되면 그 여자의 집에 쳐들어가서 강간하나요? 하긴 세상에는 그런 바보도 적지 않아서 정말 기가 막힐 노릇이지만요."

한창 어른에게 반항할 나이다.

"너는 시게노에게 뭐라고 말했지?"

가키자키는 애써 감정을 억눌렀다.

"전부 합치면 몇십 분은 될 테니 한 마디 한 구절을 다 이야기하는 건 힘들겠네요. 하지만 한 마디로 줄이면 '바보 짓도 작작 좀 해라' 정도 되겠네요."

"시게노의 반응은?"

"쓸데없는 참견이라며 떠밀었고, 그다음에는, 이렇게 되었죠."

그렇게 말하며 쓰루미는 상반신을 비틀어 왼쪽 머리카락을 들어올렸다. 귀 뒤편에 반창고가 붙어 있다.

"치료비는 유족에게 청구할까요? 아니, 그런 것보다 이제 점점 더 제 혐의가 짙어졌겠네요."

쓰루미는 무표정하게 농담을 했다.

"작작 좀 해라, 라고?"

나카니시가 고개를 갸웃거렸다.

"도저히 고교생이 할 만한 놀이라고 생각할 수 없죠. 돈 내기도 했고요."

"'작작 좀 해라' 라면, 시게노 패거리는 예전에도 같은 놀이를 했었다는 거냐?"

"그 녀석들이 찍은 비디오는 보셨죠?"

"봤어."

"그렇다면 아시겠네요. 보신 대로예요."

나카니시와 가키자키는 얼굴을 마주 보았다.

"첫머리에 크게 나왔을 거 아녜요. '도전 시리즈 제4탄'이라고. 예전에 그런 짓을 세 번이나 했던 거예요, 그런 바보 같은 놀이를요. 경찰관에게 그 정도의 주의력도 없다니 조금 문제네요."

쓰루미는 어이없다는 듯이 고개를 움츠렸다.

"예전에는 뭘 했지?"

정색을 하면서 가키자키는 물었다.

"남의 집 초인종을 누르고 도망치는 일명 '딩동 대시'를 백 집 연속 성공할 수 있는가. 세 시간 동안 여자애를 몇 명이나 헌팅할 수 있는가. 오우메 선 전철 안의 짐칸에 누워서 주의를 받지 않고 어느 역까지 갈 수 있는가."

"매번 내기의 대상으로 삼았었나?"

"돈을 걸게 된 것은 지난번부터였어요. 인터넷 생중계는 이번이 처음이죠. 매번 비디오로 촬영해서 학교에서 상영회를 열었죠. 모 부실에서 술담배를 하면서."

"알고 계셨습니까?"

나카니시가 담임에게 물었다.

"설마요. 알고 있었다면 주의를 주었겠죠."

담임은 얼굴 앞에서 세차게 손사래를 치고, 교장을 향해서 고개를 휘휘 저었다.

"어째서 말하지 않았냐."

그리고 얼굴이 시뻘게져서 제자를 나무랐다.

"초등학생이 아니잖아요. 뭐든지 선생님에게 일러바치면 어떡해요. 우선은 자기들끼리 해결을 시도하는 버릇을 들여야, 사회에 나가서 곤란을 겪지 않을 거 아닌가요. 게다가 선생님께선 바쁘실 테니 차마 귀찮게 할 수 없었죠."

쓰루미는 빈정거리듯 대답했다.

"너는 이전부터 시게노 패거리에 주의를 주었었지?"

가키자키는 확인했다.

"네. 매번 주의를 주었고, 매번 무시당했죠. 그래서 인내력이 한계에 달해서 실력행사에 나섰다는 건가요?

쓰루미는 웃고서 다리를 다시 꼬았다.

"시게노, 사와이, 아키야마…… 저는 그런 불량한 녀석들이 정말 싫어요. 같은 고등학생으로서 부끄러워요. 한 번 정도는 바보 짓을 해도 그냥 웃으면서 넘어갔겠죠. 그러나 두 번 세 번 되풀이해요. 주의를 주면 '자유'라는 둥 '젊은이의 특권'이라는 둥, 어쭙잖은 이유를 들며 자기를 정당화하죠. 게다가 더 용서할 수 없는 게 주위의 반응이에요. 몰상식한 행동으로 사회에 폐를 끼치는 녀석들을 영웅으로 떠받들고, 지각조퇴를 하지 않는 성실한 사람을 거세된 돼지라고 경멸하죠. 이건 시게노 주위의 패거리에 한정된 게 아니라 요즘 사회의 전반적인 경향이에요. 정신이 어떻게 된 거예요. 그래서 무절제한 젊은이가 늘어가요. 더 주목을 끌고 싶어서 행동의 수위를 높여가죠. 그걸 그대로 내버려두었다간, 농담이 아니라 정말 강간이라도 하려 들지 몰라요. 게임으로서. 그렇게 되면 돌이킬 방법이 없어요. 저는 그걸 걱정해서 막으려고 했는데, 녀석들은 들은 체도 하지 않았어요. 아무도 제 편을 들어 주지 않았죠. '상식'이라든가 '규칙'이라는 이야기를 꺼내면 천연기념물급으로 고지식한 놈이라고 웃음거리가 돼요. 그것도 모자라서 시게노와 사와이를 죽인 건 쓰루미가 아니냐는 소문이 온 학교 안에 퍼진 마당이에요. 인터넷 게시판에 제 실명이나 집 주소, 전화번호를 써놓은 건 대체 누구일까요? 쉴새없이 장난전화가 걸려오고 초인종이 울려서, 저희 어머니는 노이로제에 걸려버렸어요."

격렬하지는 않았다. 억양이 없는 기계적인 말투였다. 그것이 오히려 깊은 분노를 느끼게 했다.

"너는 아무 짓도 하지 않았지? 그렇지?"

담임이 조심조심 제자의 팔을 잡고 흔들었다.

"가령 당신이 걱정하는 뭔가를 했다고 해도 당신 책임은 아니에요."

쓰루미는 싸늘하게 대답했다.

"정말로 아무 짓도 안 한 거지?"

"말했잖아요. 생각하는 것하고 실제로 하는 것은 다르다고요. 손을 대면 그 시점에서 시게노하고 똑같은 얼간이가 되어버리잖아요."

이쪽이 훨씬 어른스러웠다.

"21일 아침에 어디에서 뭘 하고 있었는지 알려줄 수 있을까?"

나카니시가 물었다.

"알리바이 말인가요?"

"형식적인 질문이야."

"그것도 형식적인 대답이네요."

"닷새 전의 일이니까 아직 기억이 날 게다."

가키자키가 가세했다.

"여름방학이라서 시간을 신경 쓰지 않고 늦게까지 잤다―라는 게 고등학생으로서 모범답안일까요?"

"실제로는 어땠지?"

"새벽 4시에 일어났어요. 늙은이 같나요? 요즘 계절에는 4시여도 어슴푸레하게 밝죠."

"그렇게 이른 시간에 뭘 했는지는 말 안 해도 돼. 5시 반부터 6시 사이에 뭘 하고 있었지?"

인터넷 중계 기록에 따르면 시게노 다쓰야가 담당했던 도 다리의 카메라에 이변이 일어난 것이 5시 35분. 사와이가 담당하는 신보리 다리의 카메라가 이상해진 것이 5시 46분. 부검 소견도 흉행은 그 무렵에 발생했다는 의견이었다.

"아니, 4시경에 뭘 했는지도 들어두시는 게 좋을 거예요. 사와이하고 만났으니까."

"사건이 일어나기 전에?"

"사와이하고는 중학교 동창이었는데, 옛날에는 그런 시시껄렁한 장난을 할 만한 녀석은 아니었죠. 변한 건 고등학교에 들어온 다음이에요. 시게노에게 물들어서 이상해져버렸어요. 시게노에게서 떼어내면 사와이는 원래대로 돌아오겠죠.

그리고 불량하고 무절제한 행위는 대개 무리를 짓기 시작하면서 발생해요. 오토바이를 타고 폭주하는 것도, 술 취한 아저씨의 지갑을 터는 것도 혼자서는 안 하죠. 그러니까 시게노와 사와이와 아키야마를 떼어놓으면 모두 자연히 얌전해질 거라고 생각했어요.

그래서 사와이가 외출할 때를 노려서 설득해보기로 마음먹었어요. 사와이의 집은 우리집에서 걸어서 십 분 정도 걸려요. 한 십오 분 정도 기다리니까 커다란 배낭을 멘 사와이가 나왔어요. 그런데 몇 마디 하지도 않았는데 도망쳐버렸어요. 걔는 원동기 자전거를 타고 있어서 쫓아가려고 해도 상대가 되지 않았죠."

쓰루미는 기계적으로 고개를 좌우로 저었다.

"그래서?"

"그것뿐이에요."

"집으로 돌아온 거야?"

"네. 사와이를 쫓아가지 않았다는 증거는…… 없어요."

"귀가한 시각은?"

"5시 전이죠."

"집에 돌아와서 뭘 했지?"

"제 방 컴퓨터 앞에 있었어요. 그 녀석들의 멍청한 짓을 구경하려고."

"가족은?"

"부모님이 일어나시는 시간은 대개 6시 반쯤이에요. 따라서 제 알리바이를 증명해줄 사람은 없어요. 인터넷 업체의 로그를 조사하면 그 시간에 제 컴퓨터가 인터넷에 접속한 걸 판명해주겠죠. 하지만 그건 제 무죄를 증명하지는 못해요. 인터넷에 접속해놓고 외출해서 시게노와 사와이를 죽였다고 생각할 수도 있으니까요. 죽인 뒤에 폭주족에게 죄를 뒤집어씌우기 위해 위장했다. 그렇게 하면 폭주족이라는, 이 역시 제가 혐오하는 무절제한 젊은이들을 이 세상에서 배제할 수 있다. 일석이조네요."

쓰루미는 안경 가운데를 손끝으로 밀어올리고 히죽 웃었다.

"그래도 실제로는 아무 짓도 안 했지? 그렇지?"

담임은 여전했다. 쓰루미는 그를 무시하고 형사에게 말을 걸었다.

"저에게 알리바이는 없어요. 그러나 제가 죽였다는 증거도 없어요. 증거가 나오면 다시 한번 찾아와주세요. 아니, 그때는 제 발로 직접 홋사 경찰서로 가죠. 취조실은 몇 층인가요?

3

인터폰이 울렸다. 시계를 보니 오후 5시를 넘긴 시각이었다. 시게노 노부코는 물어보지 않고서도 누구의 방문인지 알아차렸다.

"안녕하세요."

현관을 열자, 역시 아키야마 가즈나리가 서 있었다.

"안녕. 오늘도 덥지?"

노부코는 웃는 표정을 지으며 대답했다.

"몸은 좀 어떠신가요?"

"응, 덕분에 좋아."

"들어가도 괜찮을까요?"

"들어오렴."

어제와 같은 대화가 오늘도 반복된다.

노부코는 1층 방으로 아키야마를 불러들였다. 새 불단이 있고, 그 위에 세상을 떠난 외아들의 영정이 걸려 있었다. 아키야마는 불단 앞에 무릎을 꿇고 앉아서 향을 피우고 눈을 감고 합장했다.

"바쁜데 항상 고마워."

노부코는 보리차를 내주었다.

"한가해요, 여름방학이니까."

아키야마는 얼굴 앞에서 작게 손을 저었다.

"하지만 매일 이렇게……"

"제가 오면 폐가 되나요?"

아키야마는 슬픈 듯한 눈초리를 하고 두 무릎을 꽉 쥐었다.

"그렇지 않아. 네가 와줘서 이 아이도 기뻐하고 있어. 좋은 친구를 둬서 행복할 거야. 그렇지, 다쓰야?"

노부코는 영정에게 웃으며 말을 걸었다.

다쓰야가 죽은 지 한 달이 지나가고 있다. 빈소와 고별식에는 소꿉친구부터 고등학교 동급생까지 백 명도 넘는 친구가 모여서, 갑작스럽고 또 너무나 젊은 죽음을 슬퍼해주었다. 그러나 한 달이 지난 지금, 다쓰야의 죽음은 이미 과거의 일이 되었다. 여름방학이라서 시간이 얼마든지 있을 텐데도 향을 피우러 와주는 사람은 없다. 단 한 사람, 아키야마 가즈나리를 빼놓고.

아키야마는 거의 매일 시게노 가에 찾아왔다. 불단에 향을 피우고, 영정에 합장하고, 유족에게 위로의 말을 건넨다.

노부코는 이 소년이 죄책감을 느끼고 있다는 것을 깨달았다. 같이 어울린 친구는 죽고 자신만 살아남았다. 그래서 친구의 가족에게 미안하다고 생각하고 있는 것이다.

확실히 노부코도 처음에는 이 소년에게 적의와 비슷한 감정을 느꼈다. 같은 시간에 같은 놀이를 했는데, 어째서 이 아이는 지금도 살아있고 우리 아이는 죽어버렸는가. 불공평하다. 이 아이가 죽고 우리 아이가 살아남았더라면 좋았을 텐데, 그렇게 생각하기도 했다.

이 소년은 그에 대해 사죄하고 있는 것이다. 저만 살아남아서 죄송합니다, 하고. 그가 사과하는 것은 사리에 맞지 않으며, 또 무의미한 일이기도 하다. 그렇지만 사과하지 않으면 마음이 개운해지지 않는다. 혹은 한 발 더 나아가서, 부디 꾸짖어주세요, 미워해주세요, 하며 유족 앞에 모습을 드러내고 있는 것인지도 모른다.

참 갸륵한 마음씨라고 노부코는 생각했다. 이제는 미워할 마음도 책망할 마음도 없다. 그가 그것으로 마음이 풀린다면 매일 웃는 얼굴로 맞이해줘야겠다고 생각했다.

"들어가도 될까요?"

아키야마는 다시 한번 가볍게 합장하고 천장을 가리켰다. "얼마든지" 하고 대답하며 노부코가 끄덕이자, 아키야마는 다리가 저린 것을 참는 듯 천천히 일어서서 그대로 방을 나갔다. 계단을 올라가는 발소리가 나고 이윽고 2층에서 음악 소리가 들려왔다.

다쓰야는 음악을 좋아했다. 아키야마는 요즘 유행하는 곡을 알려주고 싶다며 자신이 가지고 온 시디를 다쓰야의 방 플레이어 넣고 한 곡을 튼다. 이것도 공양의 일과다.

노부코는 다리를 풀고 큰 한숨을 쉬었다.

사실 아키야마의 방문은 우울했다. 그의 기운 없는 모습을 보면 자기 자식이 이 세상에 없다는 것을 실감하게 된다. 그렇지만 소년의 갸륵한 모습을 보면 더이상 오지 말라고는 말할 수도 없다.

한숨만 내쉬고 있던 노부코는 테라스 지붕에서 툭툭 소리가 들리는 것을 깨달았다. 비가 내리는 것이다. 이제 막 내리기 시작했지만 상당히 굵은 빗방울이 떨어졌다.

노부코는 황급히 일어섰다. 2층 베란다에 널어둔 빨래가 아직 남아 있었다.

노부코는 방을 나와서 계단을 뛰어올라 2층 문을 가볍게 노크한 뒤에 문을 열었다. 다쓰야의 방이다.

문을 열자마자, 노부코는 그 자리에 굳어버렸다.

침대 위에 아키야마가 있었다. 큰 대자로 엎드려서 침대 커버에 얼굴을 묻고 있었다.

"시게노, 시게노……"

웅석부리는 목소리로 시게노의 이름을 되뇌며 베개를 끌어안는다. 그것을 끌어안고 코를 부비고 있었다.

욕실에서 나와 거실에 가보니 남편인 히사유키가 소파에 누워서 신문을 읽고 있었다. 노부코는 남편에게 밝힐지 그냥 가슴에 담아둘지 샤워하는 내내 고민했지만, 결국 답을 내지 못하고 내일 다시 생각하자며 결론을 유보했다. 하지만 그의 모습을 보자 노부코는 말하고 싶어졌다.

노부코는 히사유키 앞에 앉아서 오후에 있었던 일을 들려주었다.

"머릿속이 새하얘졌어요. 다쓰야에게 그런 취미가 있었다니…… 물론, 아키야마가 일방적으로 다쓰야에게 호의를 갖고 있었던 건지도 모르겠지만……"

이야기 도중에 노부코는 눈두덩을 눌렀다.

히사유키는 얼굴의 반을 손으로 덮고 이따금씩 떨리는 한숨을 토해냈다.

그러다 갑자기 그는 허어, 하고 우는 듯한 소리를 내더니 노부코를 똑바로 바라보았다.

"다쓰야에 관해서 계속 신경 쓰이던 게 있었어. 하지만 너무나 무서운 상상이라서, 설마 그런 일은 없을 거라며 마음속에서 지워버리고 당신에게도 말하길 망설이고 있었어. 그런데 지금 당신의 이야기를 듣고 나니 결국 받아들일 수밖에 없게 되었군. 내 상상은 상상이 아니었어. 현실이었어."

방금 전까지는 히사유키의 얼굴은 저녁식사 때 마신 술의 여운으로 불그스름했다. 그렇지만 지금은 술기운이 사라진 것도 모자라서 창백한 얼굴로 변해 있었다.

"당신은 그애가 동성에게 흥미를 가지고 있다는 걸 알고 있었나요?"

"착각하지 마, 다쓰야는 그런 데 흥미 없었어."

"그러면 아키야마가 일방적으로?"

"그것도 아냐."

"아니라뇨, 내가 두 눈으로 똑똑히 봤어요."

머릿속에 그 광경이 스치고, 노부코는 가벼운 현기증을 느꼈다.

"어디부터 이야기해야 좋을까……"

히사유키는 잠시 이마에 손을 댔다.

"다마가와 수로의 비디오는 봤지?"

"무슨 얘기예요, 같이 봤잖아요. 몇 번씩이나."

살아 있는 다쓰야가 찍힌 마지막 영상이다.

"다른 '도전 시리즈'의 비디오도 봤고."

"그것도 같이 봤잖아요."

"전체적으로 뭐 느낀 거 없었어?"

"느꼈죠. 저렇게나 멀쩡했던 애가 어째서……"

테이프에 남아 있던 발랄한 웃음을 떠올리고 노부코는 눈물 지었다.

"그것 말고는?"

"딱히……"

"다쓰야는 별로 찍혀 있지 않았지."

"그러네요. 그건 참 아쉬웠어요."

어느 비디오에나 다쓰야는 '도전 시리즈'라는 손글씨 타이틀이 등장하는 첫머리 몇 분밖에 찍혀 있지 않았다. 그래서 노부코는 처음 부분만 반복해서 보았다.

"어째서 다쓰야는 별로 찍히지 않은 걸까?"

"다쓰야가 촬영했기 때문이잖아요."

"바로 그거야."

히사유키는 노부코에게 손가락을 내찌르며 말했다.

"도전 시리즈 제1탄, 딩동 대시 연속 백 집 도전 중에 오토바이와 접촉사고를 낸 건 누구였지?"

"네?"

"누구지?"

"아키야마였는데요."

노부코는 망설이면서 대답했다.

"도전 시리즈 제2탄, 헌팅 마라톤에 도전했다가 여자의 남자친구에게 걸려서 얻어맞은 건 누구였지?"

"아키야마죠."

"도전 시리즈 제3탄, 전철 오우메 선의 짐칸에 올라갔다가 승객과 실랑이를 벌인 끝에, 차장에게 붙잡혀서 니시타치카와 역의 역무실에 끌려간 건?"

"아키야마."

"그리고 제4탄. 다마가와 수로를 시체인 척하며 흘러간 사람은?"

"그것도 아키야마였는데……"

"바로 그거야."

히사유키는 머리를 끌어안았다. 노부코는 고개를 갸웃거렸다.

"'도전'하던 사람은 항상 아키야마였어. 다쓰야와 사와이는 항상 촬영 담당이고. 아키야마가 위기에 몰려도 구해주지 않고 몰래 촬영만 하고 있었어."

노부코는 이맛살을 찌푸렸다. 남편이 하려는 말을 금방 이해할 수 없었기 때문이다. 그러나 그 말을 이해하는 것을 마음속 어디선가 거부하는 것 같기도 했다.

"아키야마는 항상 고생하는 역할만 맡았어. 다쓰야와 사와이는 그것을 방관하고 히죽거리고 있었지. 그런 것을 '왕따'라고 하지 않던가?"

히사유키는 노부코를 가만히 응시했다. 노부코는 숨이 턱 막혔다.

"요전번의 강물을 따라 흘러내려가는 놀이도, 만약 경찰에 붙잡히면 입시 공부로 쌓인 스트레스를 풀기 위해 혼자서 한 일이라고 둘러대고, 내기에 대해서는 절대로 말하지 말라고 사전에 위협하지 않았을까?"

노부코는 한 박자 늦게 반론했다.

"다쓰야가 다른 애를 괴롭혀요? 바보 같은 소리 하지 말아요."

"나도 부정하고 싶어. 내 자식이잖아."

히사유키는 한숨을 내쉬고 힘없이 고개를 저었다.

"다쓰야가 아키야마를 괴롭혔다고요? 있을 수 없어요. 여보, 눈이 어디 달린 거예요? 비디오에 찍힌 아키야마는 싱글싱글 웃으면서 아주 즐거워 보였어요."

"자기방어를 위해 거짓 웃음을 짓고 있다고 생각할 수는 없을까?"

"게다가…… 그래요. 다쓰야가 문제를 일으키고 있다고 학교에서 연락한 적도 없어요. 보호자 모임에서도, 반의 집단 따돌림 문제는 한 번도 화제에 오르지 않았어요."

"왕따란 은밀하게 이루어지기 때문에 문제가 드러나기 어렵다고. 게다가 왕따 당하고 있다고 확실히 주장할 만한 성격이라면 애초에 왕따 당하지도 않아. 또 자존심이 강하면 왕따 당한다는 사실이 알려지는 것이 부끄러워서 아무 일도 없는 척하기도 해."

"당신, 대체 누구 편이에요!?"

노부코는 역정을 냈다.

"누구 편이냐의 문제가 아냐. 중요한 건 사실이 어떠한가야."

남편의 극히 냉정한 태도가 노부코를 더 짜증나게 했다.

"자기 자식에게 엉뚱한 의심을 품다니, 대체 무슨 생각이에요? 그애는 이미 이 세상에 없는데……"

노부코는 두 손으로 얼굴을 덮었다.

"그래서 나도 일부러 부정해왔어. 그런데 방금 전에 당신의 이야기를 듣고 나니 부정할 수 없게 되었어."

"무슨 이야기요?"

"오늘 저녁에 있었던 일 말이야. 아키야마가 다쓰야의 침대에 누워 있었다는 얘기."

원래 그 일에 대해 이야기하고 있었다는 것을 노부코는 완전히 잊고 있었다.

"다쓰야에게 그럴 마음이 있었는지는 접어두더라도, 아키야마는 다쓰야에게 마음이 있었어요. 다쓰야에게 왕따를 당하고 있었다면 연애감정을 품을 리 없어요."

"당신은 오해하고 있어. 아키야마는 다쓰야에게 연애감정 따윈 품지 않았어."

"하지만 실제로……"

"일단 들어봐. 아키야마는 다쓰야의 침대에서 베개를 끌어안고 있었지. 당신은 그것을 보고 남자들 사이의 심상치 않은 관계가 아닐까 의심해버렸어. 하지만 잘 생각해보면 이상하지 않아? 당신은 갑자기 문을 연 것이 아니야. 문을 열기 전에 노크를 했어. 그전에는 계단을 뛰어올라갔고. 한시라도 빨리 빨래를 걷으려고 서둘렀으니 발소리가 아주 컸을 거야. 따라서 아키야마는 사람이 온다는 것을 분명히 알아차렸겠지. 그렇다면 어째서 바로 일어나 아무 일도 없었던 척하지 않았을까? 그 동작에는 일 초도 걸리지 않아. 보통 동성과의 그런 관계는 감추고 싶어하잖아."

그 말을 듣고 보니 노부코도 이상하다는 생각이 들었다. 그렇다면 아키야마는 어째서 사람이 와도 침대를 벗어나지 않고 응석부리는 목소리로 다쓰야의 이름을 되뇌었을까. 더더욱 이해가 되지 않았다.

"이렇게 생각할 수 없을까? 아키야마는 사람이 와도 일어나지 않았던 게 아니라, 사람이 와서 엎드렸던 거라고."

"네?"

"침대 위에 뭔가가 놓여 있었던 거야. 그러나 그것을 시게노 다쓰야의 어머니에게 들켜서는 안 되었어. 그렇지만 치울 시간이 없었지. 그래서 재빨리 그 물건 위에 엎드렸어. 그냥 누워 있기만 하면 이상해 보이니까 고인의 이름을 부르며 그리워하는 척했어."

"무슨 물건이요?"

"구체적으로 무엇인지는 알 수 없지만…… 아마도 다쓰야에게 빼앗긴 물건이 아닐까."

"빼앗겼다고요?"

"왕따 당하면서 빼앗겼던 물건이겠지."

"네?"

"아키야마는 다쓰야에게 빼앗긴 물건을 되찾으려고 우리집에 찾아오고 있었던 거야. 뭘 빼앗겼는지는 본인인 아키야마가 전부 알고 있을 거야. 그러나 그것들이 어디 있는지는 알 수 없어. 그래서 매일처럼 찾아와서 다쓰야의 방 안을 조금씩 뒤지며 찾은 것부터 회수하고 있었어. 너무 오래 있으면 수상하게 생각할 테니, 음악으로 공양한다는 명목으로 한 곡이 흐르는 동안에만 찾는 거지. 오늘도 그러고 있었을 거야. 서랍이나 선반 안에 있는 물건을 꺼내서 침대 위에 벌려놓고 있었겠지. 그러고 있는데 당신이 방에 들어와서 당황하며 몸 아래에 숨겼어. 방을 뒤지는 모습을 보면 도둑 취급을 받을 거야. 이것은 원래 내 물건이었고 댁의 자식에게 강제로 빼앗겼던 것이니 돌려받겠습니다, 라고 말해봤자 믿어줄 리 없으니까."

노부코는 어안이 벙벙해서 말도 나오지 않았다.

"상상이 지나쳐요."

간신히 그런 말만 나왔다.

"그건 그렇고."

부인을 무시하고 히사유키는 이야기의 핵심으로 들어갔다.

"만약 아키야마가 왕따를 당하고 있었다면 이번 사건의 전말이 완전히 달라져."

"거짓말……"

뭔가를 예감하고 노부코는 중얼거렸다.

"아키야마에게는 다쓰야와 사와이를 죽일 동기가 있었어."

"자, 잠깐, 여보……."

"즉, 왕따의 피해자가 가해자에게 복수한 거야."

"잠깐요, 기다려봐요. 다쓰야가 같은 반 친구에게 살해당했다는 얘기예요?"

"유감스럽지만, 아마도."

히사유키는 완만하게 고개를 저었다.

"그런 건 거짓말이에요. 다쓰야가 왕따의 가해자라니……"

"그러니까 그건 방금 전에도 말했잖아. 바깥에서는 보이지 않는 법이라고."

"그렇다고 해도…… 아니, 그래요. 있을 수 없는 일이에요. 아키야마는 강에 내려갔어요. 다쓰야가 습격당했을 때도, 사와이가 습격당했을 때도. 아키야마가 강을 내려가는 모습이 비디오에도 찍혀 있었어요. 당신도 봤잖아요? 아키야마는 아니에요."

아키야마가 범인이 아니라면 자식이 동급생을 괴롭혔던 일도 없었던 것이 된다—노부코의 머릿속에는 그런 논리가 만들어져 있었다.

"봤어. 아키야마의 옷이 흘러내려가는 모습을."

"네?"

"비디오에는 강을 내려가는 아키야마의 옷이 찍혀 있었어. 하지만 얼굴은 찍혀 있지 않았어."

"얼굴? 찍혀 있었잖아요. 다쓰야하고 어깨동무를 하고 웃었어요."

"그건 시작하기 전이지. 도 다리의 난간을 내려간 뒤에 아키야마의 얼굴은 찍히지 않았어. 당신은 다쓰야가 찍혀 있는 처음 부분밖에 흥미가 없었을지 모르겠지만, 아니, 나도 그러긴 했지. 하지만 이 무서운 생각이 머리를 스친 뒤에 끝까지 되풀이해서 보며 확인했어. 다리 아래로 모습이 사라진 뒤에 아키야마의 얼굴은 잠깐 비치지도 않았어. 강을 흘러가면서도 고개를 들지 않았어. 스노클을 하고 있으니 숨 쉬기 위해 고개를 들 필요는 없었지만, 그래도 얼굴이 보이지 않은 이상, 그것이 아키야마 본인이라고 단정할 수는 없어."

"그럴 리 없어요. 왜냐하면 그뒤에 강을 떠가다가 순경에게 잡혀서 나온 건 아키야마 본인이었어요."

"그때는 그렇지."

"그때?"

"경관이 쫓아와서 붙잡은 건 아키야마지만, 비디오에 찍혀 있던 사람은 아키야마가 아니야."

"아키야마는 난간을 넘어갔잖아요."

노부코는 머리카락을 두 손으로 움켜쥐고서 도리도리 고개를 저었다.

"거기까지는 본인이지. 다리 아래로 내려가서 다쓰야의 시야에서 사라진 뒤에, 대신할 것을 흘려보냈어."

"대신할 것?"

"그래."

"누구를?"

"인간이 아냐. 길이 이 미터에 폭 오십 센티 정도 되는, 요컨대 두 팔을 앞으로 쭉 뻗고 있는 사람 같은 형상의 물에 뜨는 물체지. 공기로 부풀리는 레저용 튜브 같은 게 좋겠군. 그것에 미리 체육복을 입히고, 가발을 씌우고, 고글과 스노클을 달아서 다리 아래에 감춰뒀던 거야."

"뭘 위해서 그런 짓을?"

답은 이미 명백했지만 노부코는 묻지 않을 수 없었다.

"다쓰야와 사와이를 죽이기 위해서."

"잠깐, 기다려요. 그런 일은 불가능해요."

현실에 저항하듯이 노부코는 얼굴 앞에 양손을 들어올리고 세차게 고개를 저었다.

"아키야마는 물에 들어가는 척하며 대용품을 강에 흘려보냈어. 그리고 소리 나지 않게 기슭을 기어올라와서 난간을 넘고 다쓰야를 뒤에서 칼로 찔렀어. 다쓰야는 강을 흘러가는 아키야마—로 생각되는 물체—에 주의를 기울이고 있어서 맥없이 쓰러져버렸던 거고."

"거짓말……"

"다쓰야의 시체를 다리 아래로 떨어뜨리고, 폭주족의 짓으로 보이게 하려고 낙서를 하고, 아키야마는 곧바로 신보리 다리로 이동했어. 강의 흐름은 사람이 천천히 걷는 정도의 속도니까 오토바이나 자전거를 사용하면 편히 앞지를 수 있었을 거야. 신보리 다리에는 사와이가 촬영을 하고 있었어. 그것을 등뒤에서 덮쳐서 죽였지. 이른 아침이라서 두 건의 살인은 그렇게 누구에게도 들키지 않고 마무리되었어."

"말도 안 돼요……"

"사와이의 시체를 다리 아래로 유기하고 낙서 위장을 하고서 다시 자전거 같은 것을 타고 가짜 시체를 쫓아갔겠지. 그리고 앞질러가서 다마가와 수로에 들어가 가짜 시체를 회수했고. 흉기인 나이프로 찔러서 공기를 빼고 작게 접어서 풀이 무성하게 난 기슭에 감췄을 거야. 그리고 거기서부터는 아키야마가 직접 시체 흉내를 내며 강 위를 가만히 흘러가며, 경관이 불러 세울 때까지 여행을 계속했어.

요컨대 알리바이 공작을 한 거야. 강을 타고 내려갈 때까지의 상황은 인터넷으로 생중계되고 있었어. 아키야마는 그 영상에 강을 흘러가는 '아키야마'의 모습과 다리 위의 흉행이 동시에 찍혀 있으면, 자신은 절대 의심받지 않을 거라고 생각했던 거야.

경찰 신고도 아마 강에 들어가기 전에 직접 했을 거야. 강을 흘러가는 모습을 경관에게 보여줌으로써, 나는 도 다리에서 계속 흘러왔으니 내가 죽일 수 있을 리 없다고 어필하고 싶었던 거지. 그리고 연락이 되지 않는 두 사람을 걱정하는 모습을 보이고, 경관을 데리고 현장으로 가서 시체를 앞에 두고 박진감 넘치는 연기를 했지."

"증거는요?"

노부코는 고개를 숙인 채로 신음하듯이 물었다.

"흉기와 가짜 시체를 꾸밀 때 사용한 재료는 나중에 회수해서 처분했을 거야. 경찰 신고에도 선불식 휴대전화를 사용해서 추적하지 못하도록 조심했을 거라고 봐. 그러니까 증거는 없어. 지금 내가 한 이야기는 상상의 영역을 넘지 않아."

그러나 그 상상은 노부코를 완전히 삼켜버렸다.

노부코는 다쓰야를 이 세상에서 떠나보낸 자가 하루라도 빨리 붙잡히기를 매일 바라고 있었다.

소원은 이루어진다.

그러나 그와 바꾸어서, 살인사건 피해자인 우리 아들을 집단 따돌림의 가해자로 내밀어야만 한다.

외아들의 죽음을 그저 슬퍼하기만 하던 시간은 끝났다. 우리 부부에게는 가혹한 미래가 기다리고 있다는 걸 노부코는 직감했다.

그러나 오늘은 이 이상 생각하고 싶지 않다며, 그녀는 그 자리에 드러누워 조용히 눈을 감는다.

살인 휴가

1

우편함을 열었더니 진한 바닐라 향기가 풍겼다.

냄새의 정체가 무엇인지는 금방 깨달았지만, 어째서 '부두아르'인지 바로 알 수는 없었다. 그리고 그런 생각을 하는 것에 앞서 손을 뻗고 있었다.

우편함 안에는 봉투가 들어 있었다. 주소는 적혀 있지 않고 우표도 붙어 있지 않다. 붉고 굵은 펜으로 '쓰카고시 리에 님께'라고만 적혀 있었다.

그 글씨에 금색 반짝이가 섞여 있다는 걸 깨달음과 동시에, 그것은 펜이 아니라 샤넬의 뤼미에르 립스틱으로 썼다는 것을 알아차렸다. 그리고 낙엽색 봉투가 비비안 웨스트우드의 부두아르 향기를 발산하고 있는 이유를 깨닫고, 나는 반사적으로 뒤를 돌아보았다.

바로 앞에 사람의 모습이 보여서 저도 모르게 히익 하고 소리를 질렀다. 그러나 그것은 유리에 비친 내 모습이었다. 유리문 너머는 깊은 어둠이라서 누가 있는지 혹은 없는지 판단할 수 없었다. 밖에 나가서 확인해보는 것도 무서워서 나는 엘리베이터로 뛰어들어갔다.

집으로 돌아와서, 봉투의 내용물은 확인하지 않고 그대로 부엌의 쓰레기통에 던져넣었다. 그렇지만 부두아르의 향기는 무척 진해서 옆방에까지 나를 쫓아왔다. 실내복으로 갈아입은 나는 부엌으로 돌아가서 봉투를 꺼내들고 조심조심 봉투를 뜯었다.

어서 오세요. 오늘 하루도 수고하셨습니다.

전화는 걸지 않겠다고 약속했으므로 편지를 썼습니다. 오늘의 마음은 오늘 전하고 싶어서 직접 배달했습니다.

제가 드린 향수는 사용해보셨습니까? 그게 궁금해서 일이 손에 잡히지 않았습니다.

리에 씨에게 가장 어울리는 향수는 비비안 웨스트우드의 부두아르입니다. 그 궁정풍의 달콤한 향기는 당신의 몸을 풍성히 감싸고 당신의 미모에 신비함을 더할 것입니다. 몸만 아니라 마음도 자연스럽게 아름다워지겠지요.

저는 리에 씨가 아름다운 여자이길 바랍니다. 길가에서 지나치는 모든 남자들이 돌아볼 만한 여자이길 바랍니다.

저는 이제 리에 씨와 만날 수 없지만, 당신을 생각하는 마음은 누구에게도 지지 않습니다. 아름다움을 갈고 닦아서 그 미모에 어울리는 남성을 찾으시기 바랍니다.

곤란한 일이나 괴로운 일이 있으면 사양 말고 언제라도 전화해주세요. 한밤중이나 일하는 중이라도 상관없습니다. 저는 뭐든지 하겠습니다. 당신의 마음을 이해해줄 수 있는 사람은 저뿐입니다.
저는 매일 리에 씨의 행복을 기원하고 있습니다.

듬뿍 뿌려진 향수가 낙엽색 편지지에 물결 쳐서 푸른 잉크를 번지게 만든다.

오싹했다. 역시 읽지 말걸 그랬다.

나는 편지지를 찢었다. 봉투도 갈기갈기 찢었다. 그리고 비닐봉투에 이중 삼중으로 싸서 쓰레기통에 버렸다.

부두아르 향기는 사라지지 않았다.

나는 샤워를 하고 껍질이 벗겨질 정도로 손가락을 문질렀다.

그래도 부두아르 향기는 사라지지 않았다.

2

도베 슈지는 갑자기 잡힌 미팅 자리에서 만났다.

당일 오후가 될 때까지 나는 그 미팅이 있는지도 몰랐다. 점심식사를 일찍 끝내고 컴퓨터 앞에 앉아 일을 하고 있는데, 오하타 도시에가 오늘 저녁에 한가하냐며 말을 걸었다. 내키지 않는 청이었다. 머릿수를 맞추기 위해서 부르는 것이 분명했기 때문이다.

나는 종합위생용품 회사에서 상품개발을 맡고 있다. 당시 이미 입사 구 년차 중견으로 계장 대리라는 직함도 있었다. 그에 비해 오하타 도시에는 입사 삼 년차였고, 미팅에 참가하는 다른 멤버도 그녀와 동기였다. 그중 한 사람이 감기로 몸져누워버려서 그 구멍을 메우려고 나에게 말을 건 것이다. 듣기로는 상대 남성진은 모두 도시에와 동년배라고 하니, 나 혼자만 튈 것이 눈에 훤히 보였다. 그렇지만, 쓰카고시 씨는 충분히 젊어요, 말 안 하고 있으면 스무 살 언저리로 보인다니까요, 하는 도시에의 말에 넘어가서 결국 끌려가게 되었다.

상대방은 인쇄회사의 영업사원들이었다. 다섯 명 전부 유럽 계통의 맵시 있는 옷을 입고서 들어보지도 못한 이름의 요리와 와인을 척척 주문했다. 그렇지만 내 눈에는 다섯 명 전부 얼굴도 말투도 몸짓도 어리게 느껴졌다. 나름대로 즐거운 시간이긴 했지만 그 이상의 감흥은 없어서 2차는 거절했고, 누구와도 전화번호를 교환하지 않았다.

그러나 미팅 다음 날, 집 전화가 울렸다. 상대는 2차 모임에 오지 않아서 섭섭했다고 말했다. 도베 슈지라고 자기소개를 하고 어느 위치에 앉아 있었다고 설명했지만, 나는 그의 얼굴을 떠올리지 못한 채 적당히 맞장구를 쳤다. 그리고 전혀 그럴 생각은 없었는데도 어떻게 이야기를 하다보니 다음 주 주말에 그와 식사를 하게 되었다.

지금 생각하면 어째서 그를 만나게 되었는지 전혀 모르겠다. 도베 슈지는 연예인 같은 세련된 얼굴이었다. 키도 크고 몸에 군살도 없었다. 그러나 그는 자신이 가진 매력적인 외모를 완전히 지워버릴 정도의 어두운 오라를 풍겼다. 약속장소에서는 안녕하세요란 인사 외에는 한 마디도 하지 않았다. 혼자서 재빨리 걸어가고, 가게에 들어가고, 주문하고, 묵묵히 나이프를 움직인다. 어쩔 수 없이 이쪽에서 질문을 던지면, 한두 마디 정도 대답을 하고 끝이었다. 내가 마음에 들지 않는 걸까, 뭐 실례되는 짓을 했나 하고 자문할 정도로 뚱한 태도였다. 가게를 나온 뒤에 작별인사도 하지 않고 떠나갔다.

그런데 기묘하게도 집에 돌아오자 그에게서 전화가 왔다.

"오늘은 아주 즐거웠습니다! 다음에는 언제 만날 수 있을까요?"

완전히 딴 사람이라고 생각될 정도로 밝은 목소리였다. 그는 그리고 혼자서 한 시간 정도 이야기를 계속했다.

전화 속에서 그는, 나는 다른 사람과 얼굴을 마주하고 이야기하는 것이 서툴다, 미팅 자리에선 많은 사람 속에 섞일 수 있지만 1대1이면 어떻게 대응해야 할지 모르겠다고 설명했다. 원래 그런 성격이었구나 하고 나는 납득했다. 그렇지만 그런 사람에게 꺼림칙함을 느끼지 못했다면 거짓말일 것이다.

그런데도 도베 슈지와의 관계가 반년이나 이어진 이유는 알고 있다. 잘생긴 용모 때문에 차버리기 힘들다고 생각한 것도, 그의 내성적인 모습을 불쌍히 여긴 것도 아니다. 선물에 낚인 것이다.

그는 만날 때마다 선물을 주었다. 반지, 손목시계, 핸드백, 구두, 옷. 식사 자리에서 건네받은 것도 있고, 백화점에 데려가서 직접 고르게 해준 적도 있다. 어느 것이나 일류 명품 브랜드였다. 그중에는 불가리의 스네이크 팔찌나 롤렉스의 핑크페이스 오이스터처럼 내 수입으로는 엄두도 내지 못할 물건도 있었다. 여전히 대화다운 대화가 이루어지지 않아서 나는 조금도 즐겁지 않았지만, 선물을 받아서 기분 나쁠 리는 없다.

그런데 만남을 이어가는 동안, 그는 이상한 태도를 보이기 시작했다. 데이트 중에 자기 선물을 하나도 몸에 걸치지 않았다고 노골적으로 불쾌함을 드러냈던 것이다.

"당신은 아름다워지고 싶지 않아요? 저는 당신에게 어울리는 물건을 고르고 골라서 선물하고 있습니다. 그것을 몸에 걸치면 당신의 아름다움이 두 배, 세 배가 될 수 있습니다. 저를 믿고 제가 드린 것을 걸쳐보세요."

정신 나간 사이비 교주나 할 법한 말을 다른 사람의 눈도 개의치 않고 얼굴이 시뻘게져 마구 쏟아낸다. 그가 말이 없는 것은 기분이 좋다는 증거다. 기분이 나쁘면 이상할 정도로 수다스러워지니까.

이어서 그는 내 머리모양이나 화장법에도 참견하기 시작했다. 어깨까지 오는 소바주 스타일이 가장 잘 어울린다. 다만 염색은 안 된다. 립스틱은 샤넬 뤼미에르로 하고, 눈썹에는 역시 샤넬의 링 익스트림 35번을 엷게 발라라. 영화나 음악도 할리우드 상업영화는 보지 말고 얼터너티브를 들으라고 명령했다. 아직 팔짱을 끼고 걸은 적도 없는데, 당신의 품위 있고 탄력 있는 육체를 감쌀 것은 실크밖에 없다며 란제리 숍으로 데려갔을 때에는 역시나 기분이 언짢아졌다.

그래도 내가 도베 슈지와 헤어지지 않았던 것은 역시 선물에 눈이 멀었기 때문일 것이다. 취향에 맞지 않는 물건이라 해도 고급품은 소유하고 있는 것만으로 왠지 모르게 기쁘다. 그와 만날 때만 그가 바라는 차림새를 하면 된다고 마음먹고, 나는 그의 요구를 하나하나 받아들여 나갔다.

그렇지만 어느 이른 봄날 저녁, 드디어 인내의 한계가 찾아왔다.

"리에 씨 집에 가봐도 될까?"

늘 그러듯 장례식장처럼 조용하게 식사를 끝낸 뒤, 도베 슈지가 조심조심 말을 꺼냈다. 나는 육체를 원하는 줄로만 알았다.

나는 그를 집으로 초대했다. 연애감정은 전혀 없었지만 크리스마스에 에르메스 버킨백을 선물 받았으니, 언젠가 답례로 하룻밤을 같이 하자고 생각하고 있었다. 그때가 찾아온 것이다.

그런데 정작 그의 목적은 내 방을 검사하는 것이었다. 그는 방에 들어오자마자 불쾌한 얼굴을 하더니 우선 부두아르 향수병을 집어들었다.

"조금도 줄지 않았잖아."

나는 진한 향수는 좋아하지 않는다. 학창 시절부터 향이 옅은 오드콜로뉴만 써 버릇했고 오드트왈레트에도 저항감을 느꼈다. 그럴 정도였으니 파르팡이나 부두아르 같은 오드파르팡은 직접 사용하지 않는 것은 물론이거니와 뿌린 사람 곁에 있는 것만으로 기분이 나빠진다. 그래서 부두아르를 선물 받은 것은 말 그대로 민폐였다. 다만 부두아르의 향수병 디자인은 아주 예뻤고, 투명한 유리와 옅은 핑크색 액체의 조화도 아름다웠다. 가만히 놓고 보기에는 나쁘지 않았으므로 서랍장 위에 장식해놓았다.

"너무 강한 향수를 뿌리면 과장님이 대놓고 싫어한다고요."

나는 우선 그렇게 도망쳤다.

"당신은 상사를 위해서 살고 있어? 당신에게 어울리는 향수는 부두아르라고."

그리고 그는, 쓰카고시 리에와 부두아르의 조화를 모르는 인간이 얼마나 어리석은가, 그렇게 센스 없는 여과장 아래서 일하는 건 당신 자신에게 좋지 않다, 이직하는 편이 낫다, 하는 이야기를 거침없이 이어나가는 것이었다.

나는 어이가 없어서 그의 장광설을 멈추게 하려고 "저기, 그런 건 이제 됐잖아요?" 하고 부드럽게 말을 걸며 그의 등을 안았다. 그러자 그는 나를 거부하고 벽으로 다가가서 포스터에 손을 댔다.

"유치하기 짝이 없군!"

레오나르도 디카프리오의 미소가 찢겨나갔다. 맞은편 벽에 걸려 있던 패널도 떨어지고 발에 걷어차였다.

"유치한 건 그쪽이잖아요!"

나는 끝내 폭발했다. 망가진 패널은 로스앤젤레스의 어느 영화관에 걸려 있던 것을 서툰 영어로 사흘 동안 애걸해서 얻은, 직필 사인이 들어간 것이었다.

"이젠 지긋지긋해! 나는 당신을 만족시키기 위해서 사는 게 아냐!"

쌓이고 쌓인 것이 내 안에서 분출했다.

"나는 리에 씨를 생각해서 하는 말이야. 나는 매일, 일하는 중에도, 잠자리에서도 당신을 생각해. 추잡한 망상이 아니야. 당신의 매력을 돋보이게 하려면 어떡하면 좋을까, 그것만을 생각하고 있어."

도베 슈지도 응전했다. 그렇지만 내가 억누르고 있었던 감정이 더욱 컸다.

"그만둬요! 기분 나빠요. 난 당신의 인형이 아니에요. 그래요, 당신 같은 사람은 집에서 인형놀이나 해요. 돌려줄게요, 전부 돌려줄게요. 애초에 이렇게 통일감 없는 물건들은 다 뭐예요! 이름만 있다고 다가 아니에요. 이렇게 따로따로 노는 브랜드를 전부 걸치고 있으면 비웃음 당한다고요. 자, 어서 가지고 가요!"

나는 부두아르 향수병을 던지고 카르티에의 트리니티 링을 잡아 빼고 프라다 숄더백을 걷어찼다. 그리고 막스 마라의 원피스를 그 자리에서 벗어던지고는 당신이 여장하면 되지 않느냐며 내밀었다.

그는 눈물을 흘렸던 것 같다. 소리를 내며 어린애처럼 바닥을 뒹굴었던 것도 같다. 나 역시 감정적이 되었기에 도중의 일은 또렷하게 기억나지 않았다. 딱 하나 기억하는 것은 내가 했던 말뿐이다.

“두 번 다시 불러내지 말아요. 당신과는 더이상 만나지 않겠어요. 자, 얼른 나가요!”

정신이 들고 보니 그는 굳어 있었다. 혼이 나갔다는 표현은 이럴 때 쓰는 말일까. 눈의 초점이 제대로 맞지 않고 콧구멍이 벌어지고 뺨 근육도 축 늘어져 있었다. 이름을 불러도 반응이 없고, 만져봐도 체온이 전혀 느껴지지 않았다.

내던진 것에 머리를 맞은 걸까? 나는 창백해져서 구급차를 부를까 생각했다. 그러나 허둥지둥하는 사이에 그는 표정을 되찾고 입을 열었다.

“나는 당신을 사랑하고 있어. 그냥 사랑하는 것이 아니라, 마음속으로 진정으로 사랑하고 있습니다.”

안심한 나는 차갑게 내뱉었다.

“나는 사랑하지 않아요.”

“설령 당신에게 미움받더라도 제 마음은 변하지 않습니다.”

“당신이 어떻게 생각하든 당신 마음이지만, 나는 당신이 싫어요. 더이상 보고 싶지 않아요.”

이 어설프게 돌려 말한 거절이 자기 목을 조르게 되리라고는 이때의 나는 생각도 해보지 않았다.

“이제 만날 수 없는 거죠?”

“그래요. 만나는 건 이제 싫어요. 만나도 조금도 즐겁지 않아요. 당신은 아무 얘기도 안 하잖아요.”

“알았습니다. 이제 만나지 않는 것으로 하죠.”

그는 아주 후련하다는 표정으로 일어섰다. 나는 이때 완전히 끝내버렸어야 했다. 내 마음을 올바르게 전했어야 했다.

"리에 씨는 방금, 저를 위해 살고 있는 것이 아니라고 했습니다. 그렇지만 저는 리에 씨를 위해서 살고 있습니다. 앞으로도 그렇게 살겠습니다. 제 사랑은 변하지 않습니다."

마지막 말도 단순히 미련에서 내뱉은 말이겠거니 하고 흘려들은 내가 어리석었는지도 모른다.

도베 슈지는 확실히 두 번 다시 만나자고 하지 않았다. 그렇지만 전화는 해왔다.

첫 전화는 내 방에서 싸우고 헤어진 지 한 달 뒤에 걸려왔다. 실은 그때, 이상하게도 나는 그의 목소리를 듣고 안도했다. 물론 그 사람에게 연애감정은, 아니, 호의 정도의 감정조차 사귀던 시절에도 없었다. 하지만 많든 적든 알고 지냈던 이상, 그가 그뒤로 어떻게 되었는지, 일에 지장이 있는 것은 아닌지 신경 쓰이기는 했다.

목소리를 들어보니 도베 슈지는 건강한 듯했다. 나는 우선 그것에 안심했고, 통화를 마치고 난 뒤에는 그가 만나고 싶다는 말을 꺼내지 않은 것에 가슴을 쓸어내렸다.

그런데 전화는 한 번으로 끝나지 않았다. 일주일도 되지 않아서 또 걸려왔다.

도베 슈지는 결코 만나고 싶다는 말은 하지 않았다. 자신의 근황을 일방적으로 이야기할 뿐, 내 근황을 물어보려고 하지도 않았다. 그렇지만 내 마음은 그에게서 완전히 멀어졌기 때문에 목소리를 듣는 것만으로도 짜증이 났다. 첫 통화를 하고 안심하고 나자, 건강히 지내고 있다면 이제 알아서 잘 살라고 말해주고 싶을 정도였다.

그리고 나는 진절머리나는 전화 공격을 받는 동안 한 가지 사실을 깨달았다. 도베 슈지는 전화를 끊기 전에 그 영화를 그 옷을 입고서 보러 가라든가, 내일은 비가 오니까 그 우산을 쓰고 그 핸드백과 조합해 보라는 식의 한 마디를 꼭 남겼다.

"나는 당신의 인형이 아니에요!"

열한번째 전화가 걸려왔을 때, 나는 더이상 참지 않았다.

"착각하지 마세요. 나는 당신을 제 것으로 만들겠다는 생각은 하지 않습니다. 당신이 아름다운 여자이길 바랍니다. 아름다움을 널리 떨치길 바랍니다. 그것이 제 바람입니다."

그는 표표하게 말했다.

"당신이 그렇게 말하지 않아도, 아름다운 여자가 되려고 노력하고 있어요."

"당신이 놓치고 있는 점을 제가 알려드리려고—"

"괜찮아요. 더이상 전화하지 말아줘요."

"전화도…… 안 되는 겁니까?"

"목소리를 듣는 것도 싫어요. 걸어도 절대 안 받을 거예요."

그러자 그는 입을 다물고 불규칙한 호흡을 반복했다. 그 반응에 나는, 지난번처럼 혼이 나가버린 것이 아닌가 불안해져서 정신 차리게 하려고 이름을 계속 불렀다. 그리고 간신히 그가 반응했을 때, 또다시 부주의하게 그에게 행동의 여지를 주는 말을 남겨버렸다.

"당신이 어떻게 생각하든 자유지만 내 마음은 당신에게 돌아가지 않아요. 아뇨, 처음부터 당신 따윈 좋아하지 않았어요. 어쨌든 앞으로는 전화하지 말아줘요."

도베 슈지는 순순히 내 말에 따랐다. 나는 그뒤로 한동안 전화가 울릴 때마다 움찔했지만 그에게 걸려온 전화는 한 통도 없었다. 가장 걱정했던 말없는 전화나, 벨이 울렸다가 끊어지는 일도 없었다.

그렇지만 마지막 전화로부터 한 달이 지난 오늘, 도베 슈지에게서 편지가 왔다. 그것도 그가 직접 배달했다. 부두아르의 향기와 함께.

3

"어디 안 좋으세요?"

키보드에 손가락을 올리고 멍하니 있는데 오하타 도시에가 말을 걸어왔다.

한 달 전에도 그녀에게 그런 말을 들은 기억이 있다. 도베 슈지의 전화에 초조해하던 시기다. 그의 전화가 끊어지자 내 정신은 안정을 되찾았다. 그런데 어제의 편지로 또다시 일이 손에 잡히지 않게 되어버렸다.

"우, 졸려. 점심을 너무 많이 먹은 걸까?"

나는 거짓 웃음을 지어 보였다.

"마음은 벌써 해외로 날아갔나보네요."

"해외?"

"행선지는 정했어요? 유럽? 미국?"

"무슨 얘기야?"

"여행 안 가시나요?"

도시에가 멀뚱하게 바라보았다.

"예정은 없는데. 제대로 된 휴가도 못 잡았고."

"아이, 참. 해피 홀리데이 말이에요."

“아!”

해피 홀리데이란 우리 회사의 복리후생제도로, 근속 십 년째가 되면 이 주간의 장기휴가를 준다. 휴가기간은 자면서 보내도 좋고 가족 서비스에 매진해도 좋고 도예 교실을 다니는 것도 좋지만, 대부분의 사원이 해외여행을 선택한다. 미리 여행계획서를 제출하면 자금 보조도 해주기 때문이다.

나도 유럽 쪽으로 가고 싶다는 막연한 생각은 갖고 있었다. 그러나 도베 슈지에 얽힌 복잡한 일들 때문에, 구체적인 계획을 짜는 것을 까맣게 잊고 있었다.

“그러네. 이제 곧 해피 홀리데이네.”

나는 도시에가 당황해할 정도로 밝게 웃어 보이며 마음속에 밝은 공기를 집어넣으려고 했다.

그날 회사에서 돌아와서 여행 잡지를 샀다. 소파에 드러누워서, 지중해 요리 기행은 어떨까, 헝가리의 스파도 빼놓을 수 없겠네, 하며 페이지를 체크해나갔다.

평온한 나날은 금방 깨졌다.

도베 슈지가 또 편지를 보냈다. 이번에는 부두아르를 뿌리지 않았지만, 역시 우체국을 통하지 않고 직접 보내왔다. 편지지에는 구치 비트로퍼가 쓰카고시 리에의 다리선과 발 모양에 얼마나 잘 매치되는지를 구구절절 적어내려가고 있었다.

며칠 사이를 두고 세번째, 네번째 편지가 도착했다. 어느 것이나 그가 강요했던 물건이 쓰카고시 리에라는 여성에게 얼마나 잘 어울리는지를 일방적으로 이야기하고 있을 뿐, 대답을 요구하는 문장은 하나도 없었다. 편지를 읽었느냐는 전화도 없고 그가 내 앞에 나타나겠다는 이야기도 없었다.

도베 슈지는 확실히 나와의 약속을 지키고 있었다. 나로서는 계속 무시하면 실질적인 해는 없다. 그러나 무시해도 편지는 오고, 읽으면 기분이 나빠지고, 읽지 않고 버리면 그것도 마음이 흐트러지는 원인이 된다. 결국 나는 그가 보낸 편지를 무시할 수 없는 것이다.

"고민이 많으신가보네요."

네번째 편지가 온 다음 날. 워드프로세서의 새하얀 화면 앞에서 멍하니 있자니 도시에가 말을 걸었다. 마음속을 들켰나 하고 흠칫 했지만, 금방 그 말의 의미를 깨달았다.

"북유럽에 가고 싶은데 그쪽은 물가가 비싸더라고."

그렇게 말하며 한숨을 쉬어 보였다.

"북유럽이라. 좋네요. 물론 무밍 박물관에도 갈 거죠? 귀여운 액세서리라도 하나 사다주세요."

도시에는 가슴 앞에서 손을 모으고, 로바니에미의 산타클로스 마을에도 가시나요, 피오르드 크루즈도 할 건가요, 하고 말을 이었다. 나는 적당히 맞장구치고 나서 그녀의 이야기가 끊어질 즈음에 물어보았다.

"저기, 꽤 오래전 얘긴데, W인쇄의 영업사원하고 미팅한 적이 있었잖아?"

도시에는 잠시 동안 의아한 얼굴을 했지만 이내 대답했다.

"아, 다들 겉만 번지르르했지 영 아니었죠. 다시로는 그날 밤에 누군가하고 잤다는 모양인데, 그게 끝이래요."

"그중에 있던 도베 슈지라는 사람 알아?"

"도베 슈지? 글쎄요. 에모토라면 알고 있을지도 모르겠네요. 그 사람이 주선한 미팅이니까."

"그럼 됐어. 오하타 씨가 모른다면 괜찮아."

에모토 사키의 모습을 찾는 도시에를 황급히 말렸다.

"그 사람을 못 잊으시는 건가요?"

도시에가 씩 웃었다.

"아니, 아니. 그런 게 아니야."

나는 크게 당황하며 부정했다. 몇 번씩 단둘이서 만났다는 말은 도저히 할 수 없었다.

"연하의 남자도 꽤 좋죠. 에모토라면 전화번호를 알고 있을 거예요."

"아니라니까. 저기 그게, 판촉 건 때문에 광고대리점과 회의를 했었어. 그저께였는데, 그 W인쇄에 관한 이야기를 하다가 도베 슈지란 이름이 나왔거든. 어디선가 들었던 이름이란 생각이 들어서. 그것뿐이야."

"에이. 재밌는 얘기가 아니네."

도시에는 재미없다는 얼굴을 하고 자리로 돌아갔다.

누군가와 상담하고 싶은 마음이야 말할 것도 없다. 해결책을 찾아주지 않더라도 불쌍하게 생각해주거나 위로해준다면 조금은 위안이 된다. 그렇지만 호기심 어린 시선을 받게 될 것을 생각하면 역시 밝히는 것이 망설여졌다.

4

어서 오세요. 오늘도 고생 많으셨습니다.

요즘 들어 비가 계속 내리는데 건강은 괜찮으십니까?

건강 이야기가 나와서 말인데, 최근 바람직하지 못한 식생활을 하고 계시죠. 아침은 거르고 저녁은 사흘 연속 컵라면. 이래서는 몸이 망가지지 않더라도 피부는 윤기를 잃어버리게 됩니다.

실례되는 것을 무릅쓰고 드리는 말씀입니다만, 리에 씨의 육체에 십대 같은 힘은 없습니다. 한번 피부가 거칠어져버리면 두 번 다시 원래대로 돌아오지 않을지도 모릅니다.

저는 그렇게 되길 바라지 않습니다.

저는 리에 씨가 아름답기를 바랍니다.

그리고 최근에 비가 계속 내리고 있습니다만, 실은 상당히 강한 자외선이 내리쬐고 있습니다. 외출하실 때에는 샤넬 선글라스를 잊지 마시길.

다섯번째 편지에 나는 전율했다.

아닌 게 아니라 나는 최근 들어 아침을 거르고 밤에는 미리 사놓은 컵라면으로 때웠다. 신상품 프레젠테이션 준비에 쫓겨서 식사할 시간도 아까웠고 식욕도 없었기 때문이다. 그렇지만 도베 슈지가 어떻게 그것을 알았지?

쓰레기다.

그는 내가 버린 쓰레기 봉투를 뜯어서 식품 포장지나 음식쓰레기 상태로 내 식생활을 추측한 것이다. 이왕 쓰레기봉투를 열었다면 다른 종류의 쓰레기도 관찰했을 것이다.

비명을 지르고 싶은, 현기증이 날 것 같은, 구역질이 날 것 같은, 뭐라 형용하기 힘든 감정이 밀려들었다. 그리고 간신히 동요가 잦아들 무렵 하나의 무서운 상상이 내 안에 싹텄다.

도베 슈지는 내가 버린 쓰레기봉투 속을 뒤지고 있다. 그것도 평일에. 그의 집은 이 근처가 아니다.

편지는 우편으로 배달되는 것이 아니다. 그가 직접 와서 놓고 간다. 그것도 평일에. 그가 사는 곳에서 이곳까지는 두 시간 가까이 걸린다.

도베 슈지는 출근하고 있는 걸까? 그가 직장을 그만두었다고 생각할 수는 없을까? 그러니까 시간이 있는 것이다. 그리고 직장을 그만두었다면, 쓰레기를 뒤지고 편지를 배달하고 나서도 시간이 많이 남는다.

도베 슈지는 내 행동을 전부 관찰하고 있는 것이 아닐까. 아침에 나와 함께 전철의 다섯번째 칸에 올라타고, 런치타임 커피숍에서는 파티션 맞은편에 앉고, 밤에 나와 함께 다마 강을 건너서 다카쓰에서 내리는 것이다.

다음 날, 나는 회사를 쉬었다. 프레젠테이션이 닥쳐 있었지만 도저히 집 밖으로 나갈 기분이 나지 않았다. 날씨를 살피는 것조차 망설여졌다. 커튼을 걷으면 전봇대 그늘에 도베 슈지의 모습이 보일 것 같은 기분이 들었다.

그렇지만 침대 위에서 웅크리고 있어도 기분이 좋아지기는커녕 기분 나쁜 상상만 머리를 스쳤다.

사실과 상상을 확실히 구별하려고 나는 수화기를 들었다.

"W인쇄 제3영업부입니다."

여자가 받았다.

"도베 씨 부탁드립니다."

"도베 씨 말씀입니까? 실례지만 누구신지요."

"E출판의 다치카와라고 합니다."

여행 잡지의 뒤표지를 보고 적당히 둘러대자 도베 씨, 하고 부르더니 안내 멜로디가 흐르기 시작했다. 나는 수화기를 놓았다.

도베 슈지는 퇴직하지 않았다. 회사도 제대로 나가고 있다. 나는 조금 안심하고 커튼을 걷었다. 바깥은 흐렸다.

그렇다면 도베 슈지는 회사를 다니면서 이 맨션에 뻔질나게 들르고 있는 것이다. 냉정하게 생각해보면 불가능은 아니다. 그는 영업직이다. 바깥을 돌아다니다가 이곳으로 발을 옮겨서 편지를 우편함에 넣고 가는 거겠지. 쓰레기를 버리는 요일은 정해져 있으므로, 그날을 노려서 쓰레기를 뒤지러 온다. 이 지역에는 매일 아침 쓰레기 수거차가 와서 나는 전날 자기 전에 쓰레기를 내놓는다. 그 습관은 그에게 밝히지 않았지만 조금 머리를 굴리면 알 수 있을 일이다. 그는 이른 아침에 와서 내 쓰레기를 챙겨서 출근하는 것이다.

가능하다고 해도, 분명 비정상적인 행동이다. 나에게 그만한 에너지를 소비하는 이유를 모르겠다. 또 이전처럼 지내고 싶다고 요구하는 것도, 하다못해 목소리라도 듣고 싶다며 전화를 걸어오는 것도 아닌 것이다.

이유 따윈 어떻든 좋다. 어쨌든 정체불명의 에너지 방출을 막지 않으면 이쪽이 미쳐버릴지도 모른다.

나는 수화기를 집어들었다. 다시 그의 직장에 연락해서 지금의 마음을 쏟아내려고 생각했다. 그러나 재다이얼 버튼을 누르려다가 수화기를 내려놓았다. 목소리는 듣고 싶지 않다.

나는 편지지를 앞에 놓았다. 떠오르는 원한을 닥치는 대로 써내려갔다. 다섯 장이 되어갈 즈음에 처음부터 읽어보니 너무 지리멸렬한 내용이라 나조차도 이해하기 어려웠다. 이런 것을 보냈다간 무슨 뜻인지 모르겠다고 답장이 올 테고, 그러면 그것에 대한 답장을 써야만 한다.

답답하기 이를 데 없는 랠리가 이어지는 것은 견디기 어렵다. 그렇지만 그의 행동은 절대 이대로 방치해둘 수 없다.

생각한 끝에 굵은 펠트펜으로 딱 두 줄 쓰기로 했다.

프라이버시를 침해하면 마땅한 곳에 고소하겠습니다.

편지도 보내지 마세요.

그리고 도베 슈지의 편지는 딱 멈췄다.

그런데 그것으로 끝난 것이 아니었다.

어느 토요일 오전, 일주일간 쌓인 빨래를 하고 있는데 택배가 왔다. 어차피 본가에서 온 것이겠거니 하고 영수증도 제대로 보지 않고 받아들고, 열어보려다가 나는 고개를 갸웃거렸다.

발신인은 텔레비전 광고로 익숙한 통신판매 전문 화장품 메이커였다. 그러나 나는 로션도 립스틱도 주문한 기억이 없다. 평일에는 아침부터 밤까지 집을 비우므로 통신판매 자체를 거의 이용하지 않는다. 그러나 수신인은 '쓰카고시 리에'로 되어 있고, 주소도 틀림없었다.

미심쩍어하면서 포장을 뜯어보니 안에는 영양보충식품이 가득 채워져 있었다. '주문 감사합니다' 하고 적힌 종이도 들어 있었다.

비타민C며 칼슘 정제 병을 들어올렸다가 내려놓는 사이에 문득 깨달았다.

도베 슈지다.

그가 내 명의로 멋대로 주문한 것이다. 바쁘다면 하다못해 이거라도 챙겨 먹고 건강 유지에 노력하라는 뜻이다.

막다른 곳에 몰렸다. 그가 나아가는 길을 막을 생각이었지만, 실은 서서히 내 쪽이 도망갈 곳을 잃고 있다.

이제까지의 경과를 생각할 때, 지금 내가 물건을 보내지 말라고 명령하면 그는 잠자코 따를 것이다. 만날 수 없다. 전화는 할 수 없고 편지도 안 되고 물건만 보내는 것도 거절당한다—언뜻 보기에는 이제 그가 나아갈 길은 없다고 생각된다. 그러나 그것은 마음을 직접 전할 수단이 없어지는 것뿐이다.

나라는 인간의 관찰에 전념한다고 생각할 수는 없을까? 일은 그만두지 않더라도, 시간만 나면 내 생태를 체크하고 자신만의 세계 속에서 일희일비한다.

설령 일방통행이라고 해도 상대에게 마음을 전할 수단이 있는 한 그 수단을 행사하고—예를 들면 편지를 보내서—잠시 동안 만족하고, 공복이 찾아오기 전까지는 다음 행동을 하지 않는다. 일체의 전달수단을 금지당하면, 항상 대상을 지켜보지 않고서는 만족하지 못할 것이다.

도베 슈지라면 분명 그럴 것이다. 아니, 그는 분명히 그렇게 할 것이다.

5

일이 정체되어서 나는 밤에도 직장에서 책상 앞에 앉아 있었다. 마지막까지 같이 있어줄 거라고 생각했던 과장은 딸의 생일이라는 한마디만 남기고 귀가해버렸다. 경비를 절감한다며 넓은 층의 조명은 한 줄만 남기고 꺼버렸다.

집중하기에는 딱 좋은 어둠이다. 아무도 말을 걸어오지 않는다. 전화도 울리지 않는다. 복사기 소리도 나지 않는다.

그렇지만 나는 일에 열중할 수 없었다. 혼자 남겨진 순간, 머릿속이나 자신에 대한 일로 전환되어버린 것이다. 도베 슈지를 대체 어떡하면 좋을까?

경찰과 상담하면 어떨까. 그러나 경찰이 일개 민간인의 사생활 문제를 진지하게 상대해줄까?

아니, 내가 경찰에 연락하는 것을 주저하는 이유는 체면 때문이다. 쌍방이 이야기로 해결하라며 문전박대한다면 그나마 낫다. 진지하게 이야기를 들어줄 경우, 경찰은 피해 상황을 객관적으로 파악하기 위해서 회사나 내 주위 사람들에게 사정을 물어볼 것이다. 즉 내 프라이버시가 백일하에 공개되어버린다. 매스컴에 언급될지도 모른다. 그때 제삼자는 나를 불쌍한 피해자로 자상하게 대해줄까. 실제로는 있지도 않은 일을 상상하며 호기심 어린 시선을 보내지 않을까. 연하의 남자에게 계속 선물을 받은 것이 좋지 않게 비치지 않을까. 게다가 나는 그의 흔적을 지워버리고 싶어서 받은 것을 전부 처분했는데, 화장품은 둘째치고 핸드백이나 시계를 쓰레기로 버리는 것은 도저히 힘들어서 전당포에 가져갔다. 내가 얻은 현금은 백만 엔 가까이 된다.

그렇다면 부모님에게 상담하는 것은 어떨까. 부모님이라면 외동딸이 상처입지 않을 만한 해결책을 모색해줄 것이다. 돈으로 해결해줄지도 모른다. 그렇지만 지금 여기서 부모님에게 의지했다가는 나는 시골로 끌려가게 될 것이다. 대학만 다니겠다는 약속을 하고 상경했는데, 취직도 도쿄에서 해버리고 맞선도 계속 거절하는 골칫덩이 딸. 그게 나다. 그런 딸이 괴상망측한 남자에게 괴롭힘을 당하고 있는 걸 안다면 그들은 기다렸다는 듯이 나를 곁에 두려 할 것이다. 그러나 나는 지금의 직업을 버리고 싶지 않다. 여성만 있는 상품개발 팀에 들어가서 보람 있는 하루하루를 보내고 있다. 내 기획이 상품화된 샴푸를 가게 선반에서 발견하면 상품화할 때까지의 우여곡절이 머릿속을 스치고, 어엿하게 성장한 자기 자식처럼 사랑스럽게 느껴진다. 결혼한다고 해도 시골로 끌려가는 것은 싫다. 지금 일은 계속하고 싶다.

그러면 도베 슈지는 어떡하지?

언젠가부터 나의 손가락은 키보드 위에서 움직이지 않게 되었다. 시곗바늘만이 계속 나아간다.

복도에서 발소리가 들렸다. 나는 놀라서 고개를 들었다. 도베 슈지라고 생각했다. 인기척이 없어진 것을 틈타 그가 관찰하러 온 것이다.

"아직도 일이 안 끝났나요? 고생하시네요."

오하타 도시에였다. 남자친구와 식사를 마친 뒤에 회사에 놓고 온 물건을 깨닫고 돌아왔다고 한다. 안도와 공포가 섞인 나머지 나는 저도 모르게 눈물 지었다.

"왜 그러세요?"

나는 얼굴을 덮고 세차게 고개를 저었다.

"쓰카고시 씨, 요즘 이상해요. 해피 홀리데이 말고 뭐 다른 고민이 있죠? 걱정되는 일이 있으면 말씀하세요. 힘이 되어드릴 테니까."

그렇게 자상한 말을 듣자마자 나는 도시에를 와락 끌어안아버렸다. 그리고 그녀에게 도베 슈지에 대해서 전부 털어놓았다.

"스토커잖아요."

도시에도 두려움을 느낀 듯 얼굴을 찡그렸다.

"스토커하고는 조금 다른 느낌이야."

일반적으로 이야기하는 스토커보다는 담백하다. 전화나 편지의 횟

수는 며칠 간격이고 전화를 걸지 말라고 하면 순순히 따른다. 이쪽의 마음을 끌려는 것이 아니라 덧없는 자기주장을 계속하는 것뿐으로 보인다.

"충분히 스토커 짓이에요. 경찰에게 이야기하는 편이 좋겠어요."

"경찰은 상대해주지 않을 거야. 말없는 전화를 걸어오는 것도 아니고."

그렇게 도망쳤다.

"부모님과 상담하는 건 어떨까요?"

"걱정 끼치고 싶지 않아."

이것도 도망쳤다.

"제 남자친구더러 두들겨 패주라고 할까요? 가라테를 배워서 싸움을 엄청 잘해요."

조금 술이 들어간 건지, 도시에는 가라테 포즈를 취해 보였다.

"폭력은 안 돼."

"그러면 다시 그 녀석을 만나서 절대로 다가오지 말라고 말해야죠. 각서도 받고."

"응, 그건 생각해봤어. 하지만……"

당신 마음속에서 쓰카고시 리에의 존재를 완전히 지워라. 그렇게 말하면 그것으로 끝날까? 도베 슈지가 그것을 이해한다고 해도 나는 그걸 납득할 수 있을까. 전화를 걸지 말라거나 편지를 쓰지 말라는 요망이라면 내가 직접 그 결과를 확인할 수 있다. 그렇지만 나를 계속 생각하고 있는지의 여부는 그의 가슴속에 있다. 나는 그의 마음속은 확인할 수 없다. 그는 내가 결코 깨닫지 못하도록 계속 관찰할지도 모르는 것이다. 도베 슈지라는 인간을 믿을 수 없는 이상, 이쪽의 마음을 전한

들 아무런 해결도 되지 않는 것이다. 결국 나는 그의 눈을 계속 의식하게 된다.

"그런 말만 하면, 쓰카고시 씨는 그 남자가 살아 있는 한 벌벌 떨면서 살 수밖에 없어요."

도시에는 화가 난 듯 말했다.

"그래. 그렇다고. 그러니까 어떡하면 좋을지……"

나는 머리를 끌어안았다. 귓가에 도시에가 입을 가까이 가져왔다.

"죽일까요?"

"엉?"

"도베 슈지를 죽여버리면 쓰카고시 씨는 안심할 수 있잖아요. 영원히 안심할 수 있어요."

"농담하지 마."

"농담이 아니에요. 하지만 그러는 것 말고는 도베 슈지의 마음을 끊어버릴 방법이 없잖아요. 머리를 때려서 기억상실하게 만들까요? 그렇다고 쓰카고시 씨의 기억만 사라질까요? 죽이는 편이 훨씬 간단해요. 뭣하면 제 남자친구에게 부탁해볼까요? 여기서만 하는 얘긴데, 상응하는 돈만 주면 뭐든 해줘요."

도시에는 담담하게 말했다. 그렇지만 어떻게 "그러면 죽여줘" 하고 부탁할 수 있을까. 입을 다물고 있자 도시에가 물었다.

"해피 홀리데이는 어떻게 됐어요?"

"아직 결정하지 않았어."

계획을 짤 형편이 아니었고, 이런 상황에서 여행을 가봤자 조금도 즐겁지 않을 것이다.

"도베 슈지를 잊을 수 있는 좋은 기회라고 생각하는데요."

"잊을 수 없어. 귀국한 뒤가 걱정될 테니."

"여행을 떠난 채 돌아오지 않는 건? 그 사람도 외국까지 쫓아오지는 않을 거 아녜요."

"그런 건 불가능해. 살인보다 비현실적이야."

"그러면 역시 그 남자의 존재 자체를 없앨 수 없는 한, 쓰카고시 씨 일은 해결되지 않잖아요."

"하지만……"

"지금 스스로 말씀하셨잖아요. 쓰카고시 씨에게 살인은 어느 정도 현실적 아녜요?"

"그건 이야기를 하다보니 나온 말이고."

나는 손사래를 쳤다. 도시에는 뚱하게 입을 다물었다.

"고마워. 이야기를 들어줘서. 조금 편해졌어."

그것은 솔직한 마음이었다. 그러나 도시에는 아직 납득할 수 없다는 표정으로 계속 앉아 있었다. 분위기가 어색해져서 나는 다시 컴퓨터를 향했다.

"또 한 가지, 현실적인 해결책이 있는데요."

잠시 후에 도시에가 중얼거렸다. 나는 어떤 건지 물어보지 않고 키보드를 두드렸다.

"쓰카고시 씨가 죽으면 돼요."

깜짝 놀라 돌아보자, 엷은 웃음을 짓고 있는 도시에의 얼굴이 보였다.

"죽어버리면 이 세상의 모든 속박에서 영원히 해방될 수 있어요. 손목을 그을래요? 아니면 목을 매요? 약이 좋으면 잘 듣는 녀석을 제 남자친구가 구해다줄 거예요. 이제 죽는 수밖에 없잖아요. 정말로."

그리고 도시에는 배를 잡고 깔깔 웃는 것이었다.

6

도베 슈지 님께

당신이 이것을 읽는 지금, 저는 이미 이 세상에 없습니다. 이 편지는 제가 죽은 뒤에 부치도록 부모님 앞으로 유서를 써두었습니다.

저는 지쳤습니다. 당신의 시선에 지쳤습니다. 일이 손에 잡히지 않습니다. 밤에도 잠을 잘 수 없습니다. 이제 견딜 수 없습니다. 그래서 당신의 눈이 닿지 않는 곳으로 가기로 결정했습니다.

책임을 지란 말은 하지 않겠습니다. 이렇게 된 이상, 책임을 질 수 있을 리도 없으니까요. 결국 제가 약한 탓입니다.

경찰에 도움을 청하자고 몇 번을 생각했는지 모릅니다. 하지만 그럴 수 없었습니다. 당신은 아직 젊고, 경찰이 수사하면 당신의 장래에 상처를 입히게 될 것이라 생각했습니다. 회사에서는 해고될 테고 재취업도 어려워지겠죠.

그것을 자상함이라고 생각하지 말아주세요. 제가 약했던 것뿐입니다. 약하기에 이렇게 죽을 수밖에 없었습니다.

저는 당신을 원망하고 있습니다. 그렇지만 이제 어떻게 되든 상관없는 일입니다. 이제 와서 사과받는다 한들, 당신의 말은 제 귀에 전해지지 않습니다.

용서를 빈다며 제 부모님을 찾아가지도 말아주세요. 그런 짓을 하면 부모님은 아마도 당신을 죽일 겁니다. 외동딸인 저를 부모님은 매우 아끼셨습니다. 저는 부모님에게 당신에 대해 이야기하지 않았습니다. 유서에도 일체 언급하지 않았습니다. 그저 일에 지쳤노라고, 그렇게만 적어두었습니다.

이번 일은 당신과 저만의 문제입니다. 제가 혼자 결단한 것처럼 당신도 혼자서 끝을 내주세요. 이제 저에 대한 것은 깨끗이 잊고 인생의 다음 문을 열어주세요.

마지막으로 한 가지 말해두고 싶은 것이 있습니다. 이 말을 하기 위해서 일부러 이 편지를 썼습니다.

당신이 생전의 저를 얼마나 생각하고 있었다 한들 저의 흔적은 시간과 함께 옅어져가고 끝내 사라질 것입니다. 그때 당신은 분명 다른 여성에게 눈을 돌리겠지요. 그 여성에게는 저에게 했던 짓들은 절대 하지 마시기 바랍니다.

잘못을 두 번 다시 되풀이하지 말아주세요.

이런 괴로움을 맛보는 것은 저 한 사람으로 족합니다.

안녕히 계시길.

쓰카고시 리에

7

쓰카고시 리에 님께

이 편지를 읽어주실 당신은 이미 없습니다. 그런 줄 알면서도 쓰지 않을 수 없었습니다.

당신의 유서를 읽고 머리가 멍했습니다. 다른 표현은 생각나지 않았습니다. 아무것도 생각할 수 없고 눈물도 흐르지 않아서 그저 멍하니 바닥에 몸을 던져버렸습니다.

정신이 들고 보니 다카쓰의 낯익은 맨션 앞에 서 있었습니다. 건물 앞에는 트럭이 멈춰 서 있었습니다. 올려다보니 당신의 방 창문이 열려 있고 낯선 사람의 얼굴이 보였다 사라졌다 했습니다.

돌아갈까 망설였지만 결국 저는 맨션 안으로 들어갔습니다. 1층에 도착한 엘리베이터에서 냉장고를 든 운송업자가 나왔습니다. 와인레드 빛깔의 냉장고는 예전에 한 번 당신의 집에 들렀을 때에 보았던 기억이 있었습니다. 엘리베이터로 6층에 도착하자 복도에 서 있는 젊은 남녀가 기분 나쁘다는 듯한 표정으로 608호를 보면서 소곤소곤 이야기를 나누고 있었습니다. 그들 옆을 지날 때에 "목을 맸다나봐" 하는 속삼임을 듣고 가슴이 욱신 아팠습니다.

608호 안은 텅 비어 있었습니다. 운송업체 유니폼을 입은 젊은이들이 짐을 나르고 있는 옆에서 늙은 부부가 창밖을 멍하니 바라보고 있었습니다. 창가에는 하얀 국화에 둘러싸인 영정과 하얀 보자기에 감싸인 유골함이 놓여 있습니다.

저는 그때 처음으로 현실의 무거움을 깨닫고, 현관 앞에서 울며 쓰러졌습니다.

노부부는 쓰카고시 리에 씨의 부모님이셨습니다. 그 초췌한 모습은 저의 가슴을 더욱 옥죄었습니다.

다부지게 등을 쭉 펴고 저에게 누구냐고 물어보신 어머님께 저는 "직장 쪽의……"라고밖에 대답하지 못했습니다. 아버님께서는 "우리 딸아이를 추모해주십시오"라고 하셨습니다만, 저에게 정말 그럴 자격이 있을까요. 당신의 영정을 똑바로 보지도 못하고 저는 도망치듯이 방을 나왔습니다.

저는 고등학교 시절에 누나를 잃었습니다. 아직 스물다섯이었습니다.

저는 초등학교 시절에 아버님을 잃었습니다. 교통사고였습니다. 같이 타고 있던 어머니도 앓아누우셨습니다. 그래서 누나가 저를 키웠습니다.

보험금의 대부분은 빚을 변제하느라 사라져버렸기 때문에, 누나는 갓 입학한 단기대학을 그만두고 파트타임 아르바이트를 시작했습니다. 정식사원으로 일하지 않았던 것은 어머니의 간호 때문입니다. 짧은 시간의 아르바이트를 몇 개씩 하고, 그러는 틈틈이 집에 돌아와서 어머니를 돌본 것입니다. 물론 집안일도 했고 저에게 공부를 가르쳐주기도 했습니다. 수면시간은 세 시간도 되지 못했을 것입니다.

누나는 미인이었습니다. 단기대학을 그만두기 직전 5월 축제에서는 준 미스 캠퍼스로 선발되기도 했습니다. 그러나 부모님이 사고를 당하고 혼자 몇 가지씩 일하게 된 뒤로는 날이 갈수록 여위고 아름다움이 쇠해갔습니다. 저는 그것을 견딜 수 없었습니다. 빨리 한 사람 몫을 할 수 있게 되어서 누나를 편하게 해주고 싶어서 매일 공부했습니다.

그렇지만 저는 누나에게 아무런 보은도 하지 못했습니다. 누워 계시던 어머님이 돌아가신 직후, 뒤를 잇듯이 누나도 세상을 떠났습니다. 아마도 긴장의 끈이 뚝 끊어져버렸던 게 아니었을까 합니다.

그리고 누나에게 아무것도 해주지 못했던 원통함이, 저를 리에 씨에게 빠져들게 했습니다.

당신은 아름다웠던 시절의 누나를 쏙 빼닮았던 것입니다. 얼굴도, 몸매도, 목소리도, 성만 다를 뿐 리에라는 이름조차도 같았습니다.

제가 당신 앞에서 제대로 입을 열지 못했던 것은 단순히 1대1 대화가 서툴렀기 때문이 아닙니다. 그래서야 영업 일을 할 수 없습니다. 당신을 마주하면 죽은 누나 생각이 나서 너무나 가슴이 답답해져서 견딜 수 없었던 것입니다. 당신은 그 정도로 누나와 닮았었습니다.

당신은 누나의 환생이었습니다. 그래서 이번에야말로 아름다움을 잃지 않기를 원했습니다. 그 미모에 어울리는 차림새를 갖추길 원했습니다. 저는 쓰카고시 리에라는 여성을 통해서 누나에게 은혜를 갚고 있었던 것입니다.

그렇지만 그것은 저 혼자만의 생각일 뿐이었습니다. 누나라면 분명히 기뻐해주리라 믿고 했던 일이지만, 당신과 누나는 다른 사람입니다. 그 당연한 것을 미처 생각하지 못했습니다. 더이상 만나지 않겠다거나 전화도 하지 말라는 당신의 말을 들을 때마다 누나에게 야단맞았다고 생각했습니다. 그리고 저는 소중한 누나의 기분을 상하게 하지 않는 범위 안에서 뭔가를 할 수 없을까 하고 다음 행동을 생각했습니다. 은혜를 갚는다는 대의가 있었으므로 나쁜 일을 하고 있다는 의식이 전혀 없었습니다. 정말 저는 제 생각밖에 하지 않았습니다.

리에 씨, 죄송합니다. 제가 당신을 막다른 골목으로 몰아서 죽게 만들어버렸습니다.

지금 아무리 사죄해도 그 말은 당신에게 전해지지 않습니다. 그렇지만 저는 말해야만 합니다. 당신의 부모님에게도 말씀드리고 싶습니다.

몽상 속에서 살던 저를 깨워주신 것은 당신의 부모님이셨습니다. 두 분의 초췌한 모습을 본 순간, 저는 간신히 자신의 죄를 깨달았습니다. 저는 당신의 부모님에게 감사해야 합니다. 그리고 딸을 죽게 만든 것은 도베 슈지라고 고백해야 합니다.

당신은 유서에서 진실은 부모님에게 밝히지 말라고, 말하면 제가 죽게 될 것이라고 말씀하셨습니다. 하지만 그럴 걱정은 없습니다. 저는 당신의 부모님을 죄인으로 만들 생각은 없습니다.

저도 당신의 뒤를 따르겠습니다.

안심하세요. 저는 분명히 지옥에 떨어질 테니 당신과 재회할 일은 없을 것입니다.

편히 쉬십시오.

도베 슈지

8

도베 슈지의 유서를 읽은 것은 내가 죽은 일주일 뒤의 일이다.

나는 살아서 도쿄의 호텔 방에 있었다.

"쓰카고시 씨가 죽으면 돼요."

오하타 도시에는 그렇게 말하며 웃었다. 취해서 한 농담은 아니었다. 내가 죽어버린 것으로 도베 슈지를 착각하게 만들면 그는 나를 쫓는 것을 그만둘 것이고, 그렇게 되면 나는 그의 눈을 신경 쓰지 않고 살아갈 수 있을 거라고 했다.

그런 속임수가 정말 통할까 생각했지만, 다음 날 만난 도시에의 남자친구는 큰소리를 떵떵 쳤다. 과거에 빚쟁이에게서 도망치려고 거짓 장례식을 한 적이 있었는데, 거짓말이 발각되는 일은 없었다고 한다. 도시에의 남자친구는 심부름센터를 운영하고 있었다. 궁지에 몰리고 있던 나는 자포자기하는 심정으로 계획을 실행하기로 했다. 이 자살극이 잘 먹히면 나는 피해 없이 평온한 생활을 얻을 수 있다. 시골로 도망칠 필요도 없고, 사회의 호기심 어린 시선을 받지 않아도 되는 것이다.

때마침 해피 홀리데이가 다가왔으므로, 자살극 결행은 그 기간에 맞춰서 하게 되었다. 연극의 실행자금은 도베 슈지의 선물을 처분해서 얻은 돈을 사용했다. 내 재산 손해는 전혀 없다.

우선 가짜 유서를 보내고, 나는 호텔에 몸을 숨긴다. 심부름센터에 고용된 사람이 도베 슈지를 감시하고, 그가 내 죽음을 확인하려고 집을 나서면 그가 맨션에 도착하는 것을 노려서 내 부모 역할인 엑스트라를 방 안에 배치한다. "목을 맸다나봐" 하고 속삭이던 커플도 엑스트라다. 운송업자는 진짜였다. 나는 이것을 기회 삼아 이사했다. 도베 슈지가 미련이 남아서 맨션 앞에 꽃을 가져올지도 모르고, 그것을 맞닥뜨리는 날에는 기껏 세운 계략도 수포로 돌아간다.

심부름센터를 운영하는 도시에의 남자친구는 그밖에도 장례식 때 사진이나 내 자살 원인을 조사하는 가짜 경찰도 준비해두었다고 했지만 그것을 사용할 필요는 없었다.

계략은 멋지게 성공을 거두었다. 지나칠 만큼 잘 먹혔다. 도베 슈지가 자살하리라고는 상상도 하지 못했다.

그의 유서는 심부름센터 쪽 사람이 발견했다. 다카쓰의 맨션 우편함에 들어 있었다고 한다. 봉투 겉면에는 내 이름과 함께 '부모님께'라고 적혀 있었다.

나는 도베 슈지를 혐오했다. 내 앞에서 사라져주길 바랐다. 차라리 사고를 당해서 죽어버리면 좋겠다고 생각한 게 한두 번이 아니다. 그러나 이런 모습으로 사라져버리면 가슴이 아프다.

나는 나라는 사람을 알 수 없게 되었다.

나는 도베 슈지를 미워하고 있었다. 사고를 당해서 죽어버리면 좋겠다고 생각한 게 한두 번이 아니다. 그렇지만 죽여버리고 싶다고 생각한 적은 한 번도 없었다. 도시에가 비웃었을 때에도 그런 생각은 하지 않았다.

그런데 사고사를 바라는 마음과 살의를 품는 것, 이 둘에 차이가 있는 것일까. 있다면 자신의 손을 더럽히느냐 더럽히지 않느냐의 차이가 아닐까.

나는 도베 슈지를 미워하고 있었다. 사고를 당해서 죽어버리면 좋겠다고 생각한 게 한두 번이 아니다. 그리고 그는 자살했다.

그런데 사고사와 자살은 뭐가 다를까. 죽음이란 결과는 똑같으니까 내 소원은 성취된 것이 아닐까.

그런데도 어째서 마음이 이리도 무거운 걸까. 나는 나라는 인간을 모르겠다.

그런 고민에 빠져 있는데, 도시에가 더욱 혼란스럽게 만드는 말을 했다.

"그 사람, 정말로 죽었어요?"

영원한 약속

'도시교통개론 노트를 빌릴 수 있을까? 꼭 좀 부탁할게.'

'오케이. 내일은 1교시부터 수업이 있으니까, 적당한 때에 말해줘.'

'지금 가지러 가도 될까?'

'우리집에?'

'실례가 되나?'

'괜찮아.'

미쓰루는 아까부터 휴대전화를 열고 싱글싱글하며 두 시간 전에 나누었던 메시지 대화를 다시 읽고 있었다.

하야사카가 우리집에 온다!

신입생 오리엔테이션에서 옆 자리에 앉았을 때 팍 꽂혔다. 그렇지만 끽해야 인사를 나누는 정도고, 차 한잔 하자는 말도 꺼내지 못했다. 술자리에서 만나도 제대로 눈을 맞추지 못했고, 어차피 남자친구가 있겠거니 하며 이 년 동안 계속 강의실 뒤편에서 바라보기만 했던 그 하야사카가 이 방에!

이건 꿈인가? 아니, 꿈이 아냐.

'지금 가지러 가도 될까?'

휴대전화를 열어보면 그녀에게 온 메시지가 확실히 남아 있다.

편의점 도시락의 잔해와 페트병을 비닐봉투에 쑤셔넣고, 청소기를 돌리고, 성인비디오는 벽장 깊숙한 곳에. 두 손으로 입가를 덮고 숨을 내쉬어 냄새를 맡아보았다. 양치질도 했다. 만만만만만만만만만만일의 경우를 대비해서 콘돔도 사와서 베개 밑에 넣어두었다.

초인종이 울렸다.

"갑자기 와서 미안해."

하야사카는 하얀 숨을 내쉬고 있었다. 순백색 벙어리장갑이 어려 보이는 얼굴과 잘 어울린다.

"아니, 전혀. 아, 이거였지."

미쓰루는 루스리프를 끼운 클리어파일을 내민다.

"고마워. 덕분에 살았어."

하야사카는 클리어파일을 꼭 끌어안는다.

"글씨가 지저분해도 참고 봐."

"아, 그리고 이거, 답례야."

하야사카는 케이크 상자를 내민다.

"어이쿠, 이렇게 신경 안 써도 되는데."

"단 거 싫어해?"

"아니, 좋아해. 보드카를 마시면서 푸딩을 먹곤 하거든."

"그러면 받아줘. 여기 산딸기 밀푀유가 엄청 맛있어."

"오호. 그러면 사양 않고 받을게. 그렇게 맛있구나."

미쓰루는 두 손으로 황송하다는 듯이 상자를 받는다.

"나는 아직 먹은 적 없지만. 항상 줄이 길거든. 오늘은 다섯 명 정도밖에 없어서 운이 좋았어."

"저."

"응?"

"저기 말이야."

"응."

"먹고 가지 않을래? 그, 굉장히 맛있다는 밀푀유."

"내가 먹으면 답례가 안 되잖아."

하야사카는 쿡 하고 웃는다. 윗입술 아래로 살짝 비치는 송곳니가 귀엽다.

"하지만 혼자서는 이렇게 많이 못 먹어. 아, 너무 많아서 싫다는 건 아냐."

미쓰루는 얼굴 앞에서 휘휘 손을 젓는다.

"하지만 산딸기 밀푀유는 하나밖에 안 샀어."

"반으로 나누면 돼."

"괜찮아?"

"물론이야."

"그러면 들어가볼까."

"사양 말고 들어와."

미쓰루는 어색한 발걸음으로 집 안으로 안내했다. 슬리퍼를 준비할 걸 그랬다고 후회했다.

"와, 깨끗하네. 남자 방은 좀더 지저분할 줄 알았어."

하야사카는 방 한가운데에 서서 좌우로 고개를 돌린다. 미쓰루의 코에 황금색 머리카락이 스친다. 남국의 과실 같은 달콤한 향기가 흐른다. 등뒤까지 십오 센티미터.

미쓰루는 퍼뜩 정신을 차리고 그녀에게서 떨어졌다.

"대충 앉아. 차를 끓일게."

도망치듯이 부엌으로 이동해서 주전자를 불 위에 올린다. 그리고 생각한다.

그녀는 나에게 호의를 품고 있는 걸까?

그렇게 생각한 이유 하나. 시험이 다가온 것도 아닌데 노트를 빌리러 왔다. 집에 방문하기 위한 구실이 아닐까?

이유 둘. 케이크를 필요 이상으로 많이 사왔다. 또 산딸기 밀푀유는 먹은 적이 없다며 먹고 싶어하는 듯한 말을 했다. 집에 들어오기 위한 미끼가 아니었을까.

그렇다, 하야사카는 나에게 호의를 품고 있는 것이다!

그런 생각이 들자 미쓰루는 몸이 뜨겁게 달아올랐다. 그러나 동시에 지레짐작했다간 일을 망칠 수 있다고 스스로 되뇌었다.

어제까지 제대로 이야기도 나눠보지 않았는데, 왜 저쪽에서 먼저 다가오겠는가. 지나친 생각으로 혼자 흥을 냈다가는 수습할 수 없는 지경에 이를 수도 있다. 여기서부터는 신중하게 행동해야 한다. 그러나 태평스럽게 움직이면 타이밍을 놓쳐버린다. 오감을 곤두세우고 신속하면서도 정확하게 타이밍을 잡아야—

"접시."

갑자기 목소리가 들렸다. 하야사카가 일어섰다.

"아, 아아, 맞다, 접시 말이지, 접시, 접시……"

미쓰루는 당황하며 식기 선반을 열었다. 할인점에서 980엔에 산, 귀여움도 멋도 없는 물건이다. 접시와 포크는 백엔 숍에서 산 것인데, 혼자 살기 때문에 한 쌍으로 사지 않았다. 하나는 케이크 접시지만 다른 하나는 직경 삼십 센티의 큰 접시, 포크는 케이크용과 스파게티용이다. 부끄러움을 감추듯이 다른 화제를 던졌다.

"뭐 마실래? 커피, 홍차, 코코아."

"다시마 차."

"어?"

"농담이야."

그렇게 말하고 하야사카는 웃으며 장난치듯 팔뚝을 옆으로 흔든다. 미쓰루는 입을 쩍 벌렸다.

"홍차로 할까?"

"하야사카는 이런 애였구나……"

"싫어?"

하야사카는 조금 섭섭하다는 듯 고개를 갸웃거렸다.

"아니, 그럴 리가, 싫다니, 좋아, 아주 좋아, 아, 아니, 그런 의미가 아니라, 아, 뭐라고 해야 할까, 아, 이거, 부탁할게."

미쓰루는 당황하면서 접시를 내민다.

하야사카가 웃으면서 손을 뻗는다.

그때 두 사람의 손이 닿았다.

접시가 바닥에 떨어졌다.

아, 하고 작게 입을 벌리고 하야사카가 앞으로 몸을 숙였다.

미쓰루는 하야사카의 어깨에 손을 댔다. 두 어깨를 잡고 자기 쪽으로 끌었다. 하야사카는 거부하지 않았다.

미쓰루는 하야사카의 상체를 일으키고 얼굴을 들게 했다. 하야사카의 눈은 감겨 있었다.

벌어진 장미 봉오리 같은 입술에 미쓰루는 맹렬히 달라붙었다. 여자의 입술이란 이렇게나 부드러운 것이구나. 미쓰루는 그것만으로도 벌써 졸도할 지경이었다. 섬세함은 티끌만큼도 느껴지지 않는 강간범 같은 키스였다. 자신이 거친 콧김을 내뿜고 있는 것을 똑똑히 느낄 수 있었다. 그래도 하야사카는 거부의 몸짓을 보이지 않았다.

미쓰루는 하야사카를 끌어안은 채로 부엌을 벗어나 침대에 쓰러졌다.

"미안해……"

욕망을 토해내고 숨이 진정되자 미쓰루는 굴러떨어지듯이 침대에서 내려와 알몸으로 바닥에 무릎을 꿇었다.

"아냐."

하야사카는 이불에 고개를 묻은 채로 대답했다. 목소리에 눈물이 섞여 있는 것처럼 들렸다.

"좋아했어. 계속 좋아했어. 그래서 어쩔 수가 없어서……"

"왜 사과하는 거야. 나도 계속 요시다랑 이런 사이가 되기를 꿈꾸고 있었어."

"정말로?"

"계속 이렇게 있고 싶어."

하야사카의 손이 이불에서 나와서 미쓰루의 팔을 잡았다. 그녀 쪽에서 입술을 밀어붙여왔다. 미쓰루는 그녀를 강하게 끌어안았다. 습기를 머금은 그녀의 몸은 뜨거워서 마치 녹아버릴 것 같았다.

꿈이라도 상관없다. 상관없으니까, 언제까지나 깨지 않기를 미쓰루는 소망했다.

*

수도권 뉴스입니다. 1월 29일 오후 11시경, 나카노 구 니초메의 하이츠 연립에서 불이 나서 경량철골 2층 건물이 전소하고 두 시간 뒤에 진화되었습니다. 화재 원인은 205호실 요시다 미쓰루 씨의 주방으로, 불을 끄지 않고 내버려둔 빈 주전자가 원인인 것으로 추정됩니다. 화재 흔적에서 남녀 두 사람의 불에 탄 시신이—

in the lap of the mother

외출 나가서 본 텔레비전에서 세 살 여자아이가 열중증熱中症으로 숨졌다는 뉴스가 나왔다. 어머니가 차 안에 아이를 내버려두고 파칭코 가게에 갔다고 한다. 나는 여자애가 불쌍했고, 그 어머니에게 강한 분노를 느꼈다.

그녀는 차 앞 유리를 선셰이드로 덮고 창문도 일 센티미터 정도 열었으며 오전중이라서 한 시간 정도는 괜찮을 거라고 생각했다고 한다.

바보 아냐? 지금이 몇월인 줄 알아? 차는 철판으로 뒤덮여 있잖아. 애초에 파칭코가 한 시간에 끝날 리가 없어. 실제로 그 어머니는 딸을 여섯 시간이나 방치했다. 정말로 어리석다.

얼마 전에는 생후 팔 개월 된 아기를 집에 놔둔 채로 파칭코에 갔다가 죽게 만들어버린 사고가 일어났다. 갑자기 몸 상태가 나빠져서 구토하고, 토사물에 목이 막혀 질식사한 것이다. 젖도 주었고 기저귀도 갈았고 새근새근 자고 있었으니 두세 시간은 외출해도 괜찮을 줄 알았다며, 어머니는 영문을 알 수 없는 핑계를 댔다.

답답하고 개탄스럽다. 어째서 이런 비극이 반복되는 것일까. 일어나서는 안 되고, 일어날 리도 없는데. 아이는 한시도 눈을 떼서는 안 된다. 외출할 때 문단속을 해야 한다는 것과 다를 바 없는 상식이다. 문도 창문도 활짝 열어둔 채로 해외여행을 가면, 집에 돌아왔을 때 가재도구가 몽땅 사라져 있을 것이 당연하다.

그런 상식 중의 상식도 갖추지 못한 인간은 아이를 갖지 말아야 한다. 그걸 알면서 자기 아이를 방치하는 것은 더욱 악질이니, 과실치사가 아니라 살인죄로 엄벌해야 한다고 생각한다.

지루해하면서 그런 생각을 하고 있으려니 작은 손이 나를 잡아당겼다.

"쉬야."

아리아가 다리를 안쪽으로 오므리고 몸을 비틀고 있다.

"어머나. 그러니까 집에서 나올 때 화장실에 갔다 오라고 했잖니."

"쉬야."

"정말, 왜 하필 지금이니."

휴대전화를 꺼내서 시간을 본다. 9시 45분이었다.

"조금만 더 있으면 가게가 여니까 그때까지 참으렴."

"나 쉬야."

"어쩔 수가 없네."

그렇게 말하기는 했지만, 돌아보니 뒤에는 서른 명 정도 줄을 서 있었다.

"참아, 참아. 아리아, 착하지?"

쪼그려 앉아서 아리아의 두 어깨에 손을 대고 타이른다.

"쉬야, 쉬야."

아리아는 몸일 배배 꼬면서 고개를 젓는다.

"집에서 나올 때에 엄마가 물어봤지. 쉬야 안 해도 괜찮으냐고. 그런데 아리아는 괜찮다고 했지? 그리고 아직 삼십 분밖에 안 지났어. 그런데 왜 쉬야 하고 싶은 거야?"

"쉬야, 쉬야, 쉬야."

아리아는 기계적으로 반복하며 발을 구른다. 이쪽 이야기는 전혀 듣지 않는 눈치다. 그 모습에 조금 짜증이 났다.

"쉬야 하고 싶었는데 아니라고 거짓말을 한 거잖아. 참아, 참으라니까!"

그렇게 말하며 손을 들어올린 때였다.

"다녀오시구려."

앞에 서 있던 반바지 차림의 노인이 돌아보며 말했다. 갑작스러운 말에 멀뚱히 보고만 있었다.

"자리를 맡아둘 테니까, 어여."

그렇게 말하며 담배를 든 손으로 아리아의 머리를 쓰다듬었다. 이름은 모르지만 자주 보던 얼굴이다. 나는 그 호의를 받아들여서 아리아의 손을 끌고 줄에서 빠져나왔다. 중간부터는 안아들고 근처 공원의 화장실로 달려갔다.

가게는 10시 정각에 열렸다. 나는 아리아를 안고 55번 기계로 직행했다. 앞에 스무 명 정도가 줄 서 있었지만 다행히 55번 기계는 비어 있었다. 어제 점원이 오늘 이 자리의 확률이 높게 설정되어 있다고 몰래 알려주었다. 아이를 데리고 있으면 여러 가지로 득을 본다.

일단 기계 상태를 체크하고서 아리아를 무릎에 태우고 55번 기계를 치기 시작했다. 일곱 발째에 처음으로 터졌고, 스물, 스물한 발째에 연속해서 스타트 체커에 들어갔다. 나쁘지 않다. 확률 높은 기계이니, 오늘은 꼭, 하는 예감에 감싸인다.

삐삐삐삐삐 잘그락 휭휭 잘그락 팡팡팡 잘그락 리치 잘그락 삐삐삐삐삐 덜그럭덜그럭덜그럭 휭휭 잘그락 40번 기계 오늘 첫 대박 팡팡팡 잘그락잘그락잘그락—

파칭코 기계 소리에 BGM으로 틀어놓은 트랜스 음악이 섞여서 가게 안은 금세 전쟁터처럼 시끄러워졌다.

이런 환경이 아이에게 좋을 리 없다. 그러나 나는 꼼꼼히 대책을 세워두었으니 괜찮다. 무릎 위에 올려놓은 아리아는 헤드폰을 쓰고 있다. 평범한 헤드폰이 아니다. 노이즈 캔슬링 헤드폰이라는, 외부 소음을 차단하는 기능이 있는 헤드폰이다.

헤드폰은 휴대 게임기에 연결되어 있다. 그러나 게임을 하는 것은 아니다. 아리아는 아직 두 살, 그렇게 이른 시기부터 게임에 재미를 붙이면 장래가 걱정된다. 이 게임기는 메모리카드에 넣은 동영상을 재생할 수 있다. 항상 카드에 넣어온 디즈니 애니메이션을 보여준다. 오늘은 인어공주와 신데렐라다.

아기는 항상 곁에 둬야 한다. 그것이 부모의 의무다. 자기 자식을 집이나 차 안에 방치하고 돌아다니는 것은 몰상식한 짓이다. 그렇다고 해서 아이에게 어울리지 않는 장소에 데리고 가는 것도 좋지 않다. 그래서 나는 머리를 썼다. 불쾌한 소리를 차단하고, 기분 좋은 꿈의 세계를 펼쳐준다.

게임기와 헤드폰을 사는 데는 상당한 돈이 들었다. 그러나 그런 것도 없이 이런 곳에 데리고 오면 아이의 섬세한 귀가 상한다. 뇌에도 악영향이 생길 것이다. 게다가 불쾌감에 아이가 울기 시작하면 파칭코를 할 상황이 아니다.

가끔씩 그런 아이를 발견하면 멱살을 잡고 밖으로 내던지고 싶어진다. 시간을 주체 못하고 좁은 통로를 뛰어다니는 아이는 발을 걸어 넘어뜨리고 싶어진다. 물론 가장 나쁜 것은 그 아이의 부모다. 자기 아이를 제어할 수 없다면 밖으로 데리고 나오지 말라고 한마디 해주고 싶다.

필요한 것에 돈을 아끼면 안 된다. 나중에 파칭코로 되찾으면 되지 않는가.

아리아는 내 무릎 위에 얌전히 앉아서 빨간 머리 공주님에 푹 빠져 있다. 눈이 반짝반짝 빛난다.

가슴이 뜨거워졌다. 이 아이의 행복을 위해서 좀더 힘내야지. 그런 생각에 핸들을 쥔 오른손에 기합이 들어간다.

삐삐삐삐삐 잘그락 휭휭 잘그락 팡팡팡 잘그락 리치 잘그락 삐삐삐삐삐 덜그럭덜그럭덜그럭 휭휭 잘그락 7번 기계 오늘 첫 대박 팡팡팡리~~~~치 잘그락잘그락잘그락—

"엄마."

아리아가 무릎 위에서 돌아보았다.

"왜?"

어지러이 회전하는 애니메이션 슬롯을 바라보면서 대답한다.

"엄마."

"왜?"

연속으로 3, 3이 걸려서 확률변동 리치가 걸려 있는 상황이다. 그것도 슈퍼 리치다.

"엄마아."

"그러니까 왜?"

신나게 사람 속을 태우더니 결국 6에서 멈췄다. 저도 모르게 혀를 찼다.

"엄마아아."

"뭔데? 왜 그래? 쉬야 하고 싶어?"

아리아의 헤드폰을 벗기고 귓가에 입을 대고 묻는다.

"밥, 바압."

가게 안의 시계로 눈길을 던지자 12시 반이었다.

"그러네. 배고프구나. 조금만 있다가 밥 먹으러 가자."

헤드폰을 다시 씌워주고 다시 처음부터 애니메이션을 틀어준다. 아리아는 얌전히 화면을 바라보았다.

"아이고, 착하지. 엄마가 꼭 딸게. 그러면 맛있는 거 먹자. 초밥 먹을까? 케이크도?"

아리아의 부드러운 머리카락을 쓰다듬으며 파칭코 기계 옆의 구슬 자판기에 천 엔짜리 지폐를 투입한다.

삐삐삐삐삐 잘그락 휭휭 잘그락 팡팡팡 잘그락 리치 잘그락 14번 기계 오늘 첫 대박 삐삐삐삐삐 덜그럭덜그럭덜그럭 휭휭 잘그락 72번 기계 오늘 두번째 대박 팡팡팡 리~~~~치 잘그락잘그락잘그락—

"엄마."

아리아가 무릎 위에서 돌아보았다.

"조금만 더 기다려."

그렇게 대답하면서 시선은 파칭코 화면을 바삐 움직인다.

"밥, 밥."

아리아가 팔을 버둥거린다. 그것이 오른쪽 손목을 건드려서 핸들이 왼쪽으로 틀어지며 구슬이 빗맞고 말았다.

"이러면 못써!"

저도 모르게 손을 치켜들었지만, 겨우 도로 내렸다.

"엄마도 배고파요. 하지만 열심히 하고 있단다. 그러니까 아리아도 힘내. 조금만 더 참으면 되니까. 착한 애니까 얌전히 있으렴. 그러면 맛있는 거 사줄게. 알았지?"

아리아의 귓가에 다정하게 속삭인다.

2시가 다 되어가고 있었다. 공복이라 혈당치가 떨어졌는지 조금 어지럽다.

대박이 두 번 왔지만 전부 단발로 끝나서 결과적으로는 이만엔 정도 잃었다.

그러나 흐름은 확실히 오고 있다. 지금 휴식을 취하는 것은 바보 짓이다. 그렇게 굳게 마음먹고 구슬 자판기에 만 엔짜리 지폐를 투입한다.

삐삐삐삐삐 잘그락 휭휭 잘그락 팡팡팡 잘그락 리치 잘그락 삐삐삐삐삐 덜그럭덜그럭덜그럭 휭휭 잘그락 팡팡 리~~~~치 잘그락잘그락잘그락 55번 기계 오늘 세번째 대박 축하드립니다—

의자 위에는 구슬 상자가 쌓여 있다. 간신히 대박이 터졌다. 그것도 사연발로. 파칭코는 인내심이 중요하다고 다시 한번 생각했다.

그렇지만 겨우 만 엔 정도 따가서는 플러스가 안 된다. 좀더 힘을 내서, 하다못해 오만 엔 정도는 따야 한다. 빚도 갚아야 한다.

하지만 역시 지쳤다. 4시? 어머나, 여섯 시간이나 계속했네. 지칠 만도 하지. 휴식하자, 휴식.

"미안해, 많이 기다렸지?"

아리아의 머리를 쓰다듬고서 점원을 불렀다. 점원이 와서 '식사중' 팻말을 기계에 걸어주었다.

"배고프지? 엄마도 배고파요."

헤드폰을 빼고 귓가에 말을 건다.

대답이 없었다.

"아리아?"

얼굴을 들여다보니 눈을 감고 있었다.

"자니? 미안해."

입은 칠칠치 못하게 벌어져 있다.

"어머나. 이거 봐."

침으로 더러워진 입 주위를 닦아주려고 안아올리자, 고개가 덜컥 뒤로 넘어갔다.

두 팔도 중력에 맡기듯 축 늘어졌다.

단풍잎 같은 손이 힘없이 벌어지고, 휴대 게임기가 바닥에 떨어졌다.

*

또다시 파칭코 관련으로 가슴 아픈 사고가 일어났습니다. * *현 * *시에서 어머니와 함께 파칭코 가게에 온 두 살 여자아이가 파칭코 구슬에 목이 막혀 질식사했습니다. 여자아이는 아침부터 식사를 하지 못해서 배고픔을 참지 못하고 파칭코 구슬을 입에 넣은 것으로 보이며, 어머니를 보호책임자 유기 혐의로—

존엄과 죽음

무라노가 처음 습격당한 것은 8월 보름달이 뜨던 날 밤이었다.

정확히 말하면, 그때는 무라노 본인이 아니라 거처가 습격당했다. 볼일을 보려고 거처를 나왔을 때, 달이 너무 아름다워서 저도 모르게 어슬렁거리며 연못 가장자리로 가서 수면에 흔들리는 달을 보며 한 시간 정도를 보냈다. 그리고 거처에 돌아왔더니 내부가 엉망진창으로 뒤집어져 있고 종이박스 지붕과 벽이 찢겨 있었다.

무라노는 흔히 말하는 홈리스였다. 도쿄의 베드타운인 T시의 우노모리 공원에서 지내고 있다.

무라노가 우노모리 공원에 살기 시작한 것은 그로부터 한 달 전, 긴 장마가 간신히 끝났을 무렵이다. 그 이전의 반년은 도심의 터미널 역 지하통로에서 지냈다. 근거지를 바꾼 것은 인간관계가 싫었기 때문이다.

역 지하통로에는 오십 명 정도의 홈리스가 정착해 있었다. 각자 사연 많은 인생을 겪고 그곳에 모여들었으므로 서로 간섭하지 않는 것이

암묵적인 룰이었다. 그러나 한곳에 모여 살게 되면 자연스럽게 나름의 커뮤니케이션이 발생한다. 얼굴이 익으면 인사를 하게 되고, 어디에 있는 공사현장에서 인부를 모집한다는 등의 정보교환을 한다. 우두머리 격인 사람이 돌아다니면서 몸 상태는 어떠냐, 가끔씩은 머리를 감으라고 말을 걸어온다. 개중에는 아주 말이 많은 사람도 있어서 그의 반생 이야기(실제로는 지어낸 이야기일지도 모르지만)를 아침부터 저녁까지 듣게 되는 경우도 있었다.

그런 이웃을 상대하는 것이 답답하게 느껴져서, 무라노는 교외까지 흘러나온 것이다.

우노모리 공원에 먼저 살고 있는 사람은 없어서 무라노는 혼자서 마음대로 하루하루를 보냈다. 공원에는 많은 사람이 모여들지만 말을 걸어오지는 않는다. 윗사람의 책망도 없었다. 한번 경찰관의 직무질문을 받았을 때도, 일도 집도 가족도 잃었다고 대답하자 모닥불은 피우지 말라는 주의만 주었을 뿐, 그뒤로는 진심으로 동정을 해주었다.

그렇게 한 달 정도 무라노는 평온한 나날을 보냈다. 하지만 8월의 그날, 재난이 닥쳤다.

거처가 어지럽혀졌지만 뭔가를 도둑맞은 것은 아니다. 얇고 땟국에 전 이불이며 종이봉투에 담겨 있던 옷이 땅바닥에 내팽개쳐져 있을 뿐이었다. 빈 깡통에 들어 있던 동전은 손대지 않고 남아 있었다. 단순한 심술일 것이다. 그러나 종이박스에 남은 칼자국은 무라노를 조금 불안하게 만들었다.

역 지하통로에서는 이십사 시간 내내 지나다니는 사람들의 따가운 시선을 받았다. 욕지거리를 들은 적도 드물지 않다. 그렇지만 신변의 위험을 느낀 적은 한 번도 없다. 집단으로 생활했기 때문이다.

사람들에게 피해를 주니까 나가라, 나가지 않는다면 때려죽이겠다며 덤벼드는 주정뱅이가 가끔씩 나타났다. 그러나 그럴 때는 반드시 '동료'들이 모여들어서 그 자리를 수습했다. 주운 잡지를 팔아 푼돈을 모으는 사람이 거처를 비웠을 때 빈집털이를 노리던 사람도 있었지만, 이때도 '동료'들의 신속한 행동으로 범인을 그 자리에서 붙잡았다. 비위생적인 환경이 불러오는 병에 대한 걱정은 있어도 외적에 의한 폭력 피해의 위험은 없었다.

그런데 우노모리 공원에는 '동료'가 없다. 자신의 몸은 스스로 지켜야만 한다. 그것이 가능할지 무라노는 자문해보고, 불가능하다고 바로 답을 냈다.

사람은 저항하지 않으면 저항하지 않는 만큼 강자의 기세에 힘을 실어주게 된다. 무라노는 종이박스의 상처를 손가락으로 더듬으면서, 언젠가는 나이프가 자신의 몸을 향할지도 모른다는 예감을 느꼈다.

그러나 무라노는 지하통로로 돌아가지 않았다. 물론 경찰에 피해를 호소하지도 않았다.

무라노는 죽음에 두려움을 품고 있다. 죽는 것은 정말 두렵다. 그렇지만 굳이 삶에 집착할 이유도 가지고 있지 않았다.

다음 달은 큰일 없이 지나갔다.

우노모리 공원은 주택 밀집 지역에서 조금 떨어진 장소에 위치해 있었다. 부지를 둘러싸고 벚나무가 심겨 있어서 봄에는 상당히 북적인다. 그러나 벚꽃이 피는 계절을 빼면 일부러 찾을 이유가 없는 공원이었다. 연못은 있었지만 검고 탁한 물속에 물고기의 기척은 없다. 물새도 놀지 않는다. 계절 따라 피는 꽃이나 잔디밭도 없다. 모래밭이나 그네 같은 놀이기구도 없고, 공놀이나 롤러스케이트, 불꽃놀이도 금지되어 있다. 공원 안의 가로등도 적어서 해가 지면 사람의 발길이 뚝 끊긴다. 자그마한 언덕에 서 있는 신사 문이 음침하게 느껴지기 때문일까, 밤의 어둠을 틈타 엉겨붙는 커플의 모습도 보이지 않는다.

그렇게 잊혀진 듯한 공원이 가장 북적이는 시간이 이른 아침이다. 운동복 차림의 노인이 삼삼오오 모여들어서 체조나 태극권, 원래는 금지된 게이트볼을 시작하는 것이다.

노인들의 등장을 신호로 무라노는 종이박스로 만든 오두막을 접고 공원을 나선다. 오두막은 비와 서리를 막기 위해서 정자 안에 세워둔다. 그것을 일부러 접는 것은 낮에도 그대로 놔두었다간 민폐가 되기 때문이다. 사회적으로 풍파를 일으키고 싶지 않은 마음이 그렇게 만든다.

접은 종이박스는 공중화장실 뒤편의 덤불 속에 감춘다. 얼마 안 되는 가재도구는 쇼핑 카트에 넣어서 항상 끌고 다닌다. 도둑맞을 위험은 없지만, 누가 버릴지 모른다는 불안 때문이다.

공원을 나선 무라노가 향하는 곳은 늘 정해져 있다. 역의 앞뒤로 펼쳐져 있는 상점가를 돌며 오늘의 식량을 찾는 것이다. 잔반을 주워 모으지는 않는다. 무라노는 갓 홈리스가 되었을 무렵에 잔반을 먹고 고열과 복통에 사흘밤낮을 앓아누운 적이 있었다. 그 쓰린 경험 후로는 아무리 굶어도 잔반만큼은 손을 대지 않겠다고 마음먹었다.

대신 자동판매기를 체크한다. 동전 반환구를 손가락으로 더듬어서 깜빡 놔두고 간 동전을 모은다. 자판기 아래를 들여다보면 보일 때도 있다. 역 주변을 샅샅이 돌고나면 빵이나 우유를 사기에 충분한 잔돈이 모인다. 수확이 없을 때, 혹은 꼭 술이 마시고 싶을 때에는 비기가 있다. 가진 동전을 넣는 도중에 상품 버튼이 아니라 반환 버튼을 누르는 것이다. 이것을 반복하다보면 어쩌다가 투입액 이상의 돈이 나올 때가 있다.

돈 모으기가 끝나면 무라노는 우노모리 공원으로 돌아와서 주워온 신문 잡지를 펼친다. 읽고 싶어서 그러는 것이 아니라, 그러지 않으면 시간을 때울 수 없으므로 읽는다. 아무런 흥미도 없지만, 한반도의 정세와 의료보험 시스템, 한신 타이거스의 새 감독과 소년 점프의 인기 연재도 무라노는 실시간으로 알고 있다. 아침에 주워온 것을 전부 훑어보고 나면 마침 해가 지고, 그것으로 무라노의 하루가 끝난다.

무라노의 매일은 그것의 반복이었다. 8월 보름달이 뜬 밤에 오두막이 헤집어진 것을 제외하면 변화 없는 시간 속을 떠돌고 있었다.

다만, 그날그날 일어날 때의 느낌이 다르듯이, 구름 사이로 달이 보였다가 사라지듯이, 흘러가는 시간 속에서는 다양한 파도가 발생한다.

신문 잡지 말고도 시간을 때울 것이 생겼다. 주워온 작은 키보드를 연주하게 되었던 것이다. 그래봐야 무라노는 음악에 소질이 없었으므로 손가락 하나로 하는 연주였다.

그러던 어느 날 오후, 흐릿하게 기억하고 있는 동요나 창가를 연주하고 있는데 눈앞에 동전이 굴러들어왔다.

“잘한다, 잘해.”

어떤 남자가 싱글싱글 웃으며 박수를 쳤다.

그 일이 있은 뒤로 무라노는 주위 사람이 없는 틈에, 혹은 밤의 장막이 드리우고 나면 혼자서 조용히 키보드 연습을 하게 되었다.

9월이 되자 귀여운 무리가 공원에 찾아오게 되었다. 앞치마 차림의 보모가 인솔하는 이 근방의 유치원생이다. 교실에서만 놀면 답답하므로 날씨가 좋은 날에는 야외로 데리고 나오는 것이다 아이들은 순진해서 무라노의 모습을 발견하자 잠시 멍하니 바라보더니 슬금슬금 다가왔다. 뭐 해요? 하고 말을 거는 아이도 있다. 분명 아이들은 무라노를 신기한 동물이라 생각하고 흥미를 보이는 것이리라. 무라노는 미소를 보이지는 않았지만 그렇다고 귀찮다며 위협하지도 않았다.

하지만 그런 상황이 벌어지면 보모가 반드시 끼어든다.

"그쪽에 가면 안 된다고 했잖니!"

비명과도 비슷한 목소리다. 아이들이 그에 반응하지 않으면 보모는 황급히 안색을 바꾸고 달려와서는 "더럽잖아!" 하고 외치면서 아이를 끌어안고 달려간다. "더럽다" 대신에 "위험하다"나 "큰일 난다"가 사용되는 경우도 있다. 어른은 어른대로 무라노를 동물처럼 취급한다.

더욱 부당한 취급을 받은 적도 있다.

우노모리 공원은 놀이기구가 없어서 어린아이를 데리고 오는 어머니들의 집합소가 되지는 않지만, 그래도 가끔씩 자식과 함께 점심 도시락을 들고 오는 어머니가 있다. 무라노의 모습을 본 어머니는 눈을 휘둥그레 뜨고는 당황하며 몸의 방향을 바꾸거나 무라노에게서 멀리 떨어진 자리로 이동한다.

그런 행동에는 익숙해져 있으니 넘어가자. 어떤 어머니는 무라노를 보고 화들짝 놀라서 공원을 떠나더니, 잠시 후 혼자 돌아와서는 무라노를 내려다보며 이곳을 떠나라고 용맹스럽게 말하기도 했다.

우리 아이가 전염병에 걸리면 어쩔 거냐며 그녀는 격앙했다. 우리 아이가 당신 흉내를 내면 어쩔 거냐는 말도 했다. 무라노가 있으면 자신이 불쾌감을 느낀다는 말은 결코 하지 않았다.

무라노는 끝까지 입을 열지 않았다. 그러자 그녀는 "두고 보세요, 경찰을 부르겠어요" 하고는 떠나갔다. 그렇게까지 딱 부러지게 이야기 한 사람은 처음이라서, 무라노는 유치장에서 따뜻한 밥을 먹는 것도 나쁘지 않겠다고 각오했지만, 끝내 경찰관은 오지 않았다.

반대로 기분 나쁠 정도로 정중한 취급도 받았다.

오봉이 끝났을 무렵, 태풍이 지나가고 난 오후였다. 정자의 지붕도 옆으로 들이치는 비에는 별 도움이 되지 않는 터라 종이박스 오두막이 흠뻑 젖어버려서 무라노는 그 뒤처리를 하고 있었다. 거기에 한 여성이 다가오더니 안녕하세요, 하고 쾌활하게 말을 걸었다. 오십대 전후로 보이는, 잘 차려입은 아주머니다.

"어머, 비에 다 젖어버렸네요."

그녀는 그렇게 말하며 과장스럽게 팔을 벌렸다. 그렇다고 작업을 거들어줄 생각은 없는 듯했다. 대신 무라노를 내려다보며 물었다.

"당신, 이름은 어떻게 되나요?"

그 말에 무라노는 흘끗 보기만 하고 하던 작업을 계속했다.

"가족은 어떡하고요?"

그녀는 허리를 굽히고 고개를 갸웃거리며 아이를 상대하는 듯한 말투로 말을 걸어왔다.

고향은? 나이는? 직업은? 식사는?

무라노가 계속 무시해도 불쾌감을 느끼지 않고 온화한 말투로 질문을 계속했다.

"당신, 이름은 뭔가요? 알려주세요."

이윽고 질문이 처음으로 되돌아왔다. 무라노는 무시하는 것도 귀찮아져서 "무라노"라고만 무뚝뚝하게 말했다.

본명은 아니다. 지하통로에서 지내던 시절에 동료가 그렇게 불렀던 것뿐이다. 지난해 세상을 등진 무라노란 이름의 알코올 중독자와 얼굴이 닮았다는 모양이다. 재수 좋은 이름은 아니지만 재수가 좋아봤자 이 인생이 좋아질 방법이 없으므로 무라노의 이름을 물려받기로 했다.

"그래요, 무라노 씨군요. 무라노 씨. 꼭 기억해둘게요. 저는 후지에다라고 합니다."

그녀는 과장스럽게 가슴에 손을 대고 간신히 자신의 정체를 밝혔다. 후지에다는 근처에 사는 주부로, 지역 자원봉사 서클에 참여해 독거노인을 순회방문하고 있다고 한다.

"그런데 무라노 씨, 일은 아무것도 안 하시나요?"

무라노는 묵묵히 고개를 저었다.

"이런 불황에서는 일도 좀처럼 찾기 힘들죠."

사실과는 다르지만 무라노는 굳이 정정하지 않았다.

지하통로의 동료들 사이에서는 불황으로 직업을 잃어서 어쩔 수 없이 길거리에 나앉게 된 사람도 있었다. 그런 홈리스는 아직 인생을 포기하지 않고 일용직 일을 하는 짬짬이 직업소개소에 다니고 있었다.

스스로의 의지로 일반적인 사회생활을 거부하는 자들 중에도, 리어카를 끌며 종이박스를 줍거나 낡은 잡지를 주워 모아서 노상에서 판매하거나 하는 나름의 직업을 가지고 있는 자도 적지 않았다.

그러나 무라노는 노동의욕이 눈곱만큼도 없었다. 일하고 싶지 않기 때문에 홈리스 생활을 하고 있는 것이다. 죽지 않을 정도로 육체를 유지하기 위해서는 동전을 줍는 것만으로 충분하다.

"가족은 없으신가요? 부모님, 자식, 형제."

무라노는 고개를 저었다.

"그것 참 안되었네요. 언제부터 혼자인가요?"

무라노는 이맛살을 찌푸렸다.

"죄송해요. 괴로운 기억을 떠올리게 했군요."

후지에다는 아차 하며 뺨에 손을 대었다. 무라노는 조금도 괴롭지 않았다. 단지 귀찮았다.

"그렇죠. 지금 막 알게 된 사람이니까요. 이야기는 천천히 하죠. 곤란한 일이 있으면 사양 말고 상담해주세요."

후지에다는 제멋대로 결론을 내고 제멋대로 이야기를 끝내더니 또 올게요, 하고 일어섰다. 그 부드러운 표정은 마지막까지 무너지지 않았다.

그뒤로 후지에다는 일주일에 한두 번꼴로 찾아왔다. 아마도 자식이 독립하고 집도 그럭저럭 부유해서 시간이 남는 모양이었다.

후지에다는 항상 방실방실 웃었고 항상 뭔가를 듣고 싶어했다.

고향은 어디예요? 몇 살이죠? 몸 상태는? 일은 아직 못 찾았나요?

무라노는 침묵을 유지했다. 마음이 내키면 적당히 맞장구를 쳐주었지만, 구체적인 것은 하나도 말하지 않았다. 그래도 후지에다는 끈기 있게 얼굴을 내밀었고 이런저런 말을 걸어왔다. 그리고 제멋대로 무라노의 반생을 상상하고 위로의 말을 해주는 것이었다.

떠나갈 때, 후지에다는 항상 도시락을 놓고 갔다. 독거노인들에게 돌리고 남은 것이라서 차게 식어 있었지만, 밥이나 반찬이 각각 다른 상자에 담겨 있는 꽤 호화로운 것이었다.

그러나 무라노는 결코 젓가락을 대지 않았다. 도시락의 내용물은 고스란히 변기에 버리고 자신이 산 빵을 먹었다.

무라노는 알고 있었던 것이다. 도시락을 놓고 간 후지에다가 공원 입구의 수돗가에서 손을 박박 씻는 것을.

9월 보름달이 뜬 날 밤, 무라노는 다시 습격을 받았다.

한밤중의 일이었다. 무슨 소리가 들린 것 같아서 무라노는 잠에서 깨어났다. 그대로 이불 속에서 가만히 있자니 쿵 하는 소리와 함께 오두막 전체가 크게 흔들렸다. 잠시 시간이 지난 뒤에 다시 흔들렸다. 흔들리는 사이에 소곤소곤 이야기 소리가 들렸다.

누군가가 오두막을 때리고 있는 것이다. 길 안내를 원하는 것이 아님은 명백했다. 무라노는 어떻게 대응해야 좋을지 몰라 몸을 일으킨 상태에서 굳어버렸다.

불온한 여진이 몇 번인가 반복되던 끝에, 그때까지 없던 큰 소리가 나며 종이박스 벽이 허물어졌다.

세 사람의 모습이 달빛에 비쳤다. 얼굴은 또렷하게 보이지 않았지만 체구로 보아 남자 중학생 같았다. 한쪽 다리가 공중에 떠 있었다. 오두막에 발길질을 날리던 모양이었다.

무라노의 모습이 나타나자 세 사람은 기성을 지르며 뛰기 시작했고, 눈 깜짝할 사이에 어둠 속으로 사라졌다.

그러나 그것으로 끝나지 않았다.

갑자기 무라노는 얼굴에 격통을 느꼈다. 어둠 속에서 돌이 날아와서 무라노의 오른쪽 눈을 정통으로 맞힌 것이다.

무라노는 으악! 하고 비명을 지르며 쓰러졌고, 오른쪽 손을 아픈 눈에, 왼손을 머리에 대고 다음 공격에 대비했다.

다음 공격은 없었다.

그러나 그날 밤 무라노는 아픔과 공포 때문에 한숨도 자지 못했다.

다음 날은 평소처럼 노인들의 등장과 동시에 오두막을 접었다. 역 화장실에서 거울을 보니 오른쪽 눈꺼풀이 시퍼렇게 변색되어 있었다. 불행 중 다행이라고 할지, 그렇게 많이 붓지는 않았고 출혈도 없다. 눈을 깜빡이는 데 위화감이 들긴 해도 시력 저하는 느껴지지 않는다.

무라노는 그길로 자동판매기를 순회했고 목표하는 금액을 달성하자 신문 잡지를 모아서 공원으로 돌아왔다. 도중에 파출소 앞을 지났지만 간밤의 일을 보고하지는 않았다.

저녁에 후지에다가 찾아왔다.

"빅뉴스에요, 빅뉴스!"

그녀는 그렇게 말하며 가슴 앞에 손을 모았다.

"기타니초라고 아세요? 역 맞은편 상점가에서 똑바로 쭉 가면 나오는 동네."

무라노는 고개를 끄덕였다.

"그곳의 이시다 상회에서, 언제라도 좋으니 오래요."

무라노는 멀뚱한 표정을 지었다.

"아, 죄송해요. 제가 너무 흥분했네요. 이시다 상회의 이시다 씨는 폐지수집업자에요. 당신, 거기서 일할 수 있어요. 방금 전에 약속을 잡고 왔어요. 사원으로 일하는 건 아니지만, 괜찮죠? 길거리에서 종이를 모아서 이시다 상회에 가져다주면 돈을 받을 수 있어요. 일 킬로그램에 이 엔으로 쳐준대요. 이시다 상회는 여기에요."

그렇게 말하며 후지에다는 지도 복사본을 내밀었다.

"왜 그래요? 좀 기뻐해주세요. 아, 못 믿는 거군요. 정말이에요. 종이박스를 운반할 리어카도 빌려주신대요. 좋은 일은 빨리 하라고 했으니 내일이라도 가보시—어머나! 이게 웬 상처람!"

후지에다는 간신히 무라노의 이변을 알아차렸다.

"대체 무슨 일이 있었나요?"

그녀는 자세히 보여달라는 듯이 손을 뻗어왔지만, 그 손가락 끝은 결코 무라노의 피부에 닿지 않았다. 그러면서도 "대체 어떻게 된 일인가요?" 하고 사정을 물었다.

"넘어졌어."

무라노는 그렇게만 말했다.

"어머머. 아파요? 아프겠죠. 진통제를 가져올게요."

무라노는 고개를 저으며 거부했다.

"그래요. 하지만 잘 식혀요. 그렇지, 이걸 사용해요."

후지에다는 프라다 파우치에서 페이스타월을 꺼내 무라노 앞에 휙 하고 던졌다.

그녀가 떠나가자 무라노는 도시락과 함께 타월을 버렸다.

다음 날 무라노는 평소와 다름없는 하루를 보냈다. 그다음 날에도 이시다 상회로 발길을 향하지 않았다.

역과 공원을 왕복하며 닷새가 지나고 엿새째가 되는 저녁, 예측하던 전개가 찾아왔다.

"무라노 씨, 대체 어떻게 된 일인가요?"

달려오듯이 후지에다가 다가와서는 난처하다는 표정으로 무라노에게 말했다.

"지금 이시다 상회에 갔다 왔어요. 당신이 어쩌고 있나 보러. 그랬더니 아직 안 왔대요. 왜 안 간 거예요?"

무라노는 고개를 숙였다.

"눈 상태가 안 좋나요?"

아픔은 완전히 사라지고 상처도 이제 거의 알아볼 수 없다.

"사양하는 건가요? 사양하지 않으셔도 돼요."

무라노는 고개를 숙인 채로 고개를 저었다.

"혼자서 가는 게 부끄러운가요? 하지만 무라노 씨, 당신은 어린애가 아니니까 혼자서 가야죠."

무라노는 옷자락을 움켜쥐었다. 심심풀이 삼아서 한 동작에서 후지에다가 이야기를 지어냈다.

"아, 그렇군요. 옷이네요. 그 차림새로는 고용해주지 않을 거라고 걱정하고 있군요. 괜찮아요, 무라노 씨. 이시다 씨 가게에는 당신 같은 사람이 많이 들락거려요. 이시다 씨는 그런 것은 전혀 신경 안 써요. 일만 제대로 하면 아무 말도 하지 않아요."

무라노가 그 말에 묵묵히 있자 후지에다는 그날 처음으로 미소를 보였다.

"하나도 걱정할 것 없어요. 내일 다녀오세요."

무라노는 그다음 날도 공원 안에서 하루를 보냈다.

세번째 습격은 은밀히, 그러나 전에 없이 격렬하게 무라노의 몸에 날아들었다.

습격을 받은 그때, 무라노는 무슨 일이 일어났는지 전혀 알 수 없었다.

아주 흉폭한 소리가 났다. 날카롭고 짧은, 뭔가가 폭발하는 듯한 소리였다. 그것이 연속되고 게다가 수없이 겹쳐지며 온몸에 밀려들었다. 난사하는 자동소총을 정통으로 맞은 듯한 느낌이었다. 십 초, 아니 이십 초 정도 이어졌을까. 귀가 먹먹해진다는 게 바로 이런 걸 두고 하는 이야기였다. 폭발이 멈춰도 계속해서 한동안 귓가에 날카로운 소리가 울렸다.

무라노는 두 귀를 손으로 막으면서 꿈속을 떠돌고 있는 건가 하고 생각했다. 그러는 사이 자신이 눈물을 흘리고 있음을 깨달았다. 갑작스러운 사태에 공포를 느낀 것이 아니다. 멍하니 있는데 계속해서 눈물이 흘러나왔다. 그리고 기침도 멈추지 않는다.

코의 신경에까지 정신이 미치고 주위에 독한 냄새가 충만해 있음을 알았을 때, 무라노는 비로소 무슨 일이 벌어진 것인지 깨달았다.

눈물과 기침과 냄새의 원인은 화약 연기다. 자고 있는데 습격해서 오두막 안에 대량의 폭죽을 던져넣은 것이다.

그것을 깨닫고 비로소 무라노는 공포를 느껴 오두막에서 기어나왔다. 기어나오면서도 만반의 준비를 갖춘 적의 모습이 머리를 스쳤지만, 숨이 답답해서 견디지 못하고 그대로 밖으로 나왔다. 두 팔로 머리를 감싸고 2차 공격에 대비했다.

잠시 웅크리고 있었지만 아무 일도 일어나지 않았다.

무라노는 천천히 몸을 일으키고 주위를 주의 깊게 둘러보았다. 사람의 모습은 없고 기척도 느껴지지 않았다. 풀벌레 소리만 났다.

오늘은 이것으로 끝난 듯했다. 그렇다, 오늘은.

범인은 아마도 지난 두 번과 같을 것이다. 그들은 이 게임에 맛을 들였다. 그들은 반드시 또 찾아와서 무라노에게 해를 입힌다. 그 해는 게임이 반복될 때마다 커질 것이다.

공포를, 그리고 그다음에 있는 죽음을 느끼고 무라노는 깡마른 자신의 몸을 끌어안았다.

그렇지만 경찰에 보호를 요청하려고도, 지금 당장 짐을 정리해서 이 자리를 뜨려고도 생각하지 않았다.

무라노는 삶의 의미를 잃었다. 집을 버리고 친구를 버리고 직장을 버리고 이름도 버렸다. 아주 오래전부터 자신은 이 세상에 존재할 가치가 없다고 생각하고 있었다. 가족이 있고 직업이 있었던 그때에도 죽어버리자고 도대체 몇 번을 생각했던가.

그러나 죽을 수 없었다. 부엌칼을 들었고 수면제를 샀고 아파트 옥상에도 올라갔다. 그러나 죽을 수 없었다.

무라노는 죽는 것이 두려웠다. 죽음 자체는 전혀 두렵지 않다. 저세상에 가고 싶다고 강하게 바라고 있다. 그러나 죽음에 이르는 과정이 무서워서 견딜 수 없다. 한순간에 끝난다고 되뇌어도 그 한순간에 응축된 괴로움을 상상하면 공포에 몸이 움츠러들었다.

아무리 노력해도 죽을 수 없었던 무라노는 한때 살아 있는 의미를 찾으려고 신에게 의지하기도 했지만, 어느 신이나 돈을 원할 뿐, 구원의 손길을 뻗어주지 않았다.

무라노는 살 수도 죽을 수도 없는 인간이다. 죽지 않기 위해서 살고 있다. 단지 그뿐인 나날을 보내고 있다.

그 삼인조에게 점찍힌 무라노는 죽음의 공포를 느끼고 있었다. 이 자리에서 도망치고 싶다는 마음은 확실히 있다. 그렇지만 어디로 도망치면 좋단 말인가.

홈리스의 커뮤니티에 들어가면 우선 생명의 안전은 보장된다. 그렇지만 커뮤니티 안에 있으면 사람을 접하게 되는 것을 피할 수 없고, 그곳에도 적은 존재한다.

홈리스는 약자이며, 약자이기에 모두 사이좋게 어울려 산다—는 건 아니다. 사람이 모여서 무리를 짓게 되면 그곳에는 항상 역학관계가 생겨난다. 자기 앞가림이 서툰 사람은 금세 화풀이 대상이 된다. 말로 괴롭히기도 하거니와 모아온 잔돈을 갈취당하기도 한다. 남녀 구별 없이 으슥한 곳에 끌고 가서 욕보이는 짐승 같은 놈도 있다. 외부의 적에는 하나로 똘똘 뭉쳐도 내부에서는 강자가 약자를 지배한다.

그렇다면 이대로 공원에 계속 머무르다가 무슨 일에 휘말려서 콱 죽어버리는 것도 나쁘지 않다. 무라노는 그렇게 생각하고 있었다.

결국 무라노는 우노모리 공원에 머물렀다. 이유는 특별히 없다. 곧바로 판단할 수 없는 문제로 끙끙거려봤자 해결되지 않고, 그저 수렁에서 발버둥치며 괴로워하는 것뿐이라는 걸 무라노는 알고 있다. 쓸데없이 괴로워하고 싶지 않으니까 아무것도 생각하지 않았고, 아무것도 생각하지 않은 결과로 현상유지는 필연이었다.

그리고 현상유지의 결과로 후지에다의 방문을 받는 것 역시 필연이었다.

"어째서 이시다 상회에 가지 않는 건가요?"

습격이 있었던 다다음 날, 그녀는 낯빛을 바꾸고 찾아왔다.

"가지 않는 이유를 말해주세요."

물론 무라노는 대답하지 않는다.

"그야, 벌이가 좋은 일은 아니에요. 일 킬로그램에 이 엔이니까 백 킬로그램을 모아도 이백 엔밖에 안돼요. 하지만 무라노 씨, 잘 생각해보세요. 그렇게 항상 신문을 읽고 있는 당신은 지금 일본이 어떤 상황인지 잘 알잖아요? 이런 불황에 일거리가 있는 것만으로도 감사하게 생각해야죠. 당신 같은 사람은 다른 곳에서는 절대 써주지 않아요."

무라노는 슬쩍 입가를 늘어뜨렸다.

"뭐가 우스워요?"

무라노는 고개를 좌우로 저었다.

"설마, 원래부터 일할 생각이 없는 건 아니겠죠?"

무라노는 고개의 움직임을 멈췄다.

"어리광부리면 안 돼요. 당신, 재기하고 싶잖아요? 그렇다면 무엇보다 먼저 일을 해야 해요. 무라노 씨, 몇 살이세요? 아직 인생을 포기할 만한 나이가 아니잖아요. 세상에는 일하고 싶어도 일자리가 없어서 힘들어하는 사람이 많이 있어요. 당신은 운 좋게 일자리를 얻을 수 있는데도 꾸물거리고 있어요. 일자리를 찾아다니는 사람들에게 미안하지도 않아요?"

후지에다의 눈은 핏발이 서고 눈물을 흘릴 듯이 젖어 있었다. 신에게 의지하려 하던 시절의 무라노는 이런 눈을 한 사람들에게 둘러싸여 있었다.

"그 꾸물거리는 성격을 고치지 않으면 그냥 이대로 쓰레기가 되어 인생을 마치게 될 거예요."

무라노는 고개를 숙이고 있었다.

"내일은 꼭 가요."

무라노는 입을 다물고 있었다.

"'내일은 꼭 가겠습니다'라고 말해줘요."

그러나 여전히 무라노는 입을 다물고 있었다.

"당신의 입에서 그 말이 나올 때까지 여기서 움직이지 않겠어요. 자, 약속해줘요."

정말로 약속할 때까지 움직이지 않을 눈치였다.

무라노는 딱 한마디, 자신의 마음을 말해줄 생각이 들었다.

"귀찮게 굴지 마."

또 습격의 밤이 왔다.

무라노는 그때 오두막에서 나와 있었다. 벌레 소리를 듣고 있는데 문득 마음이 내켜서 벤치에 앉아 건반을 두드렸다.

"가~을, 의, 밤, 을~"

그렇게 건반을 더듬더듬하며 흥얼거릴 때였다.

딱 하는 소리가 나고 발밑에서 뭔가 튀었다. 주먹 크기의 돌이었다. 무라노는 깜짝 놀라 일어섰다.

"젠장."

어둠 저편에서 젊은 남자의 목소리가 들렸다. 이어서 깔깔 웃는 소리도 났다.

무라노는 엉거주춤한 자세만 잡은 채 다음 행동을 취하지 못했다. 이대로 있다가는 다시 돌에 맞을지도 모른다. 그렇다고 오두막에 숨어도 골판지로 된 벽은 자신을 지켜주지 못할 것이다.

사람의 형체는 며칠 전과 마찬가지로 세 개였다. 쿡쿡 웃으면서 서로 달라붙었다가 떨어지며 장난치고 있다. 무라노를 주목하는 느낌은 없었다.

세 사람은 이윽고 장난을 그만두고서 엄청 심심하다느니, 토 나온다느니 하는 이야기를 주고받으며 나란히 오두막을 향해 계단을 올라왔다. 세 사람 다 남자였다. 모두 앳된 얼굴에 선이 가늘고 목소리 톤이 높아서 역시 중학생인 것 같았다.

그들은 무라노에게는 시선 한번 주지 않고 오두막을 둘러싸고는 발을 멈췄다. 또 걷어차이나 생각했는데 그렇지는 않았다. 컬러 스프레이로 오두막 벽과 기둥에 낙서를 시작했다.

죽어라, 천벌이다, FUCK OFF!—핏빛 문자로 적힌 욕설들을 보고 세 사람은 깔깔 웃었다.

"안녕하세요."

갑자기 샌들을 신은 소년이 무라노에게 말을 걸었다.

"혼자이신가요?"

헐렁한 바지를 입은 소년이 말했다.

"뭐 하고 있어요?"

머리에 두건을 두른 소년이 말하고 셋이 함께 무라노 쪽으로 다가왔다. 무라노는 여전히 엉거주춤하게 굳어 있었다.

"라이브 같은 거 하나요?"

헐렁 바지가 벤치 위의 키보드를 가리켰다.

"어떤 곡을 치나요? 하우스 같은 거?"

두건이 말했다.

"당연히 레게 아닐까?"

샌들이 말하고 세 사람은 배를 잡고 웃었다.

웃음이 잦아들 찰나, 고함 소리가 울렸다.

"뭐라고 말 좀 하란 말이야!"

헐렁 바지가 떼쓰는 아이처럼 발을 동동 굴렀다.

"그래. 이런 오밤중에 일부러 상대해주고 있잖아. 예의도 모르냐?"

두건이 다리를 뻗어서 신발 바닥으로 무라노의 어깻죽지를 콱 밀었다. 그래도 무라노는 입을 열지 않았다.

"말을 못 하는 거야? 그러면 한 곡 들려달라고. '고양이 춤'이라도 괜찮으니까."

헐렁 바지도 무라노를 걷어찼다.

"한 곡을 끝까지 치면 백만 엔."

샌들이 지갑을 꺼내서 천 엔 지폐를 팔랑팔랑 흔들었다.

무라노는 움직이지 않았다.

"뭐라고 말 좀 하라니깐!"

헐렁 바지의 다리가 호를 그렸다. 돌려차기를 당하고 키보드가 콘크리트 바닥에 떨어졌다. 곧바로 두건이 점프하더니 두 발을 모아 키보드 위에 착지했다. 비명 같은 불협화음이 나면서 건반이 산산이 부서졌다.

무라노는 몸 한번 꿈틀하지 않았다.

"정말로 말을 못 하는 거 아냐?"

샌들이 고개를 갸우뚱했다.

"왠지, 엄청 짜증나."

헐렁 바지가 부서진 키보드를 집어들어서 머리 위로 들어올렸다 싶더니, 무라노의 왼팔에 내려쳤다. 휘둘러서는 몇 번이고 때린다.

무라노는 이를 악물고 아픔을 참아냈다.

"아, 어쩐지, 재미없네."

헐렁 바지는 키보드를 내던지더니 휙 하고 무라노에게 등을 돌렸다. 샌들과 두건도 그를 따라 오두막을 떠났다. 이윽고 세 사람의 뒷모습도 발소리도 사라지고, 그뒤로는 돌아올 눈치가 없었다.

오늘은 이것으로 끝난 것 같았다. 그렇다, 오늘은.

무라노의 왼팔은 빨갛게 부어 있었다. 군데군데 피도 났다. 무라노는 멍하니 일어서서 수돗가에서 팔을 씻고, 아직 피가 줄줄 흐르는 부분에 타월을 감고 정자로 돌아갔다.

무라노는 떨고 있었다. 사람은 저항하지 않으면 그만큼 강자의 기세에 힘을 실어주게 된다. 다음은 무슨 짓을 당하게 될까—

그러나 마음 한구석에서는 어째서 단숨에 죽여주지 않는 걸까 하고 탄식하고 있었다.

공기는 싸늘한 습기를 띠기 시작해서, 계절이 바뀌고 있는 것을 실감케 한다.

무라노는 마음을 비웠다. 무슨 생각을 한들 해결로 이어질 리 없다. 아무 생각도 하지 않는 것은, 항상 노력한 덕분에 어렵지 않다.

텅 빈 마음으로 잠이 들고 게이트볼 소리에 잠에서 깨어났다. 평소와 같은 하루의 시작. 그러나 무라노는 자신의 몸이 평소와 다르다는 것을 깨달았다.

왼팔에 위화감이 느껴졌다. 한 마디로 말하자면 아팠다. 간밤의 그것과는 느낌이 완전히 달랐다. 일어나서 조심조심 타월을 풀어보니 왼팔이 자신의 것이 아닌 것처럼 변해 있었다. 허벅지 정도가 될 만큼 퉁퉁 부어 있었다. 피는 멎었지만 그 대신 누런 진물이 흘러나왔다. 상처에 후후 바람을 불면 아픔은 줄어들지만, 불기를 멈추면 불타는 듯한 감각이 돌아왔다.

몸에도 열이 나는 듯했다. 오른팔 하나로 어떻게든 오두막을 치우기는 했지만, 자판기 순회에 나설 기력이 없다. 환부에 젖은 타월을 대고 벤치에서 안정을 취했지만 회복되기는커녕 점점 몸이 안 좋아졌다. 목덜미나 다리 관절에도 찌르는 듯한 통증이 느껴졌고, 그와 반대로 왼팔의 감각이 없어지기 시작했다. 수돗가도 제대로 왕복하지 못해 무라노의 의식은 차차 몽롱해지기 시작했다.

"안녕하세요."

낯익은 목소리가 들려서 무라노는 정신을 차렸다.

"죄송해요. 저는 당신의 마음을 충분히 헤아리지 못했어요."

후지에다가 차분한 얼굴로 고개를 숙였다.

"저는 그뒤로 당신의 입장이 되어서 생각해봤고, 그리고 알았어요. 직업만 가지고는 안 되는구나, 좀더 근본적인 부분부터 불안을 해소해야 한다고요."

무라노는 몸 상태가 나쁘기도 해서 돌아가라는 감정을 담아 팔을 움직였다. 그러는 바람에 타월이 땅에 떨어졌다.

"어머나 세상에! 이게 대체 어떻게 된 일이죠?"

후지에다가 눈을 휘둥그레 떴다.

"약을 가져올게요—아니, 의사에게 진찰을 받아야 돼요. 아아, 이를 어쩐담."

후지에다는 뺨에 손을 대고 허둥지둥 걸어다닌다.

"구급차. 구급차를 불러올게요."

무라노는 그녀의 제안을 거부하려고 했지만 신음소리밖에 낼 수 없었다.

이윽고 구급대원이 찾아와서 무라노는 가까운 종합병원으로 실려갔다. 의사의 질문에 무라노는 계단에서 굴렀다고 대답했다. 의사는 이해가 안 된다는 얼굴을 했지만, 추궁은 하지 않았다.

상처 자체는 가벼운 부류였다. 단순한 타박상과 절상이다. 환부에 대고 있던 비위생적인 타월이 상태를 악화시켰다고 한다. 빈곤한 식생활로 몸의 저항력이 떨어져 있던 것도 문제를 키웠다. 무라노는 열이 40도 가까이 치솟아서, 그날은 병원 침대에서 밤을 보냈다.

다음 날도 잠에서 깼다가 잠들기를 반복하며 하루를 마치고, 사흘째 되는 날 오후에 눈을 떴을 때, 무라노의 몸은 완전히 개운해져 있었다. 나온 식사도 남김없이 비웠다.

저녁에 후지에다가 상태를 보러 왔다.

"이제 퇴원해도 좋을 것 같은데, 이왕 좀더 신세를 지세요. 이참에 철저하게 검사를 받고요."

"돈……"

그렇게만 말하고 무라노는 입을 다물었다.

"돈 문제라면 걱정 마세요. 네, 물론 돌려받을 거예요. 하지만 그건 일을 해서 돈을 벌고 나서. 일 년 뒤, 이 년 뒤라도 괜찮아요. 그래요, 이렇게 되었으니 더이상 일하고 싶지 않다는 말은 못 하겠죠?"

후지에다는 빙그레 웃었다.

"그리고 요전에 하려고 했던 말인데, 직업이 있다고 그것으로 전부 해결되는 것도 아니죠. 제가 그만 깜빡했어요. 집. 살 곳이 없으면 당연히 안심하고 일할 수 없지 않겠어요? 하지만 안심하세요. 이시다 상회에서 준비해주신대요. 작업장 2층이 기숙사예요. 그곳에 마침 빈 방이 하나 있다기에 제가 흥정해서 당신을 위해 맡아두었어요. 좁은 방이지만 무라노 씨는 짐이 없으니 문제없을 거예요. 식모는 없지만 공동 취사장이 있어서 그곳에서 마음대로 밥을 해먹을 수 있어요. 공동 냉장고도 있어요. 수도세 전기세는 주인집이 내요. 공중목욕탕까지는 걸어서 삼 분. 그리고 집세는 무려 삼천 엔! 이시다 씨는 자기도 오랫동안 제대로 못 먹고 지낸 경험이 있어서 비슷한 처지에 있는 사람을 가만히 내버려두지 못하신대요. 아주 좋은 분이죠. 무라노 씨에게도 이 이상 좋은 일자리는 없을 거예요."

후지에다의 눈은 언젠가 봤던 것처럼 핏발이 서고 촉촉하게 물기를 띠고 있다.

"게다가 무라노 씨, 벌써 10월이 다 되어가요. 이미 아침저녁으로는 쌀쌀하죠. 앞으로 다가올 계절에 공원에서 지내는 건 무리예요. 당신, 겨울에 대해서는 생각하지 않았죠? 퇴원하고 나면 기숙사에 들어가세요. 이번처럼 무슨 일이 있을 경우에도 주위에 사람들이 있으면 안심이잖아요?"

무라노는 고개를 돌리고 있다. 후지에다는 그것을 감격의 눈물을 보이지 않으려 하는 것으로 해석한 듯 했다.

"새로운 생활을 위해서 기력을 보충한다고 생각하고, 조금 더 병원에 계세요."

그렇게 웃으며 병실을 나갔다.

그날 밤, 무라노는 병원을 빠져나와 우노모리 공원으로 돌아갔다.

—귀찮게 굴지 마.

그때의 한마디로 후지에다와는 인연을 끊었다고 생각했지만 그녀는 전혀 알아차리지 못한 모양이었다.

무라노는 우노모리 공원을 떠나기로 결심했다. 겨울의 추위는 견딜 수 있어도 후지에다의 참견에는 등줄기가 오싹해진다. 중학생 패거리의 습격은 육체를 좀먹지만 그것을 달게 받아들이려는 마음도 어딘가에 존재했다. 그래서 우노모리 공원에서 움직이지 않았다. 그러나 선의의 강요는 정신을 좀먹는다. 그것은 무라노가 가장 바라지 않는 일이었다. 인생의 소망을 전부 버린 무라노에게도 딱 한 가지 바라는 것이 있다. 편안하게 사신死神을 받아들이고 싶다—후지에다는 그것을 허락해주지 않는다.

홈리스 커뮤니티의 생활 역시 귀찮기만 하므로 무라노는 다른 공원을 찾아갈 생각이었다. 그렇게 결심하고 병원을 빠져나와서 짐을 챙기러 우노모리 공원으로 돌아왔더니 짐이 전부 사라져 있었다.

짐은 구급차에 실려가기 전에 카트와 함께 벤치 아래에 집어넣어두었다. 무라노는 만 이틀 이상 공원을 떠나 있었다. 그 사이에 청소부가 치워버린 것일까?

대부분의 짐은 갈아입을 옷들이다. 전부 주워 모은 것이라 가치도 애정도 없다. 하지만 쓰레기 속에서 입을 만한 옷가지를 찾는 것은 의외로 어렵다. 음식쓰레기의 물기에 젖어 있거나 사이즈가 맞지 않고, 속옷은 찢어서 버리는 경우가 많다.

무라노는 공원 안을 돌며 쓰레기통을 하나하나 살펴나갔다. 그러던 중이었다.

"찾는 것은 무엇입니까."

가까운 어둠 속에서 낯익은 목소리가 들렸다.

"찾기 어려운 것입니까."

그리고 깔깔 웃는 소리가 겹쳐졌다.

"찾는 것을 그만두었을 때 발견되는 것도 흔히 있는 이야기니…… 라고 이노우에 요스이가 그랬죠."

무라노의 자루가 하늘을 날고, 완만한 포물선을 그리며 어둠 속으로 빨려들어갔다. 잠깐의 공백 뒤에 첨벙 하는 소리가 났다.

"안녕하세요."

샌들이 모습을 드러냈다.

"오두막에 없어서 도망가버렸나 했어."

두건이 팔딱팔딱 뛰듯이 다가와서 무라노를 향해 두 주먹을 좌우로 휙휙 내질렀다. 위해를 가하기 위한 주먹이 아니다. 그의 주먹은 무라노의 코 몇 센티미터 앞에서 되돌아갔다.

"관둬. 맞기라도 하면 안 좋다고."

헐렁 바지가 말렸다. 그러나 그는 이렇게 말을 이었다.

"이상한 병이 옮으니까."

그리고 세 사람은 깔깔 웃었다.

"저기, 정말로 말을 못 하는 거야?"

헐렁 바지가 그렇게 고개를 내민 다음 순간, 무라노는 악 소리를 질렀다. 스프레이를 얼굴에 뿌린 것이다. 무라노는 두 손으로 얼굴을 감싸고 그 자리에서 이리저리 굴렀다.

"말할 수 있잖아. 그렇단 얘긴 우릴 무시했단 말씀이렸다?"

샌들이 말했다. 무라노는 신음하며 바닥을 뒹굴 뿐 대답하지 않았다.

"우리하곤 말하고 싶지도 않은 거야? 말하면 입이 썩어? 썩은 건 그쪽이잖아!"

그렇게 말하며 무라노의 엉덩이를 걷어찼다.

"너무 우습게봤다간 큰 코 다칠지도 모른다고."

무라노는 소년들에게 질질 끌려 일어나고 단단히 몸을 붙들렸다.

"으윽, 냄새! 진짜 토 나올 것 같아. 얼른 끝내버리자."

두건이 신음했다.

"어째서 나가지 않은 거야?"

헐렁 바지가 목소리를 낮추며 말했다.

"죽고 싶어?"

샌들이 오른쪽 팔을 앞쪽으로 뻗었다. 그 손에 반짝이는 것이 보였다.

"그러면 죽어버려."

군용나이프 끄트머리가 무라노의 폴로셔츠 옷깃에 닿았다. 나이프는 그대로 천천히 하강하며 첫번째 단추를 날려버렸다. 두번째, 세번째 단추도 날렸다. 나이프는 계속 아래로 향하며 천을 찢으려고 했다. 칼끝이 무라노의 피부를 스치고, 피가 스며나왔다.

무라노는 참지 못하고 소리를 질렀다. 짐승처럼 목을 울리면서 몸을 붙잡고 있는 두건의 팔을 깨물었다. 동시에 샌들의 사타구니를 세차게 차올렸다.

두건은 으악 소리를 지르며 붙잡고 있던 손을 풀었다. 샌들은 소리도 지르지 못하고 땅바닥을 기며 신음했다.

"죽여버리겠어!"

헐렁 바지가 달려왔다. 무릎차기로 배를 정통으로 얻어맞고 무라노는 그 자리에 푹 쓰러졌다. 헐렁 바지는 용서 없이 무라노에게 달려들었다. 말을 타듯 위에 올라앉아서 목을 콱 졸랐다.

눈 깜짝할 사이에 무라노의 의식이 멀어져갔다. 드디어 사신이 데리러오는구나. 무라노는 두려워하고, 각오하고, 그리고 기뻐했다.

그런데 사신은 경찰에 의해 사라져버렸다.

순찰차가 와버린 것이다. 실제로는 사이렌을 울리며 공원 주위를 통과한 것뿐이었지만, 중학생을 겁에 질리게 만들기에는 충분했다. 세 사람은 입에 거품을 물고 콩 튀듯 흩어졌고, 그뒤로 돌아오지 않았다.

하늘이 밝기 시작할 무렵에야 무라노는 간신히 몸을 일으켰다. 하지만 그 위치를 벗어날 기력조차 없어서 바닥에 앉은 채로 상반신만 벤치에 기댔다. 게이트볼이 시작되어도, 시합이 끝나서 노인들이 해산한 뒤에도 무라노는 걸레처럼 푹 주저앉아 있었다.

후지에다의 목소리가 들렸을 때에도 무라노는 같은 자세를 유지하고 있었다.

"어째서 도망 나왔나요? 돈이 없어서? 돈은 나중에 받는다고 말했잖아요. 돈을 벌고 나서 갚으라고 했잖아요. 그런데도 왜 도망쳤나요? 그건 정말로 일할 마음이 없다는 건가요?"

무라노는 멍하니 고개를 들었다. 후지에다는 눈을 치켜뜨고 무라노를 내려다보고 있었다. 무라노는 문득 웃었다.

"그런 거군요? 정말, 당신이란 사람은!"

후지에다가 발을 동동 굴렀다. 비어져나온 입술 라인이 묘하게 우스웠다.

"이제 어리광은 그만 부려요. 도망치면 안 돼요. 그래요, 인생에서 도망치면 안 돼요. 앞을 보고 걸어야죠. 행복은 반드시 찾아와요. 행복이 알아서 다가온다고요. 저는 당신 같은 사람이 행복해졌으면 좋겠어요. 남들 같은 번듯한 인생을 보냈으면 좋겠어요. 모두가 행복하게 살아가는 세상을 만들기 위해서 저는 이렇게 바삐 움직이고 있어요. 세상을 좋게 만들고 싶어요."

후지에다는 자신의 말과 환상에 취해 있었다. 그 힘찬 분위기에 평소에는 무관심한 척하던 산책객들이 하나둘씩 다가왔다.

"오늘은 꼭 이시다 상회에 가세요. 아뇨. 내가 데려가겠어요. 이시다 씨에게 당신을 받아달라고 제가 얼마나 고개 숙였는 줄 알기나 해요? 기숙사의 방도 원래 다른 입주 희망자가 있었는데 제가 꼭 부탁드린다고 고개를 숙여서 당신에게 주게 만들었어요. 말해두겠는데, 당신 같은 사람이 직접 일자리나 방을 찾아다녀도 백이면 백 아무도 상대해주지 않아요. 신용이 전혀 없으니까요. 제가 보증인이 되었기 때문에 일자리가 생기고 방도 빌릴 수 있는 거예요. 사람의 호의를 짓밟다니 최악 중의 최악이에요. 그래서는 앞으로 평생 구제받지 못할 거예요. 이것이 인생 최후의 찬스라고 생각하세요. 자, 가요!"

후지에다가 슈퍼마켓의 봉투를 던졌다.

"옷이에요. 갈아입으세요."

무라노는 움직이지 않았다.

"그렇게 더러운 옷으로는 우리집 차에도 태울 수 없잖아요. 자, 어서 갈아입어요."

무라노는 움직이지 않았다.

"뭘 꾸물거리는 거예요."

무라노는 움직이지 않았다.

"자, 벗어요."

후지에다는 팔을 뻗다가 한순간 망설였지만, 더 뻗어서 무라노의 옷에 손을 댔다. 무라노는 몸을 크게 비틀었다. 벤치 아래에 빛나는 것이 보였다.

"저항해도 소용없어요. 오늘은 반드시 데려갈 거예요."

후지에다는 막무가내로 무라노의 옷을 갈아입히려고 했다. 전날 습격당해서 칼에 베였던 폴로셔츠의 앞섶이 찌익 찢어졌다.

"만지지 마!"

무라노는 그렇게 외치며 후지에다의 가슴을 떠밀었다.

"누가 좀 도와주세요!"

구경꾼들에게 소리치면서 후지에다가 덤벼들었다.

무라노는 오른팔을 벤치 아래로 집어넣었다. 역시 그 빛나는 물건은 나이프였다. 중학생 패거리가 떨어뜨리고 간 것이다.

"만지지 마! 건드리지 마!"

무라노는 오른팔을 벤치 아래에서 빼내 마구 휘둘렀다.

손에 묵직한 느낌이 왔다.

후지에다의 몸이 무라노를 덮듯 쓰러지고, 그대로 움직임을 멈췄다.

후지에다의 목덜미에서 피가 흐르고 있다. 물총처럼 뿜어져나오고 있다.

경찰조사에서 무라노는 거침없이 말했다.

이제까지 살아온 이력도, 잃어버린 가족도, 직업도, 자살미수도, 의지했던 종교도, 세상을 버린 이유도. 타인에게 자신의 인생을 이야기하는 것은 처음이었다.

후지에다의 참견이 귀찮았다고 무라노는 말했다. 자신은 아무것도 바라지 않았고, 어떠한 기대도 받고 싶지 않았으며, 그냥 조용히 죽음을 기다리고 싶었다. 그런데 그녀는 그것을 허락해주지 않고 인간도 아니라고 매도해서, 끝내 견디지 못하고 폭발했다고 설명했다.

후지에다는 자신과 가치관이 다른 인간을 용납할 수 없었던 것이다. 눈에 거슬린다고 생각하고 사회로부터 배제하고 싶다고 생각한다. 이번 행동은 그 마음이 드러난 것이다. 가치관이 다른 인간을 교정하면 눈에 거슬리던 것이 사라진다. 그리고 중학생 삼인조도 가치관이 다른 사람에게 혐오를 품고 배제를 꾀했다. 후지에다와 중학생의 행동은 사실 같은 감정에서 태어난 것이다. 중학생은 감정을 직설적으로 표현했고, 후지에다는 아주 아름다운 것인 양 장식해서 표현했다.

무라노는 그런 사상까지 열변했다.

그러나 후지에다에게 칼을 겨눈 진짜 이유에 대해서는 말하지 않았다.

후지에다의 참견에 짜증이 났던 건 사실이다. 그것은 선의라는 이름의 폭력이었다. 그것이 축적되며 무라노의 마음은 지칠 대로 지쳐갔다. 그러나 스트레스만으로는 그녀에게 칼을 휘두르지 않았을 것이다.

선의의 강매는 말하자면 화약이다. 화약은 혼자서는 폭발하지 않는다. 발화하기 위해서는 불씨가 필요하다.

—자, 벗어요.

그것이 불씨다.

무라노는 그 불씨가 화약고로 튀는 것을 두려워해서 거부했는데, 후지에다는 사정없이 내던졌다. 무라노의 옷을 벗기려고 했다. 역시 그녀도 무라노를 사람으로 취급하지 않았다.

전날 밤 무라노가 중학생에게 저항한 것도 나이프가 두려워서가 아니다. 옷이 찢어져서 알몸이 될 것을 예상해서 격렬하게 저항했다.

어떻게 많은 사람들 앞에서 알몸이 될 수 있겠는가.

무라노에게도 여자로서의 존엄은 남아 있다.

옮긴이의 말

『해피엔드에 안녕을』은 1999년부터 2007년 사이에 잡지에 실었던 단편들을 모아 엮은 단편집입니다. 추리, 미스터리, 호러 등, 다양한 느낌의 에피소드들이지만 '배드엔드' 로 끝난다는 한 가지만은 공통되어 있지요. 주위에서 흔히 보고 듣는 소재를 바탕으로 이런 기발한 이야기를 만들어내는 모습을 보면 정말 우타노 쇼고란 작가는 타고난 이야기꾼이란 생각이 듭니다.

우리말 표현 중 '깨소금 맛이다' 란 관용구가 있습니다. 독자 여러분께서도 아시다시피, 남의 불행을 보고 통쾌하다는 뜻으로 쓰이는 표현입니다. 영미권에는 이와 비슷한 표현으로 'schadenfreude' 란 단어가 있습니다. 원래는 독일어인데 타인의 불행을 보고 즐거워함을 뜻하는 말이죠. 영어로는 마땅히 대체할 말이 없어서 명사처럼 'schadenfreude' 란 단어 그대로 쓰인다는군요. 이런 점을 보면 동서를 막론하고 인간에게는 '남의 불행을 보고 즐거워하는 감각' 이 있는 것 같습니다. 혹시라도 나락으로 굴러떨어지는 인물들을 지켜보며 히죽거린 것이 마음에 걸린 독자가 계시다면 혼자만 그런 것이 아니므로 걱정 마시라는 말씀을 드리고 싶군요.

물론 이 『해피엔드에 안녕을』이 'schadenfreude' 만을 위한 작품은 아닙니다. 일본에서 이 작품이 나왔을 때, 띠지에는 '원하던 결말을 맞이하다니, 현실에서는 좀처럼 없는 일이라고 생각하지 않으십니까?' 란 문구가 적혀 있었습니다. 그런 점을 보면 그냥 '배드엔드' 가 아니라 '안티 해피엔드' 가 진정한 콘셉트로 보이기도 합니다. 그렇게 생각하면 이 작품은 흔한 '해피엔드' 에 질린 분들을 위한 단편집이라고 생각할 수도 있겠군요.

우타노 쇼고는 『십각관의 살인』의 아야쓰지 유키토나 『쌍두의 악마』의 아리스가와 아리스, 『살육에 이르는 병』의 아비코 다케마루와 같이 일명 '신본격 1세대' 에 속한 중견 작가입니다만 여전히 정력적으로 활동하고 있습니다. 올해는 『밀실살인 게임 2.0』으로 제10회 본격미스터리 대상을 두번째로 수상하기도 했죠. (첫번째 수상작은 국내에서도 유명한 『벚꽃 지는 계절에 그대를 그리워하네』입니다).

최근 들어서 우타노 쇼고의 작품들이 계속 국내에 소개되고 있어서 참으로 반갑습니다. 데뷔한지 이십 년이 넘었어도 편견이나 소재에 얽매이지 않고 재미있는 이야기를 쓰는 이 작가의 작품을 보다 많은 독자들이 접할 수 있기를 바랍니다.

2010년 11월

현정수

옮긴이 **현정수**

일본소설 전문 번역가. 옮긴 책으로 『이력서』 『여름휴가』 『빙글빙글 도는 미끄럼틀』 『절대 최강의 사랑 노래』 『해질녘의 매그놀리아』 『금지된 낙원』 『그리고 명탐정이 태어났다』 등이 있다. 순문학에서 장르문학, 라이트노벨에 이르기까지 장르를 넘나들며 활동하고 있다.

문학동네 블랙펜 클럽
해피엔드에 안녕을

1판 1쇄 2010년 11월 10일 | 1판 7쇄 2017년 11월 3일

지은이 우타노 쇼고 | 옮긴이 현정수 | 펴낸이 염현숙
책임편집 양수현 | 독자 모니터 강정은
디자인 윤종윤 유현아 | 저작권 한문숙 김지영
마케팅 방미연 정진아 김혜연 | 홍보 김희숙 김상만 이천희
제작 강신은 김동욱 임현식 | 제작처 영신사

펴낸곳 (주)문학동네
출판등록 1993년 10월 22일 제406-2003-000045호
주소 10881 경기도 파주시 회동길 210
전자우편 editor@munhak.com | 대표전화 031) 955-8888 | 팩스 031) 955-8855
문의전화 031) 955-8896(마케팅) 031) 955-2684(편집)
문학동네카페 http://cafe.naver.com/mhdn

ISBN 978-89-546-1332-3 03830

www.munhak.com